Ketil Bjørnstad

Der Tanz des Lebens

Roman

Aus dem Norwegischen von
Lothar Schneider

Insel Verlag

Titel der Originalausgabe: *Ludvig Hassels tusenårsskifte*

Published by agreement with
Leonhardt & Høier Literary Agency,
Copenhagen

Erste Auflage 2002

Satz: Libro, Kriftel
Druck: Clausen & Bosse, Leck
Printed in Germany

1 2 3 4 5 6 – 07 06 05 04 03 02

Der Tanz des Lebens

Eine schlafende Welt, auf die ich schau,
    es schweigt so gut in meinen Ohren nun.
Die steinerne Stadt ist groß und grau
    und dort wollen all die andern hin genau,
und Liebchen, was soll ich tun?

Eiapopeia – ? Läuten die Glocken vom Berg?

Knut Hamsun, *Dann kehre ich um*

Prolog

Eines Tages, am frühen Vormittag des letzten siebenten Juli im zweiten Jahrtausend nach Jesu Christi Geburt, geschah in der Stadt Oslo, der Hauptstadt Norwegens, ein Mord.

Ein Mord, den aufzuklären sich als äußerst schwierig, vielleicht sogar als unmöglich herausstellen sollte, da man die Leiche des Opfers bis heute nicht gefunden hat. Die Kriminalpolizei war schnell eingeschaltet worden. Aus verschiedenen Gründen zweifelte man daran, daß ein Selbstmord die Ursache des plötzlichen Verschwindens sei. Und obwohl die Stimmung unter den Ermittlungsbeamten anfangs optimistisch gewesen war, zeigte sich schon bald, daß, entweder weil der Mord äußerst professionell ausgeführt worden war oder aber weil die Spuren zu undeutlich waren, die Kripo Oslo, wie sie schließlich einsehen mußte, gegen eine Wand lief.

Es hob die Stimmung nicht, daß zur gleichen Zeit eine Woge von Gewalt über die Stadt hinwegspülte. Taxifahrer wurden mit Mord bedroht und in zwei Fällen regelrecht liquidiert; ein Wachtmeister wurde am hellichten Tag erstochen, ältere Ehepaare, Alleinlebende und Behinderte wurden in ihren Häusern und Wohnungen verletzt und mißhandelt aufgefunden. Zu Pfingsten dieses Jahres wurden eine Frau und ihre Eltern in einem Ausgedingehäuschen an der Grenze nach Schweden mit zwanzig Pistolenschüssen getötet. Außerdem füllten sich die Frauenhäuser bis zum Bersten mit Menschen, die von ihren nächsten Angehörigen angegriffen worden waren.

Einige Bürger der Stadt glaubten, Ursache all dieser Bösartigkeit unter den Menschen in der letzten Zeit sei das sogenannte »Millennium«, der Jahrtausendwechsel. Aber selbst wenn der eingangs erwähnte Mord von den öffentlich angestellten Beamten höchstwahrscheinlich nie aufgeklärt werden wird, so gibt es dennoch jemanden, der von ihm weiß, und vielleicht ist es richtig, außer Hörweite der Polizeireviere höchst vertrauliche Erkenntnisse und Gedanken bekanntzumachen, die ihrerseits hoffentlich erklären können, welche Umstände es waren, die die Tragödie auslösten.

Es mag sein, daß dies etwas überheblich wirkt, möglicherweise geht diese Interpretation auch viel zu weit. Deshalb ist es angebracht, schon vorab all jene um Entschuldigung zu bitten, deren Beruf das Schreiben von Kriminalromanen ist. Da deren Bücher aber zumeist mehr von den Ermittelnden handeln als von dem, der den Mord begeht, und da sich immer jemand entweder mehr zu dem Ermordeten oder zu dem Mörder hingezogen fühlt, weshalb ihm die vagen und oft falschen Überlegungen des Fahnders während der Ermittlung gleichgültig sind, mag es erlaubt sein, diese Geschichte, wenn auch mit einer gewissen Abneigung, zu erzählen, die natürlich aus Mangel an konkreten Beweisen und mit Rücksicht auf das Wohl und Wehe noch lebender Personen an bestimmten Punkten in beträchtlichem Maße umgeschrieben wurde. Doch beginnt die Handlung trotzdem so nahe am tatsächlichen Leben und Wirken des Akteurs wie überhaupt möglich. Obwohl, wann beginnt eine Geschichte? Darüber kann man immer diskutieren.

Diese Geschichte beginnt jedenfalls an einem Dezemberabend in einer geräumigen und standesgemäßen

Junggesellenwohnung in unseren Breitengraden und in guter Wohnlage vor nicht allzu langer Zeit, genauer, gegen Ende des vorigen Jahrtausends.

Erster Teil

An jenem Abend, einem dunklen Dezemberabend 1998, hatte sich Hauptkustos Ludvig Hassel, noch immer angestellt an der Nationalgalerie in Oslo, der Hauptstadt Norwegens, eigentlich vorgenommen, seiner geschiedenen Frau, Hauptkustodin Dagny Smith-Torgersen am Astrup Fearnley Museum für Moderne Kunst, einen Brief zu schreiben, »der alten Kuh«, wie er sie in seinen mutigsten Momenten zu nennen wagte (auch wenn er das bisher nur leise vor sich hin gemurmelt hatte). Auf jeden Fall einer Frau, die es schaffte, ihn bis auf den letzten Tropfen mit dem giftigen Racheelixier zu peinigen, einer Frau, die mehr über sein Schuldgefühl wußte als er selbst und die deshalb wieder einmal mit der für ihn völlig absurden Forderung nach Geld, einem »rechtmäßigen Beitrag«, wie sie es nannte, gekommen war, weil sie meinte, daß Ludvig Hassel fünf Jahre nach dem entsetzlichen Ehebruch und vier Jahre nach der Scheidung noch immer eine besondere Verantwortung für ihr Leben, ihre materielle Situation, kurz ihr Wohl und Wehe, trage. Er vermutete stark, daß sie jetzt einen neuen Mann hatte, doch wurde er nicht recht schlau daraus, und niemand, weder die Kinder noch Kollegen oder Bekannte, wollte ausplaudern, was Dagny Smith-Torgersen eigentlich nächtens trieb. Sie behauptete, finanziell in eine schwierige Lage geraten zu sein, da, wie sie sagte, »der minimale Verbrauch, den ich mir selbst gestatte, leider noch nicht im Verhältnis zu meinem bescheidenen Gehalt als Mutter von zwei Kindern steht«. Sie war sich nicht zu schade, erneut zu schreiben, daß ihre Welt, nachdem sie vom Ehebruch ihres Mannes erfahren hatte, völlig »zusammengebrochen« sei. Aber Ludvig wußte das besser. Dagny, seine einst so geliebte Dagny Smith-Torgersen, hatte über Jahre einem Lebensstil gefrönt, bei dem selbst die qualitätsbewußte Königin des Landes – zieht man die Verhältnisse in Betracht – ins Staunen geraten wäre. Sie hatte zwar, wie seinerzeit Simone Signoret, als ihr geliebter Yves Montand mit dem allseits bekannten Sexsymbol Marilyn Monroe zu flirten begann, auf eine peinliche und fast *bewußte* Weise ihren Körper vernachlässigt, kompensierte diesen Verfall aber gleichzeitig mit einem Hang zur Äußerlichkeit, wie ihn Ludvig Hassel noch nicht erlebt hatte. Das reiche Westend Oslos hatte zudem in dieser Zeit einen immer massiveren Einzug von sogenannten ›Studios‹ für Damenbekleidung zu verzeichnen. Namen wie Max Mara und Joseph und Kenzo mischten sich mit den prominentesten Namen von Inneneinrichtungsboutiquen, und Ludvig Hassel wußte, daß Dagny Smith-Torgersen sie alle kannte. Sie war sich seit frühester Jugend ihrer Herkunft aus der Oberschicht bewußt, und damit verbunden waren *Ansprüche* an einen Lebensstandard, von dem die wenigsten Menschen zu träumen wagen würden, es sei denn, sie wären in der Lage, ihre Schulden durch eigene Einkünfte zu begleichen. Dagny, dachte Ludvig Hassel, hatte ihre Schulden nur selten begleichen können, da ihr Verbrauch seit je über dem lag, was sie *selbst* geerbt oder verdient hatte. Ludvig hatte ihr, obwohl er aus der unteren Mittelschicht kam, schon in den Anfängen ihrer Beziehung mit Geld weiterhelfen müssen, bei der Ausbildung zur Kunsthistorikerin ebenso wie bei der Finanzierung ihres Weinverbrauchs, der schon bald rapide zuzunehmen begann. Ludvig Hassels

Fremdgehen und die daraus folgende, entsetzliche, Scheidung waren Ereignisse, an denen sich Dagny Smith-Torgersen auf erstaunlich effektive Weise materiell bereichert hatte, als sei jede einzelne Träne, die sie vergossen hatte, ihren exakten Preis wert, den entweder Hassel oder die sozialen Einrichtungen zu bezahlen hätten. Ja, dachte er, Dagny sicherte sich bereits in dem Jahr, in dem sie geschieden wurden, fünfzig Prozent Invalidenrente. Zum Arzt hatte sie gesagt, »da ist etwas, hier drin im Kopf«, und als sei das nicht genug, hatte sie sich auf die Brust geklopft und gesagt: »Und hier drinnen, im Herz, wohnt eine große Trauer.« Der Arzt, der sympathische, aber nach Hassels Auffassung ziemlich doppelzüngige Hausarzt Magnus Skårdal, hatte ihr geglaubt. Es *war* tatsächlich etwas im Kopf von Dagny Smith-Torgersen. Mit der Trauer in ihrem Herzen hatte er nichts anfangen können, aber für dieses *Etwas*, da oben in ihrem Kopf, sollte sie tatsächlich Invalidenrente bekommen. Gleichzeitig gelang es Dagny, auch wenn sie seit Jahren keinerlei Engagement gezeigt hatte, auf wundersame Weise, ihre Stelle als Hauptkustodin zu halten, aber so ist das eben in diesen Kreisen, dachte Ludvig Hassel. Es gelang ihr, das Gehalt des Astrup Fearnley Museums weiterzubeziehen, selbst wenn das jetzt, logischerweise, gleichfalls nur fünfzig Prozent ausmachen sollte. Für sie eine perfekte Rechnung, dachte Ludvig empört. Fünfzig Prozent Gehalt. Fünfzig Prozent Rente, dafür, daß Dagny etwas da drinnen im Kopf hatte, das nicht einmal eine Migräne war, aber sicher etwas viel Schlimmeres, das sich von dem Moment an, als Ludvig auf frischer Tat ertappt worden war, bis zu dem Tag, als die Scheidung vollzogen war, sehr verstärkt hatte. Etwas, das wuchs und ihr den letzten Rest an Vernunft ausspreßte. In dieser Zeit rief sie ihn regelmäßig mitten in der Nacht an und beschimpfte ihn nach Strich und Faden. Mit der Zeit beruhigte sie sich allmählich und wurde zu einem Teil des Systems der Lohn- und Invalidenrentenempfänger. Also zusammen hundert Prozent. Dennoch war das nicht genug.

Ludvig Hassel saß da mit seiner unbeholfenen Handschrift und merkte, daß er sich gefühlsmäßig nicht völlig unter Kontrolle hatte, daß er sein Gleichgewicht nicht fand. Auf der einen Seite wurde es ihm einfach zuviel, sich vorzustellen, wie Dagny jetzt mit ihren »hundert Prozent« lebte und dabei unzufrieden war. Auf der anderen Seite würde er für den Rest seines Lebens ein schlechtes Gewissen haben. Er hatte etwas Nicht-Wiedergutzumachendes getan, und, ganz abgesehen davon, wie geschieden sie waren, keiner von ihnen würde mit der Vergangenheit je fertig werden. Sie hatten einander einmal geliebt. Sie hatten einmal geglaubt, einen Himmel über ihrem Leben ausbreiten zu können. Etwas in dieser Richtung wollte er in dem Brief formulieren. Er wollte, vielleicht zum zwanzigsten Mal, um Entschuldigung für all die Unannehmlichkeiten bitten, die er ihr bereitet hatte, und gleichzeitig wollte er Grenzen setzen, wollte sie darauf hinweisen, daß sie trotz alledem seit jeher einen ebenso ausgeprägten Geschäftssinn wie einen etwas zu hohen Verbrauch gehabt habe. Er sei kein Geldautomat, wollte er betonen, sei das nie gewesen, und er sei bis über die Ohren verschuldet aus Gründen, die sie nur noch wütender machen würden, weil eine andere Frau im Spiel war. Ludvig Hassel saß und schrieb und sah, wie klein und verknotet die Buchstaben und die Argumente wurden. Hätte er diesen Brief doch auf dem PC schreiben können, mit der üblichen Rhetorik, die er benutzte, wenn er über Gemälde schreiben mußte. Aber Dagny Smith-Torgersen war kein Gemälde. Sie war dazu eine Frau, die schon früh, vom ersten Moment an, gewagt hatte, über seine Handschrift zu *lachen*. Die *war* freilich auch schockierend hilflos. Es war Dagny gewesen, die damals, als sie einen Liebesbrief von ihm bekam, den er in São Paulo während der Biennale geschrieben hatte, ausrief: »Was für eine unbeholfene Handschrift du doch hast, Ludvig. So richtig kindlich.« Sie hatte es ihm am Telefon gesagt. Die Worte waren schonungslos hinaufgeflogen zu einem Satelliten und auf der anderen Seite des Atlantischen Ozeans wieder hinunter. Er hatte dieser vertrauten Stimme zugehört und sich vernichtet gefühlt, weil sie mit keinem Wort etwas zum Inhalt des Briefes gesagt hatte, während er glaubte, sich völlig offenbart zu haben, wie es ein Mann, der noch verliebt in seine Frau ist, gern tut, wenn er auf seiner ersten Reise allein in einem anderen Kontinent ist und die Frau, die er immer noch liebt, zu Hause sitzt. Er hatte, gewiß etwas naiv, alle Eindrücke mit ihr *teilen* wollen; Rio, die Straßenkinder, die erschütternden Favelas, danach São Paulo, das auch eine brutale Stadt war. Er hatte sie im Bett vermißt, als Gesprächspartnerin bei der Ausstellung, beim Frühstückskaffee, kurz gesagt, als seine Frau. Er hatte ihren Enthusiasmus vermißt, ihr kunsthistorisches und menschliches Wissen, ihre Fähigkeit, zu *sehen*, lange bevor er selbst begriff und sah. Zu dieser Zeit war er noch in keinerlei Hinsicht eine Beute für junge Kunststudentinnen, alternde Galeristenwitwen oder Edelprostituierte. Nein, er hatte sie vermißt, weil sie die Frau war, die er liebte, und er schickte den Brief per Expreß nach Norwegen. Aber das einzige, was sie gesagt hatte, als er anrief (sie rief damals nie an), war, daß er eine kindliche und unreife Handschrift habe. Nun, dachte Ludvig Hassel, viele Jahre später, es *ist* wirklich eine kindliche und unreife Handschrift, geeignet, einen schwachen Charakter zu zeigen, einen Mann zu entlarven, der keinen wirklichen Kern besitzt, der aber die Hoffnung noch nicht aufgegeben hat, einen zu erhalten. Und vielleicht hatte damals seine Liebe zu ihr einen Knacks bekommen. Vielleicht hatte er bei diesem Telefongespräch zum ersten Mal gemerkt, daß eine Wut in ihm saß, eine Wut auf Dagny Smith-Torgersen, die er bis zu diesem Moment in jeder Hinsicht verehrt hatte, vom ersten Augenblick an überzeugt, daß sie ein Genie war, ein höheres, fast göttliches Wesen. Vielleicht sah er sie da in Gedanken zum ersten Mal als eine langweilige, verwöhnte Person, einen Menschen, der in seinem Leben eigentlich ziemlich wenig erlebt hatte, der zu einem gewissen Zeitpunkt, dank des Vaters, eines Reeders in Farsund, eine *Menge* Geld gehabt hatte. Sie war ein Mensch, der noch nicht bereit war, den Straßenkindern in Rio zu begegnen. Zwar hatte sie aus verschiedenen Gründen die Reise nach Brasilien mitmachen wollen, aber sie hatte im Stadtmuseum Oslo, wo sie damals arbeitete, nicht freibekommen. Und dort, in São Paulo, dachte Ludvig, daß er sie auf seiner Reise bisher vermißt habe, doch hatte er sie nur so lange vermißt, bis sie sagte, er habe eine kindliche und unreife Handschrift. Noch am gleichen Abend war er denn auch an einer jungen Kunststudentin aus Florida hängengeblieben, und zwischen all ihren hysterischen und ziemlich amerikanischen Betrachtungen über den deutsch-französischen Bildhauer Hans Arp und dessen nonfigurative Skulpturen mit ihren Rundungen hatte er sie halbherzig und schuldbewußt verführt.

Er hatte es danach erstaunlich wenig bereut, jedenfalls nicht, bis er wieder nach Norwegen zurückkam. Und die Episode, überlegte er jetzt, sagte vielleicht mehr über Dagny Smith-Torgersens Verhältnis zu Ludvig Hassel aus als umgekehrt.

Aber gleich, als er wieder auf seine Handschrift sah, merkte er, daß sein Selbstvertrauen schwand. Er hatte gedacht, er würde langsam zu der zynischen Ausdrucksweise finden, die er so souverän beherrschte, wenn er sich in kunsthistorischen Zusammenhängen äußerte. Er war in Fachkreisen schließlich berühmt für seine Arroganz. Aber Dagny kannte ihn besser, und mit einer solchen Handschrift würde es ihm nie gelingen, arrogant zu wirken. Es war schlicht und einfach eine unbeholfene, unreife und kindliche Handschrift, und Dagny hatte es gewagt, darauf hinzuweisen, nachdem er sich in einem Liebesbrief offenbart hatte. Was würde sie *jetzt* erst sagen, wenn er sie zu einem vernünftigen Umgang mit ihren Finanzen ermahnte? Natürlich hätte er einen solchen Brief auf dem PC schreiben können, aber Dagny Smith-Torgersen würde das nie tolerieren. Eine Reederstochter aus Farsund würde es nie akzeptieren, daß sich ihr geschiedener Ehemann mit Hilfe einer Maschine in einem privaten Brief an sie wandte. Sie hatte das im Laufe der Jahre wiederholt gesagt, und Ludvig *wußte*, daß er bei seiner schriftlichen Kommunikation mit ihr seine linke Hand benutzen mußte, ja, seine *linke Hand!* – denn er war Linkshänder, eine Person, der man daheim in Arendal wegen dieses Gebrechens mit den schlimmsten Strafen gedroht hatte und der es trotzdem nie gelungen war, die rechte Hand zu benutzen. Deshalb saß er jetzt in seiner standesgemäßen, aber inzwischen auch etwas schäbigen Junggesellenwohnung in der Odinsstraße und bemühte sich, so viel Selbstvertrauen aufzubauen, daß er »du alte Kuh« aufs Papier schreiben konnte. Er wußte, daß es eine enorme Erleichterung für ihn bedeuten würde, all die Aggressionen, die sich trotz allem im Laufe der Jahre aufgestaut hatten, loszuwerden. Er wußte, es würde eine Befreiung sein, sie als »Hure« und »Edelnutte« bezeichnen zu können. Aber mit einer so unbeholfenen Handschrift würde das nur infantil wirken.

Ludvig Hassel saß da und schlug sich mit der Wahl der Formulierung wie mit der Handschrift herum. Er hatte bereits mehrere Entwürfe gemacht, einige davon fast in Schönschrift, was aber total lächerlich aussah. Er sehnte sich danach, endlich zu der zynischen Ausdrucksweise zu finden, die er gewöhnlich bei anderen Menschen anwandte, aber im Falle Dagny Smith-Torgersen *ging* das einfach nicht, egal wie absurd er ihr Verhalten empfand, jetzt, nach fünf Jahren geschiedenen »Leidens«. Er saß da und hätte sie gern an den Brief aus São Paulo erinnert, an ihre Gefühllosigkeit von damals. Er wollte ihr, trotz allem, ein *bißchen* Schuld daran geben, daß sie mit ihrem Zusammenleben so gründlich Schiffbruch erlitten hatten. Aber die Wörter verknoteten sich auf dem Papier, er kleckste sogar mit dem edlen Montblanc-Füllfederhalter, den seine Kollegen ihm zum fünfzigsten Geburtstag geschenkt hatten. Er war Hauptkustos an der Nationalgalerie und nicht einmal fähig, einen Brief mit der Hand zu schreiben, dachte er entsetzt. Er versuchte es mit Formulierungen wie: »Denk einmal etwas an *meine* Situation, Dagny«, oder: »*Mußt* Du wirklich soviel Geld ausgeben, wenn die Situation so ist, wie sie ist«. Doch das klang hohl in seinem Kopf, und es sah fürchterlich aus auf dem Papier, mit diesen knotigen, hilflosen Buchstaben. Er wußte außerdem zuviel von ihr, wußte, daß ihr zugedröhnter Alltag nutzlos zerrann, daß sie irgendwann den Sinn des Lebens verloren hatte, und dieser Aspekt erschreckte ihn. Hatte sie eigentlich diesen Sinn des Lebens *vor* oder *nach* der Beendigung ihres Zusammenlebens verloren? Dagny war ja nie, dachte Ludvig Hassel, eine Frau gewesen, die mitten im Leben stand. Es war, als habe sie sich all die Jahre von etwas bedrückt gefühlt, habe irgend etwas vermißt; sei erfüllt gewesen von einer diffusen, aber zugleich starken Sehnsucht. Der gleichen, die er selbst empfunden hatte! Der Sehnsucht nach einem Gefühl, dem Gefühl, lebendig zu sein. Ja, dachte Ludvig Hassel, vielleicht war es das, wovon er ihr statt dessen schreiben sollte; von der Leere, die sie vielleicht *beide* empfunden hatten, als sie beisammen waren. Er senkte die Füllfeder noch einmal, zuversichtlich wie ein Kind, aufs Papier.

Im selben Moment klingelte es an der Tür.

Ludvig Hassel schrak zusammen. Besuch? Jetzt? Er hatte an diesem Abend keinen Besuch erwartet. Er war kein Mensch, den man unangemeldet besuchte, obwohl es gewisse Ausnahmen gab. Er konnte mit neunundneunzigprozentiger Sicherheit damit rechnen, daß nichts geschah, wenn er sich nicht selbst aktiv dafür einsetzte, daß es geschehen sollte. Er wußte, er war an der Nationalgalerie als ein arroganter, griesgrämiger und ungeselliger Hauptkustos bekannt. Erst vor kurzem hatte man ihn beim Auswahlverfahren für den neuen Direktor in schmählicher Weise übergangen. Er hatte geglaubt, mit einer gewissen fachlichen Berechtigung, daß zweifellos er die Stellung *bekommen* würde, aber das war nun nicht so geworden, und hinterher konnte er sich nicht verkneifen, einige ziemlich scharfe Bemerkungen über Karin Bjerke loszulassen, die zwar auch promoviert hatte, in Insiderkreisen aber als prämenstruelles Monster ohne besonderen fachlichen Tiefgang bekannt war. Damit war es, in diesen Kreisen, beschlossene Sache, daß sich Ludvig Hassel nach der Ernennung von Karin Bjerke, der zweiten Frau auf einem Direktorenposten innerhalb kurzer Zeit, etwas zurückgezogen hatte und in seinen Äußerungen über die kulturellen und politischen Phänomene der Gegenwart noch kritischer und bösartiger geworden war.

Einem solchen Mann stattete niemand unangemeldet einen Besuch ab. Das konnte sogar Ludvig Hassel verstehen. Deshalb hatte er es sich gemütlich gemacht. Er hatte sich auf einen dieser willkommenen Abende eingerichtet, an dem nichts geschah, an dem Anne-Beth Castberg seine Abwesenheit akzeptierte, an dem er einfach am Schreibtisch sitzen konnte, ohne jemandem Rechenschaft ablegen zu müssen, ein paar Flaschen Wein leeren konnte, sich in Gedanken ein bißchen wichtig machen, vielleicht Musik von Pierre Boulez auflegen, so als wollte er seinem lieben Nachbarn Tore Berg Winding, Professor für Ideengeschichte, zeigen, wer er eigentlich war; ein infantiles und lächerliches Manöver, natürlich, ebenso infantil und lächerlich wie seine Handschrift und ebenso deutlich eine Realität: Er *konkurrierte* stillschweigend und insgeheim mit Professor Winding darin, innerhalb dieser Gesellschaft, die auf allen Ebenen so schnell dem Verfall und der Verrohung entgegenging, ein gebildeter und aufgeklärter Mensch zu sein. Wenn er dem Professor morgens auf der Treppe begegnete, begannen sie schon nach kurzer Zeit ihre Gedanken über die Bücher auszutauschen, die sie gelesen, die

Theaterstücke, die sie gesehen, und die Musik, die sie gehört hatten. Die Gespräche mit Professor Tore Berg Winding, ursprünglich ein Emporkömmling aus Nittedal, war der schiere Zweikampf, wenn es um Kunst und Kultur ging. Also Pierre Boulez mit voller Lautstärke! Wenn man Professor war, oder Hauptkustos, brauchte man viel Zeit und lange Studien, um zu erklären, warum man existiert, das wußten beide. Dieses Minimum an Bildung. Der sogenannte *Signaleffekt* war wichtig. Die Referenzen, kurz gesagt. Pierre Boulez in voller Lautstärke würde immer richtig sein. Dies hätte außerdem der Abend sein sollen, an dem Ludvig dieser Dagny Smith-Torgersen *die volle und ganze Wahrheit* erzählte, wie tief sie gesunken war, sie, die einst so Begabte, welche Edelnutte sie inzwischen darstellte mit ihrem lächerlichen und oberflächlichen Nuttenwissen über Kitaj, einen Kitsch-Maler von Anfang an, den dieses aufgeblasene Astrup Fearnley Museum zu einem Heiligen hochstilisiert hatte. Dies war also der Abend, an dem Ludvig Hassel, mit seiner unbeholfenen Handschrift, alle früheren Schuldgefühle vergessen hatte und statt dessen ihr, der alten Kuh, zum ersten Mal hatte sagen wollen, wie falsch und lächerlich und verhurt sie inzwischen in seinen Augen wirkte, wie abfällig sie damals auf seinen Brief aus São Paulo reagiert hatte, wie habgierig sie sich soziale Leistungen erschlichen hatte, nur wegen »etwas da drinnen im Kopf«, was für eine schlechte Mutter sie außerdem ihren beiden Kindern war, Cathrine Hassel Smith-Torgersen und Paul Hassel Smith-Torgersen (Paul genannt nach Cézanne und Gauguin und Cathrine genannt nach einer alten Smith-Torgersen-Tante aus Farsund), ab jetzt Cathrine und Paul, die zudem längst erwachsen waren, aus dem Haus, ohne daß das Dagny

Smith-Torgersen daran hinderte, sich als »alleinerziehende Mutter von zwei Kindern« zu bezeichnen. Er hatte sie mit seiner kindlichen Handschrift fragen wollen, wie das zuging, daß sie nie Geld hatte, um neue Kleidung für die zwei kleinen Verschwender zu kaufen, während sie sich jedesmal, wenn Ludvig Hassel sie sah, in den aufsehenerregendsten Kreationen zeigte, einer Kleidung, die unter Kustoden überhaupt nicht üblich war, sogar mit *Hut* und *Schleier* hatte sie sich, bei einigen Gelegenheiten, zur Schau gestellt. Sie hatte sich mit ihrem »vor Trauer klopfenden« Herzen ständig auf Premieren und Vernissagen gezeigt, und das in einer Art, die es einem unmöglich machte zu glauben, daß sie in diesen Jahren jede Nacht allein ins Bett gegangen war. Er vermutete stark, daß sie mit einer ganzen Reihe von Dozenten und Professoren der Universität ein Verhältnis hatte. Es war etwas mit ihrer Schminke, der Faltencreme, derselben Falten- oder Tagescreme, die inzwischen fast alle Frauen Norwegens mit einem gewissen Lebensstandard begonnen hatten zu benutzen, Produkte, die einfach Tagescremes waren, doch von den Herstellern, den Chemiefabriken irgendwo in Taiwan, als »Bio-performance-Produkte« von der Art »advanced super revitalizer« oder »deep cleansing emergency mask« genannt wurden. Ludvig sehnte sich danach, ihr mit seiner kindlichen, unreifen Handschrift zu schreiben, daß er selbst sich auch wünschen würde, eine »deep-mask« zu benutzen, doch aus finanziellen Erwägungen bisher mit Nivea vorliebgenommen habe. Nun, dieser Brief mußte warten. Es klingelte abermals an der Tür. Wie zerstreut er zur Zeit war, dachte er. Wie leicht er sich in Gedanken verlor. Ludvig ging zur Sprechanlage und hoffte nur, daß es nicht Universitätsdozent Øystein Viken war, der sich wieder besaufen und mit ihm die Nacht um die Ohren hauen wollte, fixiert auf Cognac, Zigaretten und die Verbitterung, damals, 1994, als man im Museum für Zeitgeschichte eine neue und attraktive Stelle einrichtete, übergangen worden zu sein, eine Verbitterung, die mit den Jahren zugenommen hatte, wie auch seine eigene Verbitterung und undefinierbare Unruhe, Ludvig Hassel merkte es, zunahm, eine solche Unruhe, daß er nicht mehr wußte, was er fühlte, was er fühlen wollte, daß er nicht einmal wußte, was er dachte oder wer er war; ganz abgesehen von der Gewißheit, daß er es in seinem Leben zu nichts mehr bringen würde. Er hatte es in einem Alter von zweiundfünfzig Jahren nicht geschafft, »seine Stellungen zu befestigen«, wie es Øystein Viken gern ausdrückte. Seine Karriere war total festgefahren, so, wie sie, das wußte er, für eine Reihe von Männern seines Alter und in seinem Umfeld festgefahren war. Vielleicht war Oslo deshalb in den 90er Jahren, wenn sie ihrem Wesen nach auch eher *finnisch* war, eine so bedrückende und sibirische Stadt geworden, eine Stadt mit frierenden und versoffenen und manchmal ziemlich pathetischen Menschen, denen nichts so recht im Leben gelang, die aber trotzdem mit Glanz und Gloria untergehen wollten, wie man so sagt. *Helsinki* ist eine solche Stadt, dachte Ludvig Hassel, die Hauptstadt eines Landes, das einmal zu oft auf der Seite der Verlierer gestanden hatte, eines Landes, in dem die Mütter die Leichen ihrer Söhne hatten entgegennehmen müssen, ohne sagen zu dürfen, sie hätten einen ehrenvollen Tod gefunden. Ihre Jungen hatten vielmehr einen abscheulichen und sinnlosen Tod erlitten, sie waren *tote Verlierer*, die nicht einmal ihre eigenen Familien versorgen konnten, weil sie tot waren, weil sich das Land erneut den Siegern hatte unterwerfen müssen. Und diesmal war es die Europäische Union. Die Finnen in ihrer Europabegeisterung waren eigentlich am erschreckendsten, dachte Ludvig Hassel. Er war jetzt bei der Sprechanlage angekommen, und seine Gedanken gefielen ihm gar nicht. Er dachte an Helsinki und an seine unbeholfene Handschrift. Er hätte so gerne einen Brief an Dagny Smith-Torgersen geschrieben, hätte ihr gern gewisse Wahrheiten hingerieben, aber es bimmelte in der Sprechanlage, und der Abend war ohnehin zerstört, jedenfalls wenn man in Betracht zog, was er ursprünglich mit ihm vorhatte.

»Ja?« fauchte Ludvig Hassel, wie üblich, für den Fall, daß ein Vertreter von Staubsaugern oder anderen Apparaten unten stand.

»Hallo Daddy, hier ist Cathrine.«

Wieso Cathrine! Ludvig Hassel wartete einen Augenblick. Dann drückte er zögernd auf den Knopf. Es kam wahrlich nicht oft vor, daß ihn seine Tochter besuchte, dachte er. Es mußte ein besonderer Kummer sein, der sie herführte. Cathrine hatte es bis jetzt noch nie gewagt, unangemeldet bei ihm zu erscheinen, warum kam sie dann jetzt? Es mußte etwas Außergewöhnliches sein. Brauchte sie Geld? Ludvig hängte den Hörer wieder an die Sprechanlage und starrte aus dem Fenster. Die Odinsstraße lag grau und ohne Schnee da, obwohl es Anfang Dezember war. Diese Stadt Oslo, seine eigene Stadt, hatte längst angefangen, ihm auf die Nerven zu gehen. In den 70er und 80er Jahren hatte Oslo Charme gehabt, weil die Stadt damals provinziell und ohne Ambitionen war. Sie war schön gewesen, weil sie noch eine Art Unschuld gehabt hatte, dachte Ludvig Hassel. Sie hatte eine bestimmte sozialdemokratische Identität besessen. Zwischen all den alkoholpolitischen Restriktionen und den hoffnungslos langsamen kommunalpolitischen Beschlüssen, was zum Beispiel mit Tullinløkka oder der Umgebung des ehemaligen Westbahnhofs geschehen sollte, hatte Oslo eine eigene, jugendliche Energie, die Eindruck machte, jedenfalls auf Ludvig Hassels Kollegen aus Kopenhagen und Stockholm. Sie hatten vermutlich dasselbe Gefühl, wie es Ludvig überfiel, wenn er nach Tromsø flog. Bereits am Flugplatz spürte er eine ungewöhnliche Energie, als ob diese Menschen dort oben, von den Gepäckträgern bis zu den Taxifahrern und, später in der Stadt, den Portiers und Kellnern, ein Leben lebten, das völlig unabhängig von der übrigen Bevölkerung dieses Erdballs war, als ob diese Menschen *dort oben* mit sich mehr als genug hatten, so daß sie nicht wie alle anderen nach New York, London und Tokio kommen wollten. Ja, sie scherten sich um diese Städte wahrscheinlich einen Teufel. Sie hatten ihre *eigene* Welt, wie sie auch in Oslo, zu einem gewissen Zeitpunkt, ihre eigene Welt gehabt hatten. Sie reichte ihnen, so wie sie war. Man brauchte sich nicht fortzuträumen. Nun hatte er allerdings in der Zwischenzeit gelesen, in der Novembernummer des SAS-Magazins Scanorama, daß Oslo das »Paris des Nordens« geworden sei. Welch lächerliche Behauptung, dachte Ludvig Hassel dort am Fenster. Akerselven gegen die Seine! Ha! Die Nationalgalerie gegen den Louvre! Er hatte mit Dagny selbst zwei Jahre in Paris gewohnt, die ersten zwei zauberhaften Jahre eines Zusammenlebens, als Dagny Smith-Torgersen voller Ehrgeiz an ihrer Dissertation über Vasarély und Zukerman geschrieben hatte und zu letzterem vielleicht sogar eine sehr kurze erotische Beziehung gehabt hatte, dieser Gedanke war Ludvig jedenfalls viel später gekommen, als er einfach zwei und zwei zusammenzählte. Doch noch nicht damals, als junger Mann in Paris. Sie hatten ein winziges Appartement im Marais, als es dort noch Arbeiterviertel gab mit Metzgern, die Pferdefleisch, und Cafés, die unter der Theke Absinth verkauften. Die Amerikaner hatten den Stadtteil noch nicht okkupiert und zerstört, wie sie das Quartier Latin und die Altstadt am linken Seineufer längst okkupiert und zerstört hatten. Alles war ohne aufgesetztes Getue und deshalb zauberhaft für zwei Verliebte. Herrgott, dachte Ludvig, während er Schritte auf der Treppe hörte, er hatte Dagny damals wirklich *geliebt*. Sie hatten da oben in dem Appartement überdies Paul gezeugt und dank der Smith-Torgersen-Reederei in Farsund, die erst etwas später Bankrott gegangen war, fast täglich Champagner getrunken. Es war eine Zeit, in der sie noch nicht entdeckt hatte, was für eine kindliche Handschrift er besaß.

Cathrine kam erst danach. Cathrine kam, als das Miteinander sich bereits abgekühlt hatte, als beide, Dagny und er selbst, qualifizierte Kunsthistoriker waren, als der Traum von Professoren- und Direktorentiteln in ihren Köpfen zu rumoren begonnen hatte, zu einer Zeit, in der sie erkannten, daß sie Konkurrenten waren. Weder Paul noch Cathrine hatten eine besonders schöne Kindheit. Zu viele Spannungen, Ereignisse, an die sich Ludvig Hassel schmerzlich erinnerte und die er jetzt am liebsten vergessen würde. Und dabei war es unmöglich, sie zu verdrängen, dachte er, denn gleich würde er die Tochter wiedersehen. Cathrine, zweiundzwanzig Jahre alt. Ludvig hatte bei jeder Begegnung mit ihr ein unruhiges Gefühl. Er hatte nicht genug Selbstvertrauen, nicht einmal seiner Tochter gegenüber. Er öffnete die Tür zum Gang und sah sie plötzlich vor sich stehen, hochgewachsen und etwas verlegen, aber nicht verlegener als er selbst, dachte er. Sie umarmte ihn kurz, Ludvig hatte noch nicht gesehen, wen die Tochter mit heraufgebracht hatte, er nahm nur einen großen, männlichen Schatten wahr, denn vorläufig hatte er mehr als genug damit zu tun, sich eine Würde zu geben, die er in seinem Verhältnis zu Cathrine nie besessen hatte, jedenfalls nicht in den letzten fünf Jahren. Bei der unangenehmsten Sache in seinem Leben war Cathrine, mehr oder weniger zufällig, direkt Zeugin gewesen. Sie war erschienen, als er sich das am allerwenigsten wünschte. Sie hatte ihn, im wahrsten Sinne des Wortes mit heruntergelassenen Hosen gesehen, zu Hause im Wohnzimmer, zwischen den Schenkeln eines ihr unbekannten Mädchens. Dagny war mit Freundinnen auf ihrer jährlichen Parisreise gewesen, und Ludvig Hassel hatte die tiefe und zugleich verwirrende Freude erfahren, die blutjunge Anne-Beth Castberg, Gymnasiastin in der Abschlußklasse, daheim auf der Couch des Einfamilienhauses in Tåsen zu vögeln. Ludvig Hassel war sicher gewesen, daß die Tochter, nur zwei Jahre jünger als Anne-Beth Castberg, also siebzehn Jahre alt, auf ein Fest gegangen war. Er erinnerte sich, zu betrunken gewesen zu sein, um Vorsichtsmaßnahmen zu treffen. Vielleicht hing es mit seiner Handschrift zusammen. Vielleicht gab es andere Erklärungen. Jedenfalls war er ganz einfach platt, daß es ihm als Siebenundvierzigjährigem gelungen war, eine Gymnasiastin nach einer zufälligen Begegnung in der Künstlerkneipe Håndverkeren zu sich nach Hause zu locken. Er war platt, weil es ihm gelungen war, sie für Georges Seurats *Badende von Asnières* zu begeistern, das erste von zwei Monumentalbildern, das Seurat 1884 malte, als er erst 25 Jahre alt war. 25 Jahre! Also bevor ihn der Pointillismus völlig vereinnahmt hatte. Ein Bild, das der Salon 1884 ablehnte, weil es zu wenig auf seiner Linie lag, weil das Motiv des Bildes *Industriearbeiter* waren, die sich an ihrem freien Tag erholten, Proletarier, die im Gras lagen oder saßen und, mit einem kleinen braunen Hund im Vordergrund, auf die Seine starrten, drei Jungen, die badeten, und jemand, der, zwischen der Asnières- und Courbevoie-Brücke, mit dem Boot fuhr, ruderte oder paddelte, und im Hintergrund die großen Fabriken bei Clichy. Ludvig konnte sich noch erinnern, wie er sich bei der blutjungen Anne-Beth in Hitze redete. Irgend etwas an dieser Geschichte interessierte das Mädchen. Vielleicht, daß Ludvig Hassel selbst fast ein Proletarier war, jedenfalls ein Arbeitersohn aus Arendal, das hatte er sofort eingestanden, denn das pflegte aus irgendwelchen Gründen zu wirken, Arbeitersohn aus Arendal, der Vater war Aufseher im Gefängnis gewesen, die Mutter hatte für die Reichen drüben auf der Insel Hisøya gewaschen und gekocht. So etwas wirkte. Ludvig wußte genau, wie er das einsetzen mußte. Er wußte ja, daß er einen Namen hatte, ein Mann, der seit Jahren in den Kolumnen vertreten war, mindestens zehnmal im Jahr im Fernsehen auftrat. Er hatte gehofft, in die Wertekommission berufen zu werden, hatte es fast als eine Selbstverständlichkeit angesehen, aber das Telefon des Kommissionsbüros läutete nie bei ihm an, und inzwischen hatte er begriffen, daß er geradezu froh sein konnte, ja beinahe entzückt, nicht bei diesen schwitzenden sogenannten Persönlichkeiten mit dem ausweichenden Blick zu sitzen, die so taten, als sagten sie etwas – »wir haben da etwas, wir müssen ein wenig mehr an das mit der Umwelt, den Grundwerten und dem Öl denken.« Nein, jedenfalls nicht die Wertekommission, diese jämmerliche Idee des christlichen, bürgerlichen Ministerpräsidenten, eine staatliche Kommission ohne auch nur eine einzige Aufgabe, sozusagen ein trostloses, bürgerliches Gegenstück zur sogenannten Arbeiterkommission, die König Oscar der Zweite in den 1880er Jahren einsetzte und die tatsächlich eine Aufgabe *hatte*, nämlich die, »beruhigend und befriedend auf die Meinung der Allgemeinheit einzuwirken«. Und eine Kommission, die tatsächlich auch bestimmte Probleme, wie das Unfallversicherungsgesetz von 1894 und das Krankenversicherungsgesetz von 1909, *löste*. Dagegen die *Wertekommission*? Und Ludvig Hassel als deren *Mitglied*? Das war nach der Scheidung von Dagny Smith-Torgersen ohnehin unmöglich. Er war, auch jetzt noch, *der* Kunsthistoriker in Norwegen, wenn es nicht gerade um J. C. Dahl und die Düsseldorfer ging, obwohl er auch über *die* fundiert reden konnte. Er genoß diese Rolle. Sie hatte ihm viele profane Freuden beschert, und sie hatte seine Ehe ruiniert. Ludvig Hassel wußte besser als Cathrine, daß es ein nichtiges Ereignis war, an jenem Oktoberabend 1993 in Tåsen, das als der entscheidende Tropfen im Glas dafür sorgte, daß er unverzüglich, und auf erniedrigende Weise, von der Hauptkustodin Dagny Smith-Torgersen hatte geschieden werden müssen, die natürlich sofort angefangen hatte, griechische Tragödie zu spielen, trotz *ihres* ihm bekannten heimlichen Liebeslebens, das sich von Zukerman, dem geilen Bock, über einen uninteressanten Kunsthistoriker in Høvikodden bis zu einem jungen, afrikanischen Einwanderer und Einrichtungskünstler im Osloer Eastend erstreckte, der sich, wenn man den Gerüchten glauben durfte, die Chance einer angetrunkenen Strohwitwe aus Tåsen, die sich ins Nachtleben der Stadt verirrt hatte, nicht entgehen ließ. Ach, all diese traurigen

Details, die die Menschen während eines langen, sogenannten treuen Zusammenlebens bemüht sind, unter einem Mantel des Verschweigens zu verstecken. Dennoch hatte sich Ludvig Hassel, einen kurzen, verwirrten Augenblick lang, in dem Glauben befunden, plötzlich frei, ganz frei zu sein.

Was für ein Irrtum, denn Anne-Beth Castberg dachte nicht daran, ihn loszulassen, ungeachtet des Anblicks, den sie Cathrine bei der ersten Begegnung in ihrem Leben geboten hatte; mit gespreizten Schenkeln, fast gänzlich nackt, lag sie, nur mit Strümpfen bekleidet, arglos auf der Couch in Tåsen. Ludvig Hassel erinnerte sich, daß er nicht imstande gewesen war, die Situation in irgendeiner Weise zu retten. Er befand sich, wie man so sagt, auf dem Höhepunkt, als er einen Laut hinter sich vernahm und den Kopf drehte, während er gleichzeitig stöhnte. Er war völlig unvorbereitet, ausgerechnet in diesem Moment seine Tochter zu sehen, so daß das Stöhnen in einen Ausruf des Erstaunens überging, und augenblicklich, im selben Moment, daran erinnerte er sich noch, hatte er gedacht, er würde sich anhören wie ein kleiner, geschäftiger Dachs, dem jemand plötzlich zu nahe gekommen war; er hatte das selbst einmal erlebt, tief in den Wäldern von Aust-Agder, daß gerade Dachse beides, Erstaunen und Schreck, ausdrücken können.

Für Anne-Beth Castberg war es nicht leichter. Ludvig Hassel erinnerte sich, wie ihn die Gymnasiastin weggestoßen, die Knie zusammengeknallt und hysterisch zu schreien begonnen hatte, wie seine alte Tante Bitten aus Austre Moland, wenn sie sich als Teufelsaustreiberin betätigte. Ludvig erinnerte sich, daß er sofort an all die Energie gedacht hatte, die er darauf verwendete, seine inzwischen notorische Untreue vor Dagny und vor den

Kindern zu verheimlichen. Jetzt war er in abscheulichster Weise auf frischer Tat ertappt worden. Seine Tochter hatte ihn in einer unsäglichen Situation gesehen. Das war nicht zu ertragen, und so fing Ludvig Hassel zu lachen an. Er stimmte ein lautes, klares und blödes Gelächter an und dachte, wenn er bloß sterben würde.

Doch Cathrine bewahrte die Fassung. Das hatte sie im übrigen immer getan, trotz all seiner Seitensprünge, dachte Ludvig Hassel, als er an diesem Dezemberabend 1998 in der Wohnung in der Odinsstraße stand und seine Tochter umarmte und dabei gleichzeitig spürte, daß neben ihr ein männlicher Schatten stand. Cathrine hatte ihrer Mutter damals alles, was sie gesehen hatte, erschrocken erzählt, und damit brach die Hölle los. Keine der beiden Frauen hatte gedacht, daß Anne-Beth Castberg an einem Mann festhalten würde, der fast dreißig Jahre älter war als sie und der sie auf arglistige Weise in eine so äußerst entwürdigende Situation gebracht hatte. Aber sie tat es. Ludvig Hassel begann zu ahnen, daß Cathrine nach wie vor an ihm zweifelte. Vielleicht kam sie unangemeldet, um festzustellen, ob Anne-Beth endlich bei ihm eingezogen war. Die Familie Smith-Torgersen wollte es einfach nicht glauben, daß Ludvig Hassel nach fünf Jahren immer noch allein wohnte. Es war Paal Potter Brantzæg, der Filmregisseur, der, bevor er sich erhängte, Ludvig seinerzeit beschworen hatte, er müsse, falls er sich jemals von Dagny Smith-Torgersen trennen sollte, Frauen *meiden.* »Frauen«, hatte er, in den Armen eines sechzehnjährigen Jungen, durch den ganzen Club 7 gegrölt, »sind *Kannibalen*, Ludvig! Vergiß das nie! Sie reden von Gefühlen und der Kraft der Liebe, nur um dich *auszuplündern*, sobald sich eine Gelegenheit bietet!«

Ludvig Hassel hatte damals nicht weiter darüber nachgedacht, als Dagny wieder anfing, ihm ausgeklügelte Bettelbriefe zu schicken, in denen sie sich als alleinstehende Mutter von zwei Kindern bezeichnete, und als sie ihm überdies auf ihre berechnende Art schöntat und darüber hinwegsah, was er ihrer Tochter angetan hatte, als er zwischen Anne-Beths Knien lag, doch jetzt tat er es. Und gleichzeitig stand er da und schickte sich an, eben diese Tochter in den Arm zu nehmen, die ihm anscheinend alles vergeben hatte, aber nur anscheinend, denn es war immer ein Zorn in ihr, ein Zorn, den sie meistens erfolgreich versteckte, abgesehen von einzelnen, kleinen scharfen Worten, die sie bei den überraschendsten Gelegenheiten loslassen konnte. Irgendwie hatte er sie immer gefürchtet.

»Na, wie geht's, Daddy?«

Ludvig Hassel hörte, daß ihre Stimme einen zitternden Unterton hatte. Sie bemühte sich, gefaßt zu wirken, aber er kannte sie zu gut.

»Einigermaßen«, murmelte er.

»Schön für uns beide«, sagte Cathrine. »Denn es ist an der Zeit, daß ich dir Arvid zeige. Du kennst Arvid doch? Arvid Buvik? Deinen ärgsten Konkurrenten?«

Es war der Abend, an dem Ludvig Hassel erfuhr, daß Arvid Buvik der Freund von Cathrine geworden war, und es war eine Tatsache, auf die er höchst unvorbereitet war. Was für eine Konstellation! Ludvig Hassel hoffte und glaubte, daß Cathrine das nicht boshaft meinen würde. Dennoch zuckte er zurück und dachte: Das muß eine Form von Rache sein, das ist lächerlich, das tut Cathrine nur, um mich zu *bestrafen*, vielleicht nicht bewußt, aber instinktiv, weil sie mit dem Peinlichen und für sie so Erschreckenden, das vor fünf Jahren geschah, noch nicht fertig ist.

»Arvid Buvik, natürlich«, sagte Ludvig Hassel und merkte, daß er gequält lächelte, während die Tochter ihn forschend musterte. Er hörte sofort, daß die volle Nennung des Namens distanzierend wirkte. Arvid Buvik hatte einen besonderen Klang in Ludvigs Ohren. Arvid Buvik war gefährlich. Arvid Buvik war mit seinem Mag. art. und seinen Medienauftritten weit gekommen im Leben. Aber er hatte trotz allem keinen Doktortitel. Ludvig Hassel hatte über Georges Seurat promoviert. Er hätte sowohl an der Universität in Bergen wie in Oslo Professor werden können. Er hätte auch Direktor der Nationalgalerie werden können, wenn diese alte, blöde Ziege Karin Bjerke nicht bei einem völlig unverständlichen staatlichen Auswahlverfahren alle ihre Konkurrenten ausgestochen hätte. Das hing offenbar damit zusammen, daß Norwegen in den 90er Jahren einen Hang zu weiblichen Kulturministern hatte. Also Quotenregelung, hatte Ludvig gedacht. Er erinnerte sich, daß er völlig sicher gewesen war, die Stelle zu bekommen. Direktor der Nationalgalerie, das war eine Position, auf die ein Kunsthistoriker sein ganzes Leben ausrichten konnte, und es gab offenbar einige, die das getan hatten, darunter er selbst. Aber er hatte sich verrechnet, hatte sich eindeutig verrechnet, er war durchgefallen, daß es nur so krachte. Vielleicht hatte er deshalb gehofft, wenigstens in die Wertekommission zu kommen: »Wir meinen, daß wir alle ein wenig mehr nachdenken müssen über die Umwelt, die Grundwerte und das Öl. Nicht daß man das vorher nicht bedacht hätte, aber wir müssen es noch einmal bedenken und gründlicher.« In der Wertekommission wäre er, das wußte Ludvig Hassel jetzt, nur ein Nichts gewesen. Aber als Direktor der Nationalgalerie hätte er immerhin eine konkrete Tätigkeit auszuüben gehabt, und das machte ihm bewußt, daß er dem undefinierbar jugendlichen Kunsthistoriker Arvid Buvik mitten ins Gesicht starrte. Arvid Buvik war jung und draufgängerisch, aber ungeachtet dessen war Arvid Buvik zu alt für Cathrine. Er trug das Haar ganz kurz geschoren, so als wolle er sein knochiges Aussehen unterstreichen. Ludvig dachte mit Genugtuung, daß er wenigstens *das* zum Glück nicht nötig hatte. *Haare* waren auch sonst sein Problem nicht! Er hatte Haare bis weit über die Brust hinauf, und er war sehr darauf bedacht, immer, wenn sich die Gelegenheit bot, die obersten drei Hemdenknöpfe offenzulassen. Doch Arvid Buvik, der bestimmt schon über dreißig war, hatte offensichtlich den Wunsch gehabt, viele dieser Haare zu entfernen. Deshalb hatte er sich, wie so viele seiner Generation, für das Kahlscheren entschieden, eine traurige Frisur, die Ludvig Hassel augenblicklich melancholisch machte und ihn unweigerlich an todgeweihte krebskranke Freunde denken ließ, die mit Chemotherapie behandelt wurden.

Arvid Buvik streckte ihm die Hand entgegen. Ludvig Hassel nahm sie und dachte, daß das kein Irrtum war, zu diesem Schreckensszenarium mußte er sich verhalten, er erlebte das hier und jetzt. Er war immer fehlgetreten, wo kein anderer fehltrat. Ständig hatte er sich anstrengen müssen, um das zu erreichen, was andere, fast ohne es zu wollen, erreichten. Die Tochter hatte eine Wahl getroffen. Hatte sie dabei ihre weibliche Intuition benutzt? fragte er sich. Begriff sie das Ausmaß der Unverschämtheit, mit der Arvid Buvik sich in den Loipen bewegte, die er, Ludvig Hassel, längst hinaufgestiegen war? Konnte

Cathrine wissen, daß der gewissermaßen glatzköpfige Mann mit der kleinen Brille, mit der Lederjacke und dem schwarzen Hemd und all dem übrigen, das dazu beitrug, ihn als typischen Intellektuellen der 90er Jahre zu uniformieren, ein Mann war, den Ludvig Hassel in letzter Zeit zunehmend zu fürchten begonnen hatte? Ein Mann, der mit erstaunlicher Schnelligkeit die Stellungen eroberte, die Hassel jetzt zu verlieren drohte? Oder übertrieb er vielleicht? War das wirklich nur eine fixe Idee in Ludwigs Kopf, daß der Kunsthistoriker Arvid Buvik als ein Mann auftrat, der in verblüffendem Maße damit begonnen hatte, sich über Gegenstände zu äußern, zu denen früher Ludvig Hassel seine Meinung öffentlich kundgetan hatte? Nachdem er eine Zeitlang aktuelle Fragen im norwegischen Rundfunk moderiert hatte, war Arvid Buvik plötzlich die Person in den Medien geworden, an die man sich wandte, wenn etwa zu dem Streit um den Parkplatz Tullinløkka oder den Ausbau der Nationalgalerie ein Kommentar gebraucht wurde; und das, obwohl Ludvig Hassel nach wie vor in der Nationalgalerie *arbeitete*; übergangen wegen Karin Bjerke, nun ja, aber dennoch die Person, die man bei solchen Sachen normalerweise um eine Stellungnahme gebeten hätte, da Hassel *selbst* bei den Medien als erste Wahl gegolten hatte: seit Jahren unter der Überschrift ›Ludvig Hassel am Sonntag‹ Kolumnist der überregionalen Zeitung ›Dagbladet‹, Fachmann in der Quizsendung ›Quitt oder weitermachen‹, Teilnehmer an den ›Streitgesprächen‹ im zweiten Fernsehen über das Kulturbudget oder über den Maler Odd Nerdrum. War Ludvig Hassel nicht der Kunsthistoriker in Norwegen, der am *besten* geeignet war, Odd Nerdrum und sein ganzes unverständliches Kitsch-Universum zu entthronen? Ludvig löste seinen

Händedruck mit dem jungen, kahlgeschorenen Arvid Buvik und merkte zu seiner Genugtuung, daß der Aufsteiger tatsächlich etwas schweißige Hände hatte, offenbar nervös war, wie er da mit Cathrine stand, und gleich mit eigenen Worten verkünden würde, daß er und Cathrine eine Beziehung eingegangen seien, daß also er, der junge Schnösel, faktisch beabsichtigte, Ludvig Hassel bis weit ins Privatleben hinein zu verfolgen. »Wer wagt mir zu sagen, ich sei paranoid?« dachte Ludvig, als er, übermannt von Selbstmitleid, zwanghaft versuchte, den Gastgeber zu spielen, und die beiden jungen Leute einzutreten bat, innerlich darauf vorbereitet, sich die in seinen Augen völlig uninteressante Geschichte anzuhören, wie sie sich im Frühherbst zum ersten Mal begegnet waren, im ›Arcimboldo‹, natürlich, dem Restaurant im sogenannten Haus der Künstler, das Ludvig Hassel ebenfalls gern und häufig aufsuchte, ohne daß er, nach eigener Aussage, meinte, es sei leicht, dort wirkliche *Künstler* anzutreffen. Aber das ›Arcimboldo‹ war nun mal der Ort für junge und alte Aufreißer, also auch ein Ort für den Aufreißer Arvid Buvik, stellte Ludvig fest, während er die zwei Frischverliebten auf die Couch komplimentierte und sah, wie sie, kaum hatten sie sich gesetzt, auf jene widerliche Weise aneinander herumfummelten, wie das Frischverliebte immer tun. Ja widerlich, dachte Ludvig, der selbst danebenstand und dem Ganzen beiwohnte, der ahnte, daß Arvid Buvik vermutlich in sein Privatleben getreten war, um dort zu bleiben; ein künftiger Schwiegersohn, offenbar, wenn es stimmte, daß Väter das fühlen. Mütter können es fühlen, wenn es um ihre Söhne, Väter, wenn es um ihre Töchter geht. So ist das nun mal. Und hier stand er, der künftige Schwiegervater, und überlegte, ob er ihnen Champagner, den er stets im Kühlschrank bereitstehen hatte, anbieten oder lieber versuchen sollte, dem frechen, bebrillten Kunsthistoriker, der in diesem Leben nichts ausließ, eine Lektion zu erteilen und ihn rauszuschmeißen. Rauszuschmeißen aus der Wohnung, ein für allemal. Aber nein. Ludvig wußte, was Cathrine diesem Arvid Buvik sicher über ihren Vater erzählt hatte und damit auch über die Scheidung, über das Abenteuer mit Anne-Beth, über all das, was sich im Laufe der Jahre zu einem ständigen Alptraum entwickelt hatte. Oh, dieser Ekel, wenn man merkt, daß hinter den vermeintlichen Unterschieden der Dinge und Gedanken alles so unerträglich gleichförmig ist! Die ewige Wiederholung, der Stillstand in allem, was er erlebte. Besonders jetzt. Ja, Ludvig spürte es, die Nerven lagen blank. Er entschied sich für den Champagner. Selbst wenn er es wünschte, er konnte seine Familie nicht abschaffen. Das war im übrigen ein Ausspruch von Thomas Bernhard, und Ludvig dachte plötzlich auch an *Auslöschung. Ein Zerfall.* An *Auslöschung* zu denken schien richtig, jetzt, wo die eigene Tochter sich die schlimmstmögliche Person als Partner ausgesucht hatte, jetzt, wo zwischen ihnen etwas Ernstes und Unheilvolles bevorstand, sonst wäre es Cathrine nicht eingefallen, ihn auf diese Weise anzuschleppen. Es war höchst ungewöhnlich. Aber scheiß drauf, was sollte er tun? Champagner, dachte Ludvig Hassel. Das einzig richtige war, gute Miene zum bösen Spiel zu machen. Cathrine hatte ihren Vater in einer äußerst peinlichen und zudem fatalen Situation erlebt. Da fehlte es gerade noch, daß er jetzt nichts für *sie* arrangierte, seinen kleinen, verwirrten Liebling, Cathrine, die es in ihrem Leben noch zu nichts gebracht hatte, die zwischen ihren Studienfächern Literaturwissenschaft und Massenkommunikation hin- und herpendelte, ohne zu wissen, was sie mit dem einen oder dem anderen sollte. Champagner für Cathrine! dachte Ludvig. Wenigstens für *sie*, die bislang erbärmlich und schlecht in einer Wohngemeinschaft in der Christiesstraße hauste, die mehr als acht Allergien plagten und die, auch wenn sie in ihrem Leben noch nichts zuwege gebracht hatte, so große Ambitionen besaß. Cathrine, die nach Indien wollte, nach Agra, Varanasi und Daressalam, die auf die große Halbjahrestour gehen wollte; sie, die bevor sie fünfzehn war, versucht hatte, sich das Leben zu nehmen, die an allen Aktionen der kirchlichen Wohlfahrt in der Vorweihnachtszeit teilnahm. Cathrine, die ihren Vater nackt zwischen Anne-Beth Castbergs Knien gesehen hatte.

Ludvig Hassel schauderte es, als er daran dachte, während er in die Küche ging, die Flasche und die drei Gläser holte, zurück ins Zimmer kam, und es schauderte ihn noch mehr, Arvid Buvik Arm in Arm mit seiner Tochter zu sehen, vertieft in die Betrachtung des Bücherregals und aller Möbel und Bilder in der Wohnung. Hassel fühlte sich wehrlos, als er versuchte, die Rolle des großzügigen Vaters zu spielen. Als Brantzæg noch lebte, war es erlaubt, auszuscheren, bestimmte Normen zu verletzen, auf Tauchstation zu gehen und dort einige Zeit zu bleiben. Aber nicht jetzt. Ludvig Hassel fühlte, deutlicher als je zuvor, daß seine Zeit knapp bemessen war, daß er sich jetzt für den Rest seines Lebens stählen mußte, obwohl er am liebsten seine Ruhe gehabt hätte. Champagner für Cathrine und für Arvid Buvik! Ludvig öffnete die Flasche mit einem Knall und sah dabei, wie effektiv der junge Kunsthistoriker seine Augen benutzte, um sich einen Eindruck von der Wohnung und von Ludvig Hassels Privatleben zu verschaffen. Er registrierte die leeren Weinflaschen ebenso wie die vollen Aschenbecher. Dasselbe machte die Tochter. »Du isolierst dich zur Zeit, Daddy?« Cathrine konnte in seinem Innern lesen. Sie wußte immer, wann er in einer Depression steckte, weil sie selbst da unten gewesen war. Er nickte und sehnte sich nach der Nordmarka. Nach den Loipen, die auf ihn warteten. Schon seit Wochen warteten. Kikut. Hakloa. Katnosa. Ja, er hätte einen Abend hinauflaufen sollen zur Kikuthütte. Statt dessen saß er hier und trank mit seiner Tochter und dem Mann, von dem er intuitiv wußte, daß er sein künftiger Schwiegersohn werden würde, Champagner. Cathrine hatte ihn mit einem Blick durchschaut. Er hielt Anne-Beth zur Zeit mehr als sonst auf Distanz, schob es auf die Arbeit, einen Artikel, den er für einen Katalog zu schreiben habe. Aber er schrieb kein Wort mehr. Seine kreative Tätigkeit als Kunsthistoriker hatte etwa zu der Zeit aufgehört, als sich die Sache mit Anne-Beth zu Hause in Tåsen ereignete. Was zuvor seine Lebensaufgabe gewesen war, machte ihm plötzlich keinen Spaß mehr. Bis vor fünf Jahren hatte er an die Kunstgeschichte als ein Werkzeug zum tieferen Verständnis der menschlichen Existenz geglaubt, hatte, ähnlich wie Dagny, geglaubt, daß die Kunst und das Kunstverständnis, die kritische und zugleich hingebungsvolle Haltung, die er bei der fachlichen Betrachtung von Problemstellungen und Phänomenen der Kunst einzunehmen bemüht war, dazu taugten, ihm in seinem eigenen Leben zu helfen, ihn veredeln, ihn klüger und als Mann harmonischer machen könnten. Er hatte geglaubt, daß er mit fünfzig genügend *Einsicht* und *Gewicht* haben würde, um eine Kraft zu sein, ein Leuchtturm für andere, die Halt in ihrem Leben suchten. Seurat war *das* Sinnbild dafür, die *Badenden von Asnières*, diese pastorale Ruhe dort am Fluß, das Wasser, das Unreines wegspülen konnte.

Unreines wegspülen! Den Alltag, die Mühsal, die Angst wegspülen! Warum steckte eine so große Trauer in ihm, dachte er, während er die beiden Frischverliebten ansah, Cathrine mit strahlenden Jungmädchenaugen, als erlebte sie diese Beziehung wie einen persönlichen Triumph, so wie sich Ludvig erinnerte, es als seinen Triumph erlebt zu haben, mit Dagny zusammenzugehen. Er hatte es anfangs nicht glauben können, daß er wirklich das Interesse der jungen Kunststudentin hatte wecken können. Er hatte sich den ganzen Sommer, den sie in Europa herumgereist waren, von Oslo über Kopenhagen und Hamburg nach Venedig und Dubrovnik, wie in einem Rausch gefühlt. Noch lange, nachdem sie ein Paar geworden waren, empfand er es als unwirklich, daß er, Ludvig Hassel, mit Dagny Smith-Torgersen zusammen war. Er hatte nie die gleiche innere Selbstsicherheit gehabt wie seine Kollegen. Er wußte, daß er als Polemiker gefürchtet war, daß manche Leute auf die Toilette gehen mußten, um sich zu übergeben, wenn es ihm gelungen war, sie völlig zu verunsichern, während es für Ludvig Hassel nur harmlose Wörter waren. Er war jedesmal überrascht, wenn die Leute seine Zynismen wörtlich nahmen. Eine zynische Formulierung war etwas, das er sich ohnehin nie verkneifen konnte. Er merkte jetzt, daß er bereits nach Worten suchte, mit denen er Arvid Buvik treffen konnte, wie er da auf der Couch saß und ihn mit einem leisen Lächeln zum Narren hielt. Cathrine verdiente nichts so Mieses wie Arvid Buvik, und Arvid Buvik verdiente nichts so Schneidiges wie Cathrine. Es war Cathrine, die strahlte, und Arvid Buvik sonnte sich in ihrem Glanz. Dennoch wußte Ludvig Hassel, daß dieser Arvid Buvik jetzt damit beginnen würde, Cathrine darüber zu belehren, was wichtig war im Leben, also die Filme von Antonioni und Angelopoulos, die Romane von Thomas Bernhard und José Saramago, die Texte von Fernando Pessoa, die Gedichte von Paul Celan, die Musik von György Kurtág und Giya Kancheli, die Theaterstücke von Lars Norén und David Mamet, die Bilder von Leonhard Rickhard und Anselm Kiefer, Herrgott, all das, was noch *vor* ihr lag, das lag *hinter* ihm, das konnte er nicht mehr brauchen, weil sein Leben dahinlief wie ein trauriger kleiner Fluß, weil diese künstlerischen *Erkenntnisse* ihm nicht länger helfen konnten, weil er sich wie der badende Mann von Gustave Caillebotte fühlte, auf dem Bild, das in Raum vierundvierzig in der National Gallery am Trafalgar Square in London hing, gegenüber von Seurat und den *Badenden von Asnières*, ein Mann von hinten gesehen, wie er sich nach dem Bad abfrottiert, die feuchten Flecken auf dem Boden, die an Blut erinnern, als tropfe das Blut von ihm, als sei er krank, ein Mann in den besten Jahren, vielleicht im Alter von Ludvig Hassel, kräftig gebaut, mit Waden-, Oberschenkel- und Armmuskeln, schmal in der Taille, und dennoch erbärmlich, wie er dasteht. Ja, dachte Ludvig, nichts ist vollkommen; und trotzdem hatte er immer das Vollkommene verehrt, eben die *Badenden von Asnières*, denn dieses Bild war vollkommen, auch wenn die Perspektive nicht stimmte, auch wenn die Farbgebung der Figuren keine Rücksicht auf die optische Realität nahm, es war trotzdem vollkommen, ein Bild, das Ludvig niemals langweilte, so wie ihn Meisterschaft in der Malerei immer blendete, das kühle, analytische Herangehen an das Motiv, das gleichzeitig von Sinnlichkeit erfüllt war.

»Wir werden zusammenziehen«, sagte Cathrine. »Bereits morgen«, bestätigte Arvid Buvik. Ludvig lief ein leichter Schauder über den Rücken. Also ein künftiger Schwiegersohn, wie es ihm seine Intuition sofort, als er den jungen, egozentrischen und selbstverliebten Mann sah, gesagt hatte. Er gehörte zu den Schlimmsten in diesem kleinen norwegischen Kulturleben. Hassel hatte ihn vom ersten Augenblick an verabscheut, so wie er die neuen, jungen Literaten verabscheut hatte, die neuen, unauffälligen Schauspieler, die neuen, hemmungslosen Maler. Gehörten sie dem weiblichen Geschlecht an, so waren es Gänse, alberne Ziegen mit gefärbtem Haar und dummen Lederjakken. Und wenn sie dem männlichen Geschlecht angehörten, waren es androgyne Halbstarke in Leder, die sich nicht entscheiden konnten, ob sie nun Homos oder Frauenschänder waren. Ludvig hatte schlechte Neuigkeiten immer riechen können, bevor sie kamen, doch Arvid Buvik war zu schlecht, um wahr zu sein. Welche Botschaft an einem Abend wie diesem! dachte er jetzt. Wie eine schlimme Prophezeihung spann er den Gedanken weiter, als Anfang eines Kapitels in seinem Leben, das er einige Jahre versucht hatte vor sich herzuschieben. »Wir heiraten nächstes Jahr«, sagte Cathrine auf ihre schlichte, fast naive Art; eben noch ein junges Mädchen, stellte Ludvig fest. Äußerlich war sie all den anderen jungen Frauen Anfang Zwanzig zum Verwechseln ähnlich: blond, kurzes, gefärbtes Haar, ein sanftes Wesen, groß, kicherndes Lachen, manchmal in einer kleinen Lederjacke und trotzdem innerlich ständig zornig, fast den Tränen nahe, sie war wie geschaffen dafür, von einem stärkeren Mann geformt zu werden.

»Wo werdet ihr wohnen?« fragte Ludvig. »Bei mir«, sagte Arvid Buvik und legte die Hand auf Cathrines Knie. »Wo ist das?« »In der Bygdøy Allee. Ein kleines Appartement.« »Aha.«

Ludvig Hassel wußte nicht, was er noch dazu sagen sollte. »Ich freue mich, für euch«, sagte er. Cathrine nickte. »Ich wußte, daß du dich freuen würdest«, sagte sie mit einem Zittern in der Stimme. »Ich bin sehr glücklich.« »Stell dir vor, Arvid ist auch Kunsthistoriker.« Sie kicherte unmotiviert, fast hysterisch, dachte Ludvig. »Jetzt gibt es drei Kunsthistoriker in der Familie.« »So ist es«, sagte er und hob das Glas wie zu einem Toast. Er konnte einfach nicht glauben, daß Cathrine wirklich glücklich war. Seit dem Selbstmordversuch als Fünfzehnjährige war sie nie fröhlich gewesen. Wie sollte Arvid Buvik sie glücklich machen?

Sie blieben schweigend sitzen. Ludvig begriff, daß sie sich äußerst wenig zu sagen hatten. Er selbst hatte auch nichts beizusteuern. Er fühlte sich völlig leer. Sie interessieren sich nicht einmal füreinander, dachte er. Für Cathrine war Ludvig nur ein strapaziöser und unverständlicher Vater, der sie einmal tief enttäuscht und eine mühsam aufrechterhaltene Familienidylle zerstört hatte, und für Arvid Buvik war er nur ein gebrechlicher, pathetischer, alter Hauptkustos, der der Sonne im Licht stand. »Du mußt mir beim Umzug helfen«, sagte Cathrine. »*Kannst* du?« Ludvig starrte seine Tochter erstaunt an. Danach richtete er einen fragenden Blick auf Buvik. Cathrine hatte nie um irgendeine praktische Unterstützung gebeten. Sie hatte im Gegenteil jede Form von Abhängigkeit oder Dankbarkeitsschuld verabscheut.

»Ich habe morgen ein Interview«, sagte Buvik, offenbar mißmutig.

»Was für ein Interview?«

»Ein Presseinterview. Mit Dagbladet. Der ewige Streit um den Bankplatz. Gähn, gähn. Aber was zum Teufel sollen wir mit dem Museum für Gegenwartskunst machen?«

Ludvig Hassel nickte, irritiert.

»Und ich muß den ganzen Umzug im Laufe des Vormittags erledigt haben«, sagte Cathrine. »Denn da kriege ich einen Leihwagen.«

Ludvig nickte erneut. Es war mehr denn je an der Zeit, einen kühlen Kopf zu behalten. Die Ruhe zu bewahren. So wie er die Ruhe bewahren mußte, als ihm jemand erzählte, daß er nicht Direktor der Nationalgalerie geworden war, weil diese Kulturministerin mit ihrem Schlingerkurs grünes Licht für Karin Bjerke als Direktorin dieser Institution gegeben hatte, also für die zweite weibliche Besetzung innerhalb kurzer Zeit! – ein unverständliches Vorgehen, auf derselben Linie wie die Einrichtung der Wertekommission. »Wir meinen, daß wir alle mehr auf das mit der Umwelt, mit den Grundwerten und mit dem Öl achten und darüber nachdenken müssen.« Und was sollte Karin Bjerke sagen? Sie hatte ihre Karriere ja bereits *beendet*, bevor sie zur Direktorin ernannt wurde. Sie setzte nur alles daran und stellte vor all ihren Angestellten noch einmal die ganze Unfähigkeit und Niedertracht ihres Wesens zur Schau. Ludvig fand das nicht Rechtens, ebensowenig wie er es Rechtens fand, jetzt mit Arvid Buvik konfrontiert zu werden und ihn in der Familie willkommen heißen zu müssen, mit allem, was dazugehört; in der Familie Hassel also, die längst Schiffbruch erlitten hatte. Es war eigentlich schon ein bißchen abnorm, dachte Ludvig, daß Cathrine jetzt zu ihm als Vater zurückkehrte, und sei es auch nur, um einige Bücherregale und Stühle umzuquartieren, jetzt, wo sie einen Mann gefunden hatte. Warum wartete sie nicht einen Tag, bis Arvid Buvik Zeit hatte? Warum mußte sich Arvid Buvik hinstellen und ihm erzählen, daß er, ausgerechnet *er*, ein Interview mit Dagbladet zum Museum für Gegenwartskunst hatte, einem Museum, über das sich zu äußern Ludvig Hassel selbst noch vor wenigen Jahren als erster gebeten worden wäre, trotz seiner Anstellung an der Nationalgalerie. Begriff Cathrine die tiefere Symbolwirkung dessen, was sie gerade gesagt hatte? Begriff sie, daß sie, bildlich gesprochen, ihren eigenen Vater *kastrierte*, wenn sie ihn um einen solchen Gefallen bat? Nein, wahrscheinlich nicht! dachte Ludvig Hassel. Weil sie den geheimen Code in diesen Kreisen nicht kannte, weil sie selbst nicht erfahren hatte, was es hieß, den Großteil seines Erwachsenenlebens in einer konkurrenzgefährdeten Stellung zu sein, weil sie sich keinen Begriff davon machte, was es eigentlich für ihn, Ludvig Hassel, hieß, zu erfahren, daß wider alles Erwarten Karin Bjerke zur Direktorin der Nationalgalerie ernannt wurde, zu einem Zeitpunkt, als Ludvig Hassel, in seinem Privatleben am Boden zerstört, mühsam nach einem Halt suchte.

Also Cathrine beim Umzug helfen!

Wie lange, dachte Ludvig, während sich Arvid Buvik ungeniert umsah, kann ich mein Gesicht noch wahren, kann ich das Feld noch behaupten, obwohl ich keine Kraft habe, obwohl die Aschenbecher voll sind, jetzt, wo ich mit meiner ungeschickten Handschrift den Brief an Dagny schreiben sollte. Und Cathrine weiß nichts davon, dachte er, es ist unmöglich für sie, so etwas zu wissen, weil sie jung ist, weil alles, was sie schon gesehen hat, sie erschreckt hat, weil sie Zeugin eines Ereignisses mit Anne-Beth Castberg wurde, weil ihr ein Vater fehlt. Ein Vater für Cathrine! Ja, dachte Hassel, warum genügte ihm das nicht als Lebensaufgabe? Andere Väter hatten mehr als genug an ihren Kindern, prahlten bei jeder Gelegenheit mit ihnen, aber in Ludvig Hassels Fall waren die Kinder nur etwas Abstraktes gewesen, etwas Störendes. Er hatte nie die seelische Stärke besessen, in Ruhe mit ihnen zusammenzusein. Als habe ihm immer eine Art Band zwischen dem Körper und der Seele gefehlt. Jedesmal, wenn er seine Kinder traf, wurde er von Verlegenheit schier überwältigt. So wie jetzt, als ihn Cathrine bat, ihr beim Umzug zu helfen. Ludvig errötete, er errötete vor Scham, weil es in der Vergangenheit etwas gab, das sie wußte, weil Arvid Buvik dastand und zusah.

Als sie gegangen waren, merkte Ludvig, daß er sich unbehaglich fühlte, irgendwie gereizt war, vor allem Arvid Buviks wegen. Ein Geruch nach einem frischen und aufdringlichen Aftershave hing noch in der Wohnung. Er dachte, daß für Arvid Buvik dieses Treffen so selbstverständlich gewesen war. *Er* war hier der Star gewesen. *Er* hatte »gähn, gähn« gesagt. *Er* konnte nicht helfen, wenn Cathrine ihn brauchte, obwohl er ihr künftiger Mann war, obwohl es *seine* Wohnung war, in die sie einziehen sollte! Ludvig Hassel war ihr Vater, und er fühlte sich alt und einsam, wußte, daß der Brief an Dagny, jedenfalls jetzt, vergeblich war. Er starrte resigniert auf die Uhr. Der Abend war noch nicht ganz um. Ihm fehlte Anne-Beth, und er bedauerte es, daß er sie nicht hier hatte. Er rief sie an, obwohl das dumm war. Aber Anne-Beth Castberg ereiferte sich nie über Dummheiten, und das war es vielleicht, was er am meisten an ihr schätzte. »Ludvig?« sagte sie, im Halbschlaf. Er wußte, daß sie zu denen gehörte, die sich früh schlafen legten und spät aufwachten. »Ich dachte, du arbeitest?« Ludvig bemühte sich, eine normale Stimmlage zu finden. Er war ruhig gewesen, während sich Cathrine und Arvid Buvik bei ihm aufhielten. Jetzt zitterten ihm die Stimme und die Hände. »Cathrine hat einen Freund gefunden«, sagte er. »Na super«, antwortete Anne-Beth. »Aber du weißt nicht, wie er heißt«, sagte Ludvig. »Und wie heißt er?« »Arvid Buvik«, sagte Ludvig. Anne-Beth lachte ein kurzes Lachen. »Ich glaube, ich verstehe«, sagte sie. »Seelenschmerz in der Odinsstraße. Armer alter Mann. Ich komme sofort.«

»Alle Wege führen ans Ende der Welt«, sagte Ludvig, nachdem sie das Licht gelöscht hatten.

Anne-Beth lag neben ihm und rauchte. Er rauchte auch. Die zwei Gluten schwebten durch die Dunkelheit. Manchmal stießen sie fast zusammen.

»Du mußt dich damit abfinden, daß du älter wirst«, sagte sie.

»Muß ich das?« sagte Ludvig. »Ja«, antwortete sie. »Und du mußt dich auch damit abfinden, daß die Jungen kommen und dich niederwalzen, ohne zu merken, was sie da tun.« Ludvig dachte eine Weile darüber nach. Dann versuchte er, erstaunt, daß Stimme und Hände immer noch zitterten, Anne-Beth zu erklären, daß er sich vom ersten Augenblick danach gesehnt hatte, Arvid Buvik »eins überzuziehen«, daß er geradezu eine kindische Lust empfunden habe, den Mann, den sich seine Tochter bis auf weiteres als Partner fürs Leben ausgesucht hatte, fertigzumachen. Er kam sich blöd vor, wenn er diese Dinge sagte. Anne-Beth kannte ihn jetzt fünf Jahre. Sie war in dieser Zeit erwachsen geworden, ohne daß sie ein gemeinsames Leben mit ihm etabliert hatte, was sie sich, aus ihm unverständlichen Gründen, wünschte. Er lag im Bett neben ihr und merkte, daß er immer noch zuviel an ihre physischen Vorteile dachte. Das gehörte sich nicht. Nicht für sie. Nicht für ihn. So hatte er auch beim ersten Mal über sie gedacht, erinnerte er sich. Nichts hatte sich geändert. Er hatte sie mit dem Übermut des Strohwitwers zu sich nach Hause eingeladen. Es war nicht ihr Hirn, das er haben wollte. Es war all das andere. Aber inzwischen war es das Hirn, das sie ihm geben wollte.

»Ich kann dir nicht raten«, sagte sie. »Aber dieses Leben wird dich umbringen.«

»Welches Leben?«

»Das Junggesellenleben. Das Leben als Kustos. Kein anderer Mann würde ein Problem daraus machen, daß ihn seine Tochter bittet, ihr beim Umzug zu helfen.«

»Aber sie will mit Arvid Buvik zusammenziehen.«

»Das spielt keine Rolle. Kein anderer Mann, sage ich.«

Kein anderer Mann, dachte er, da im Bett. Er merkte, daß er schwitzte, daß er dennoch nicht wünschte, sie in seiner Wohnung zu haben, aber jetzt war es zu spät. Er mußte diese Nacht neben ihr liegen, auch wenn er am liebsten im Wohnzimmer gesessen und geraucht und gesoffen hätte bis zum Nullpunkt. Dem absoluten Nullpunkt, wie sie gesagt hatte. Anne-Beth Castberg. Er bewunderte sie, ohne sie zu respektieren. Sie würde wütend werden, wenn sie das hörte, aber es traf zu. Sie war nur zwei Jahre älter als seine Tochter Cathrine und trotzdem dauerte ihre Beziehung schon über fünf Jahre. Das war nicht das, was er gewollt hatte. Er hatte sie eine einzige Nacht verführen wollen, und dann aus und vorbei. Aber Cathrine kam dazu, und damit war es geschehen. Man ließ keine Ehe wegen eines sogenannten »One-night-stand« in die Brüche gehen. Er erinnerte sich, wie jemand im Bekanntenkreis genau das gesagt hatte. Vielleicht sogar zu Dagny. Nun denn. Dieser »Jemand« hatte recht gehabt. Er, Ludvig Hassel, hatte schließlich alles für den Menschen mobilisiert, den er als den schwächsten in diesem Dreiecksverhältnis erlebte, nämlich den Teenager auf der Couch. Für *sie* soviel zu mobilisieren hieß allerdings, das Ereignis zu rechtfertigen.

Jetzt lag er neben Anne-Beth in seinem Bett und dachte: Sie ist nicht schwach. Wahrscheinlich sind wir alle schwächer als sie.

»Was quält dich eigentlich?« fragte sie ihn plötzlich, während sie ihn streichelte, in das Fettpolster kniff, das sich am Bauch angesetzt hatte, und die Punkte seines Körpers fand, an denen er am empfindlichsten war und die sie besonders liebte.

»Vielleicht nur das Alter«, sagte er.

»Von uns beiden bin *ich* es, die Angst hat, alt zu werden«, sagte sie.

Er wußte, daß sie recht hatte. Sie, die neben ihm lag, hatte kaum Zeit, ihre Jugend zu genießen, weil sie eine Todesangst hatte, sie könnte zu Ende gehen. War er es, der sie dahin gebracht hatte? Er trat in ihr Leben, bevor sie erwachsen geworden war. Später klammerte sie sich an ihn. Jetzt waren sie viel zu eng aneinander gebunden. Das war das Traurige am Älterwerden, dachte er, daß es fast nichts mit Anne-Beth gab, was er nicht schon einmal erlebt hatte, entweder mit Dagny Smith-Torgersen oder mit anderen Frauen, deren Namen er längst vergessen hatte.

Zweiter Teil

Am nächsten Morgen erwachte sie als erste. Ludvig hörte, daß sie aufstand, er döste noch und stellte sich vor, welchen Tag sie jetzt vor sich hatte, die endlosen Besprechungen in der Fernsehanstalt, die rabiate Jugendlichkeit, die all diese alternden, hochtrabenden Produzenten und Abteilungsleiter so gern bei einer gutaussehenden und intelligenten Frau wie Anne-Beth Castberg ausspielen wollten. Obwohl, intelligent? Ludvig Hassel lag im Bett und beobachtete sie, wie sie sich, nachdem sie geduscht hatte, ohne Scham im Bad bewegte, mit nassen Haaren und damit beschäftigt, ihr Gesicht im Spiegel zu finden. Anne-Beth hatte im Jugendprogramm gearbeitet, dem sogenannten »JU«, jetzt schokkierte sie das norwegische Volk mit ihrem barschen Auftreten in einem Unterhaltungsprogramm. Rauchen in Live-Sendungen war jetzt provozierender als vor dreißig Jahren, in der Hippiezeit. Anne-Beth Castberg war urban in ihrem Stil und wählte ihre Lederjacken sorgfältig aus. In aller Öffentlichkeit hatte sie gesagt, daß sie Kinder hasse, daß die Kernfamilie für sie nicht in Frage komme. Sie sei nicht für feste Bindungen geschaffen, und dennoch, Ludvig wußte es, klammerte sie sich an ihn. Sie schleppte ihn mit zu so schwachsinnigen Sachen wie ›Head On‹ und ›Mars‹ und saß auf seinem Schoß, den Rock hochgezogen bis zum Schritt. Sie gehörte zu den Ausgeflippten, zu den Coronas- und Tequila-Frauen, die glaubten, es sei schick, Hochprozentiges im Übermaß zu trinken, und die, koste es, was es wolle, in regelmäßigen Abständen stockbesoffen sein mußten. Ludvig wußte, wie groß sein eigener Alkoholverbrauch seit über dreißig Jahren war, deshalb konnte er sie nicht verurteilen, aber er erinnerte sich immerhin stets daran, was er gesagt hatte, wie besoffen er auch gewesen war. Das tat Anne-Beth nicht. Sie betrank sich bewußt bis zum Absturz, und das erschreckte ihn. Jedesmal, wenn sie zusammen in der Stadt waren, kam sie an einen Punkt, wo sie vulgär wurde, ob das zuviel Lippenstift war oder zuviel aufgesetzte Erotik. Sie legte es dann darauf an, ihn herauszufordern, wollte sehen, wie weit sie gehen konnte, bis er eifersüchtig wurde. Aber er ließ sie so weit gehen, wie sie Lust hatte. Manchmal reizte sie die Situation völlig aus und ging mit einem anderen Mann ins Bett. Ihn berührte das nicht. Im tiefsten Innern war das eine Erleichterung. Dann wenigstens hatte er einige Tage Ruhe vor ihr. Aber sie kam jedesmal wieder zurück zu ihm. Und in den meisten Fällen war sie treu, »neunzig Prozent treu«, wie sie sagte, weil sie der Ansicht war, daß er doch der Beste sei, weil er sie wahrscheinlich dadurch reizte, daß er nicht eifersüchtig wurde, daß er nicht abhängig von ihr erschien.

Vielleicht, dachte Ludvig Hassel an diesem Morgen, war es von daher gefährlich für ihn, ihr gerade jetzt zuviel von seiner eigenen Unsicherheit zu offenbaren. Vielleicht hätte er sich nicht derart bloßstellen sollen, als er seine Eifersucht gegenüber Arvid Buvik zugab, indirekt ein Geständnis, daß er sich alt fühlte, daß er bald nichts mehr zu geben hatte. Das war an und für sich ein plausibles Eingeständnis, doch hatte er ihr gegenüber außerdem angedeutet, wovor er noch viel mehr Angst hatte, nämlich vor der Vergangenheit; ob er eigentlich überhaupt jemals etwas gegeben, ob dieses Leben, das er bisher als ein an sich umgänglicher und durchaus geachteter Hauptkustos geführt hatte, überhaupt irgendeinen Wert gehabt hatte. Fachlich war er auf dem besten Weg, vergessen zu werden, privat war er eine sich versteckt haltende, fast tragische Person, und was die Familienbeziehung betraf, war er zu nichts anderem zu gebrauchen, als der Tochter beim Umzug zu helfen.

Ludvig lag im Bett und erinnerte sich, daß Anne-Beth ihn prüfend angeschaut hatte, als er ihr all das gestand, als habe er sich vor ihr, Wort für Wort, in einem neuen Licht gezeigt. Und das bereute er jetzt. Sie stand nun da draußen im Bad und wußte etwas über ihn, was eigentlich kein anderer wissen sollte. Hätte er vorgehabt, mit ihr zusammenzuleben, dann wäre das etwas anderes. Aber das wollte er nicht. Er wollte sie nur als eine ständige Brechstange haben. Mit ihr zusammen schuf er sich einem zukünftigen, berechnenden, verpflichtenden Zusammenleben gegenüber eine Pufferzone, obwohl er wußte, daß sie ihn, paradoxerweise, heiraten wollte. So gesehen, war sie eine merkwürdige Frau. Sie war nicht ehrgeizig. Sie sagte es selbst: »Ich habe keine Ambitionen, Ludvig.« Sie wollte am liebsten von einem Tag zum anderen leben, wollte Spaß haben, wie sie sagte, das Leben sollte Lust und Vergnügen sein. Ihre Stärke als Programmgestalterin war, daß sie andere in einer witzigen Art auf die Schippe nehmen konnte, häufig waren das Politiker und andere Machtmenschen, die dazu neigten, sich etwas zu wichtig zu nehmen. Sie stellte ihnen naive Fragen, die trotzdem zudringlich waren. Sie blies ihnen den Rauch direkt ins Gesicht, und die Hälfte der norwegischen Bevölkerung haßte sie, während die andere Hälfte sie sicher gerade deshalb liebte, weil sie »ausgeflippt« war, wie man so sagt, aber eigentlich etwas schwerfällig, mit einer etwas rustikaleren Ausstrahlung als die Schauspielerin Kim Basinger, der sie ein wenig ähnlich sah. Ludvig Hassel seinerseits war an ihr als öffentlicher Person nicht interessiert. Privat hatte sie ihm mehr als genug von ihrer Unsicherheit und Unentschlossenheit gezeigt, vielleicht rührte von daher seine Angst, sich vor ihr schwach zu zeigen. Sie war eine potentielle Bulimikerin voll Selbstverachtung und mit eigener Wohnung in Bislett. Hoffnungslose Familie im Hintergrund. Der Vater hatte sich zu Tode gesoffen, die Mutter war ein altes Nervenwrack mit Invalidenrente in Teisen, der Bruder hatte große psychische Probleme, die Schwester lebte als Keramikerin an der Südküste und bettelte bei der Familie ständig um Geld.

Als sie fertig war im Bad, stand Ludvig Hassel auf und duschte, wohl wissend, daß Anne-Beth das Frühstück für ihn machte. Nach einer Viertelstunde kam er in die Küche und sah, daß die Kerzen brannten, das Brot frisch geröstet war, daß der Aufstrich bereitstand. Außerdem waren die Aschenbecher im Wohnzimmer geleert. Sie saß am Fenster und rauchte die erste Zigarette des Tages, während sie lächelnd sagte: »Du bist nicht sehr begabt, für dich zu sorgen, Ludvig.«

Nein, das war er möglicherweise nicht. Er fühlte sich schwindlig, wollte sie sofort aus der Wohnung haben, es sollte ihn niemand in diesem Zustand des langsamen Nachlassens sehen, ihm fiel plötzlich ein, daß er kurz vor dem Aufwachen wieder geträumt hatte, er säße in der Wertekommission.

Er hatte bei einer Versammlung der Kommission am oberen Ende eines langen Tisches gesessen und hatte die anderen über Moral belehrt. Er hatte mit großer Sicherheit und mit einem Gefühl der Zufriedenheit gesprochen. Als er aus dem Traum erwachte, war ihm klar, daß sich damit sein Unbewußtes gemeldet hatte. Die Wertekommission hatte ihn übergangen, ebenso wie ihn die Regierung als selbstverständlichen Kandidaten für den Direktorenposten an der Nationalgalerie übergangen hatte. Er hatte sich sogar um den mit viel Prestige verbundenen Posten als stellvertretender Direktor des norwegischen Kulturrates beworben und auch diesen nicht bekommen. Die Zeit lief ihm davon, so einfach war das, dachte er, während Anne-Beth die gekochten Eier auf den Tisch stellte und ihn anlächelte. Er beneidete sie um ihre Jugend und ihre Unbekümmertheit, er selbst nahm die Dinge einfach zu ernst. Wenn er verheiratet war, war er es *total*, und wenn er untreu war, war er es *ganz*, dazwischen gab es nichts. Er war lange Zeit im Reisezug seines Körpers oder seines Schicksals wie von einer Station zur nächsten gefahren, wie Dagny es ihm eines Tages so treffend beschrieben hatte, und jetzt hatte er, an diesem Tag, den Punkt erreicht, wo er seiner einzigen Tochter helfen sollte, bei einem anderen Mann einzuziehen. Eine einfache, selbstverständliche Handlung. Und er hätte es mit Freuden getan, wenn dieser Mann nicht Arvid Buvik heißen würde und sein Rivale wäre, sein Nachfolger, ein Mann, mit dem er sich leicht hätte vertragen können, aber der ihm jetzt beim Frühstück als Grünschnabel erschien, ein modernes, säkularisiertes Monster, geschaffen von Super Nintendo oder einem der anderen »kreativen« Computerspiele, ein kunsthistorischer Fachidiot höchsten Ranges. Aber ist es nicht so, sagte er plötzlich zu Anne-Beth, daß dies in der Tat die Zeit der Fachidioten *ist*? War nicht Bill Gates, der Gründer von Microsoft, einer der reichsten Männer der Welt – und war er nicht ein Fachidiot? Arvid Buvik war gleichfalls ein Fachidiot, so wie Ludvig Hassel das Wort definierte: ein Mensch von außergewöhnlicher Intelligenz, aber emotional abgestumpft. Das Zeitalter der Fachidioten! Präsident Clintons Ära. Der Mann war zwar nicht intelligent genug, um ein Fachidiot genannt zu werden, aber emotional abgestumpft, daß es weh tat. Ein Mann, der meinte, das Masturbieren einer Frau mit einer Zigarre sei keine sexuelle Handlung. Lächerlich! Pathetisch! Ludvig Hassel dachte, daß er selbst wenigstens die *Konsequenz* gezogen hatte, als er in flagranti erwischt worden war. Er hatte sofort die Scheidung eingereicht. Er hatte, ohne zu zögern, beschlossen, sich zu trennen. Er war sogar bei der jungen Studentin geblieben, mit der er fremdgegangen war, auch wenn er ihr nicht erlaubte, bei ihm einzuziehen. Vielleicht war er *selbst* ein Fachidiot, weil er intelligent genug war, das zu sein, aber er war wenigstens, dachte er, emotional nicht abgestumpft. Er fühlte sich erfüllt von dem, was man mit dem albernen Modewort ›Empathie‹ bezeichnete, und er war gleichzeitig über die Grenzen des Vertretbaren hinaus verletzlich. Also kein Fachidiot!

Anne-Beth Castberg lachte, wenn er zu solchen geistreichen Schlußfolgerungen ansetzte. Er liebte es, laut vor ihr zu denken, den Gedanken im selben Augenblick, in dem er entstand, zu formulieren. Sie war keine Fachidiotin, denn sie konnte sich mit einem Gegenstand, wie sie sagte, nicht länger als dreißig Minuten am Stück beschäftigen. Darin bestand sowohl ihre Schwäche als auch ihre Stärke, dachte er. Sie suchte *bewußt* das Oberflächliche und konnte zugleich, als Mediengestalt wie als Privatperson, mit äußerst überzeugenden Einschätzungen und Betrachtungen haarscharf ins Schwarze treffen.

Sie blieben eine Stunde sitzen und redeten über dies und das, bis sie zu ihrer morgendlichen Besprechung mußte. Zuerst war es stockfinster gewesen. Jetzt wurde es allmählich hell. Dezember in Oslo. In der Odinsstraße traten die Leute auf die Straße, starteten ihre Autos oder gingen zu Fuß zur Arbeit. Früher hatte ihm das Freude gemacht, jetzt empfand er nur Wehmut, wenn er vom Küchenfenster aus Tore Berg Winding sah, den Professor für Ideengeschichte, wie er zu seinem alten Corolla hastete, zuerst den Reif von der Frontscheibe schabte und dann zur Universität fuhr, wo er zum weiß Gott wievielten Male seine alten Seminare über Platon, Derrida und Foucault abhielt. Auch Tore Berg Winding hatte sein Revier, dachte Ludvig böse. Er hatte sein Abonnement in der Philharmonie, er unternahm seine jährlichen Reisen nach Rom und Athen, er schrieb exakt alle drei Jahre ein Buch für den Gyldendal Norsk Forlag, er kaufte sich bei dem kompetenten Kjell Hillveg im Norsk Musikkforlag alle neuen CD-Aufnahmen von Pierre Boulez. Kurzum, er machte all die Dinge, die etablierte Intellektuelle in Norwegen zu tun pflegten. Er vermied es, Geschichten zu lesen, die im Buchclub erschienen waren. Statt dessen las er Saramago, Canetti, Ōe und Tranströmer. Er betrachtete Bilder von Albers, Spillaert und Bjørn Carlsen. Er sah sich Theaterstücke von Botho Strauß und Lars Norén an. Er machte, kurz gesagt, die richtigen Dinge, und trotzdem, dachte Ludvig, war es so offensichtlich, daß auch Tore Berg Winding sich im Kreis drehte. Er kam nicht weiter in diesem Leben, und das war ein Trost für Hassel. Gleichzeitig mußte er sich fragen: Was zum Teufel bedeutete es, weiterzukommen? Weiterzukommen womit?

Anne-Beth küßte ihn auf die Wange und schickte sich an zu gehen. Es wurden immer hektische Abschiede, wenn sie bei ihm übernachtet hatte. Er hätte leicht sagen können: »Kannst du nicht einfach deine Sachen holen und dich hier einrichten?« Aber das machte er nicht, und sie wußte, daß er es nicht machen würde, auch wenn sie ganz offensichtlich wünschte, daß er es sagte. Sie verließ ihn abermals mit ihrer zerstreuten Wichtigkeit. Er pries sich glücklich, daß sie einen Job hatte. Ohne Job wäre es viel schlimmer. Doch Anne-Beth fuhr als sogenannte *Medienpersönlichkeit* zu ihrer Arbeitsstelle; das half ihr im entscheidenden Augenblick. Selbst wenn es viele gab, die sie haßten, so gab es doch auch viele, die sie schätzten. Auch Anne-Beth, dachte Ludvig, hatte sich dieses merkwürdige Selbstvertrauen zugelegt, das alle exponierten Mitarbeiter des Senders auszeichnete. Egal wie es privat um sie tatsächlich stand oder wie erbärmlich sie die Programme machten, sie waren trotzdem die Besten auf der Welt, völlig davon überzeugt, daß sie den anderen etwas Wertvolles zu vermitteln hatten.

Jetzt sah er, wie sie zur Tür hinausging, mit der kleinen, schwarzen Tasche, die sie immer bei sich hatte, wenn sie auf diese Weise übernachtete. Ihre Körpersprache signalisiert eigentlich Hilflosigkeit, stellte er fest, nachdem sie ihn heftig, fast aggressiv auf den Mund geküßt hatte und die Treppe hinunter verschwunden war. Sie wäre bestimmt, dachte er, auch gern einmalig, wenigstens für *einen* Mann. Doch sie war ausgerechnet in sein Leben geraten. Er konnte sich nicht so schamlos verstellen. Da sich das Leben mit Dagny nicht ausradieren ließ, war alles mit Anne-Beth eine Wiederholung. Für sie dagegen war vielleicht alles, was zwischen ihm und ihr passierte, ein starkes Erlebnis. Ihm war es ohnehin nicht möglich, ihr das Gefühl zu geben, daß sie etwas Einmaliges in *diesem* Sinne war. Sie war einmalig als Anne-Beth Castberg, das traf zu, dachte er, wie er da stand und ihr zuwinkte und sich wie ein alter, rücksichtsloser, egozentrischer Papa fühlte. Es blieb jedesmal eine Spannung zwischen ihnen zurück, wenn er die Tür auf diese Weise schloß. Nach fünf Jahren hatte er ihr weder einen eigenen Schlüssel gegeben noch irgendwelche Versprechungen gemacht, daß sie jemals in diese Wohnung einziehen könnte. Er hatte ihr vielmehr, bis zum Überdruß, erklärt, daß er auf keinen Fall zu einer neuen Partnerschaft bereit sei, sie aber dennoch nicht von sich aus verlassen würde, während sie natürlich jederzeit die Freiheit habe, ihn zu verlassen. Er wußte genau, daß eine derartige Großzügigkeit der pure Gefühlsterror war. Ihre flüchtigen »One-night-stands« zogen auch immer nur Geheule und Bedauern nach sich. Und daß er sich in gewissen Situationen als impotent erwiesen hatte, trug gleichfalls nur dazu bei, die Spannung zwischen ihnen zu verstärken. Anne-Beth Castberg fühlte sich nie genug geliebt.

Nie genug geliebt, dachte Ludvig Hassel, während er in seiner Wohnung stand und bei der Nationalgalerie anrief und sagte, er würde etwas später kommen. Sie fragten ihn nie, was los war. Es war das Privileg eines Hauptkustos. Draußen hatte es zu regnen begonnen. Ein milder, dunkler Dezemberregen. Sogar der norwegische Winter war grau und diffus geworden. Weder das Leben hier noch etwas anderes war verlockend. Es gab keinen *Grund*, in Norwegen zu wohnen, wenn die Winter grau und mild waren. Norwegen war dann so attraktiv wie ein Ort der Verbannung. Es regnete also an dem Tag, an dem Ludvig Hassel seiner Tochter Cathrine helfen sollte, von der Wohngemeinschaft in der Christiesstraße in die kleine Wohnung des Kunsthistorikers Arvid Buvik in der Bygdøy Allee 65 zu ziehen. Cathrine klingelte gegen elf Uhr an der Tür. Sie wartete mit dem Lieferwagen unten auf der Straße. Ludvig zog die Jacke an und dachte, daß der vergangene Tag völlig nutzlos gewesen war und ihn als Mensch noch weiter zurückgeworfen hatte, ab jetzt blieb ohnehin nur der Verfall. Er hatte es nicht geschafft, den Brief an Dagny Smith-Torgersen zu schreiben, mußte alle seine Schimpfworte in sich hineinfressen, und vielleicht war es besser so, dachte er, es war bereits etwas Tragisches an Dagny, ihre geradezu tragische Gier, die ihr die Würde nahm, dazu die unterschwellige Sorge, die Knoten in der Brust betreffend, die der doppelzüngige Hausarzt Magnus Skårdal zwar als gutartig erklärt hatte, die Dagny Smith-Torgersen jedoch als bösartig empfand. Vor allem während der Scheidung hatte sie am Telefon und jedesmal, wenn sie sich trafen, geheult: »Ich habe Krebs, Ludvig, ich bin mir ganz sicher.« Es war eine beklemmende Form von Ängstlichkeit, die sie lähmte, da dieses Etwas, »hier drinnen im Kopf«, vielleicht auch ein Tumor war, die Besorgnis in der Brust jedenfalls hatte sich zu spürbaren Knoten entwickelt, und wer wußte schon, wann sie nicht mehr gutartig waren? Ludvig empfand jedesmal eine gewisse Sympathie für sie, obwohl er sie eigentlich am liebsten beschimpfen würde, und an diesem regnerischen Morgen war er froh, den Brief am Vorabend nicht geschrieben zu haben. Er hatte sich mit seinen Argumenten in einen Zustand der Erregung hineingesteigert, seine Handschrift war ihm unbeholfener denn je erschienen, die Liebe zwischen ihnen war tot, und Ludvig merkte, daß er deshalb wütend auf sie war, als trüge allein Dagny die Schuld daran. Das war selbstverständlich eine absurde Behauptung, er schämte sich, weil er so oft aus der Haut fuhr, weil er mit seinem hitzigen Kopf jedesmal so abscheuliche Gedanken dachte. Die Liebe zwischen ihnen war tot, und das Leben nach der Scheidung war für beide unerträglich geworden, vielleicht, weil sie es nie geschafft hatten, sich zu trennen. Ja, dachte Ludvig, hätte er sich von Dagny *endgültig* getrennt, würde er jetzt vielleicht mit Anne-Beth zusammenwohnen. Statt dessen war er ein versoffener, alternder Junggeselle geworden, der merkte, daß das Leben für ihn stillzustehen begann, daß er nicht vorankam. Er mußte sich endlich eingestehen, daß er nie das Genie werden würde, das die Welt brauchte, alle seine enthusiastischen kunsttheoretischen Anstrengungen endeten als banale Rekonstruktionen der Gedanken *anderer*, überdies der Meisterwerke anderer *Künstler*. Wie konnte er überhaupt wagen, so viel über Seurat zu sprechen, über die *Badenden von Asnières*, wie konnte er, der Arbeitersohn aus Arendal, überhaupt wagen, Seurats Namen in den Mund zu nehmen. Seine Zeit war vorbei, wenn es sie denn jemals gegeben hatte. Jetzt sollte er seiner Tochter Cathrine helfen, aus der Wohngemeinschaft in der Christiesstraße in die Wohnung seines, fachlich gesehen, größten Rivalen zu ziehen. Er sollte ihr zulächeln, ihr helfen und ihr gratulieren, dabei wußte er, daß er völlig depressiv war, daß er sich dumm vorkam, daß er Fehler gemacht, sich beschissen benommen und alle Liebe, die er für andere besaß, weggeworfen, wichtige Freundschaften aufgegeben hatte. Er stieg die Treppe hinunter und dachte, daß dieses Leben nicht noch einmal gelebt werden konnte, doch gefiel ihm dieses Leben? Ihm gefiel jedenfalls nicht, wie er sich Dagny gegenüber benommen hatte, ihm gefiel nicht, wie er sich jetzt Anne-Beth gegenüber benahm, ihm gefiel nicht die sinnlose, vom

Staat bezahlte Arbeit, die er als Hauptkustos an der Nationalgalerie ausführte, und ihm gefielen nicht seine Gefühle für Arvid Buvik.

Draußen auf der Straße stand der Lieferwagen, in dem Cathrine hinterm Steuer saß und wartete. Ludvig lief hinaus in den Regen und öffnete die Wagentür, setzte sich neben die Tochter, die sich einen Overall angezogen hatte und knabenhaft hübsch und jung wirkte. Sie hat viele Vorzüge, dachte er, einen klugen Kopf und ein einnehmendes Äußeres, und trotzdem krebste sie nur in den Grundfächern herum. Es ist ein Krankheitszeichen, in dem Alter keine Ambitionen zu haben, stellte Ludvig Hassel fest, er selbst hatte Ambitionen für ein ganzes Leben gehabt, er wollte *hinauf* und *vorwärts*, er glaubte, die bildende Kunst sei unentbehrlich für das Selbstverständnis des Menschen, er eroberte während des Studiums die schönsten Frauen, die dasselbe wie er glaubten, und er erwarb einen Doktortitel. Doch die einzige Ambition der Tochter bestand darin, bei Arvid Buvik einzuziehen und sein Schatten zu werden. Dabei sollte Ludvig Hassel ihr jetzt helfen. Cathrine umarmte ihn etwas krampfhaft, er hatte eigentlich nie das Gefühl gehabt, daß sie ihn gern umarmte, und bedankte sich für den gestrigen Abend, für den Champagner, und sei Arvid Buvik nicht nett? Er antwortete, daß er ihn zwar nicht als nett bezeichnen könne, aber als begabt, äußert begabt. Hassel suchte fieberhaft nach Worten, um zu verhindern, daß er die Tochter fragte, warum Arvid Buvik so kurzgeschnittenes Haar habe, was mit ihm los sei. Die Tochter kannte seine böse Zunge, und es gab plötzlich soviel Häßliches, das er über Arvid Buvik sagen konnte, aber er durfte es nicht sagen, er mußte diesen frechen Idioten *loben*, seinen künftigen Schwiegersohn, anstatt die Tochter zu fragen, ob sie von zu vielen Computerspielen an Geschmacksverirrung leide, ob ihr die Techno-Musik den Kopf vernebelt habe, ob sie ihr Leben wirklich mit einem derart aufgeblasenen, lächerlichen Wicht von einem Menschen zubringen wolle, der sich den Kopf hatte kahlscheren lassen, der aussah wie ein Ei oder wie die Hauptperson in einem total schwachsinnigen Computerspiel und der Gedanken dachte, die er für modern hielt, die aber in Wahrheit so abgedroschen und wiedergekäut waren, daß sie wie pure Scheiße aus seinem Mund kamen. Aber er biß sich auf die Zunge, schaffte es, die häßlichen Worte zurückzuhalten und fand dafür gute, etwas schwülstige, wünschte der Tochter plötzlich alles Gute zu ihrer Entscheidung, daß es natürlich etwas anstrengend für sie sein müsse, drei Kunsthistoriker in der Familie zu haben, aber was soll's, das Leben war herrlich und die Zukunft würde sicher ein Fest werden.

Er merkte, daß seine Worte hohl klangen, daß es hallte und schepperte, aber zu seiner Überraschung sah er, daß Cathrine an sie glaubte, obwohl sie ihn zugleich ängstlich, fast besorgt anstarrte. Er redete sie in Grund und Boden, das war eine Kunst, die er meisterhaft beherrschte. Sie *glaubte* an den Unsinn, mit dem er ihr die Ohren vollquatschte. Waren die Worte erst ausgesprochen, wirkten sie wie offene Türen, und waren die Worte nur freundlich, wenn nicht gar schmeichelhaft, so ging der Mensch fast immer hinein. Nur er selbst, dachte Ludvig, er hatte diesen Hang, davor stehenzubleiben und darauf zu warten, daß andere Türen geöffnet, andere Worte ausgesprochen würden, die gnadenlosen, die wahrhaftigen. Deshalb ertrug er auch nicht Bill Clintons Ausreden; ha! – als wäre das, was er getrieben hatte, kein Sex gewesen! Ludvig hatte Respekt vor der Lüge, aber man mußte *intelligent* sein, um zu lügen, denn in den meisten Fällen werden die Lügen von der Wahrheit eingeholt. Deshalb hatte sich Ludvig sofort ergeben, als er auf frischer Tat ertappt worden war, und auch wenn sein Leben danach schäbig und altmännerhaft geworden war, hatte er es nicht bereut. Jetzt allerdings bereute er die Floskeln bereits, mit denen er seine Tochter überhäuft hatte. Er hatte vergessen, daß Cathrine frisch verliebt war und zum ersten Mal in ihrem erwachsenen Leben ein eigenes *Heim* gründen wollte. Er redete in einem gleichmäßigen, mahlenden Strom, lobte Arvid Buvik in den höchsten Tönen, gebrauchte Worte, die nicht aus dem Gehirn kamen, sondern von weiter unten, haßerfüllte Worte, verpackt in ohrenbetäubende Lobhudelei. Er merkte, daß er zu schwitzen begann, daß er am falschen Ende begonnen hatte, daß dieses Zusammentreffen schicksalsträchtig werden könnte, sie erwartete trotz allem etwas von ihm als *Vater*. Aber er fühlte sich nicht als Vater, oder als Papa, oder als Daddy, wie sie ihn zu nennen pflegte. Er war verwirrt von allem, was jetzt in seinem Leben geschah oder eher: von der *Abwesenheit* wirklicher Ereignisse. Bei all den andern um ihn herum geschah etwas, doch in seinem eigenen Leben bewegte sich gar nichts. Er lebte sein Leben wie einen von gleichgültigen Träumen erfüllten Schlaf. Ja, das Leben ähnelte sogar den Träumen, die er nachts träumte! Lächerliche Träume, oft praktischer Natur. Er konnte mit hämmerndem Herzen erwachen und das Gefühl haben, stundenlang nach einem Mantel gesucht zu haben, den er verlegt hatte, oder nach einer Toilette, die er aufsuchen mußte. Er konnte sich daran erinnern, daß sich die Träume endlos und äußerst anstrengend in die Länge zogen, bis zur Erschöpfung konnte er sich damit beschäftigen, einen erbärmlichen Rahmen um eine sehr seltene Skizze von Seurat zu nageln, stundenlang konnte er durch die riesigen Magazine der Nationalgalerie irren und nach einer Zeichnung von Ludvig Karsten suchen, für die er die persönliche Verantwortung trug. Die ewige Übereinstimmung zwischen dem Leben und den Träumen! Aber das Leben war nicht so, daß er hoffen konnte, daraus zu erwachen. Das Leben würde ihn schließlich in einen immer schwereren und tieferen Schlaf versetzen, bis zum Tod.

»Du magst ihn nicht«, sagte Cathrine unwirsch und starrte auf den grauen Asphalt vor der Feuerwache Briskeby. »Ich glaube keinen Funken von deinen Glückwünschen.« Ludvig konnte sich nicht erinnern, einen trostloseren Dezembermorgen gesehen zu haben. Er erwiderte sofort, daß er Arvid Buvik sehr gut leiden könne, ihn als einen äußerst begabten Kollegen respektiere, was konnte sie mehr verlangen?

»Du bist nicht du selbst, Daddy«, sagte sie und schüttelte den Kopf. »Und wo war Anne-Beth gestern? Versteckst du sie? Wir *wissen* doch alle, Mom, Brüderchen und ich, daß du nach wie vor mit ihr zusammen bist.«

»Anne-Beth war nicht da, weil ich es so wollte.«

»Weil deine Aschenbecher überquellen, weil ein saurer Geruch in deiner Wohnung hängt, weil du den Bart wachsen läßt und dich selbst nicht mehr ernst nimmst?« sagte Cathrine mit Tränen in den Augen.

Er grübelte eine Weile darüber nach, während sie hinüber in die Holtestraße und den Uranienborgweg hinunter zur Josefinesstraße fuhren. »Vielleicht nehme ich mich zu ernst«, sagte er endlich. Sollte er ihr erzählen, daß Anne-Beth, nachdem sie gegangen waren, zu ihm heraufkam, daß er sie wie ein hilfloser kleiner Junge angerufen hatte, der nach seinem Kindermädchen heulte? Er wußte, daß Cathrine die schiefe und für beide Teile entwürdigende Beziehung zwischen ihm und Anne-Beth Castberg ablehnte. Und vielleicht war es der Widerwille der Familie gegen dieses Verhältnis zwischen einer so jungen Frau und einem über fünfzig Jahre alten Mann, der ihn unsicher, auf eine gewisse Weise zögernd in seiner Beziehung zu Anne-Beth gemacht hatte, und möglicherweise rücksichtsloser, als wenn sie um einiges älter gewesen wäre. Denn er selbst hatte ja nie alternde Männer akzeptiert, die sich mit jungen Frauen einließen. Das war und blieb pathetisch, so wie er pathetisch gewesen war, wenn er im ›Arcimboldo‹ oder im ›Lorry‹ eine nach der anderen aufgerissen, sich Mut angetrunken und mit ihnen zu den unpassendsten Zeitpunkten zu knutschen angefangen hatte, mit ernster Miene die offenkundigsten Schmeicheleien losließ, all das, was er an alternden Männer haßte, ein unwürdiger Vorgang, bei dem er, egal wo sich das abspielte, das Gefühl hatte, sich am Ende der Welt zu befinden. Und trotzdem: Alles in ihm war von einer Sehnsucht bestimmt, etwas anderes zu sein. Wie ein schwieriges und greinendes Kind sehnte er sich nach Veränderung, einer Befreiung von sich selbst, so wie er sich erinnerte, als kleiner Junge geglaubt zu haben, daß die Kindheit entsetzlich war, daß alles schon besser werden würde, sobald er erwachsen war. Aber das hatte sich nicht bewahrheitet, und jetzt wirkte er, jedenfalls auf Cathrine, soviel verstand er, wie eine Einöde in der Dämmerung, wie die Landschaft direkt vor Oslo, so, wie es dort in ein paar Stunden aussehen würde, im Dämmerlicht, trostlos und schneelos, die schwarzen Äcker offene, verdreckte Wunden, im Kontrast zur glitzernden Pseudopracht der Einkaufszentren. Ja, so fühlte er sich!

Ein Geschöpf aus grellen Kontrasten, mit schwierigen Gefühlen, die aus der Trostlosigkeit aufstiegen, einem Durcheinander von verwirrenden Erinnerungen, die sich mit den ebenso verwirrenden Träumen mischten. Und er hätte das alles gern seiner Tochter hier im Auto gesagt, aber das konnte er nicht, weil es *ihr* Tag war, der Tag, an dem sie das erste Zusammenleben ihres Lebens begann, ungeachtet dessen, daß sie sich mit ihm, ihrem Vater, beschäftigte. »Du brauchst dir keine Sorgen machen«, sagte er. »Anne-Beth weiß, was sie tut. Ich verstecke sie nicht. Doch sie weiß ebensowenig wie ich, was sie mit ihrem Leben will.«

Cathrine schnaubte und schüttelte den Kopf. »Umgekehrt, Daddy. Sie weiß ganz genau, was sie will. Sie will dich heiraten, damit sie die Sicherheit bekommt, die sie braucht. Eine Frau von ihrem Typ, die in aller Öffentlichkeit erklärt, daß sie Kinder haßt, ist wahrscheinlich eine bessere Mutter und Hausfrau, als man sie je gesehen hat, sogar besser als die finanziell geförderten und daheim erziehenden Mütter der Christlichen Volkspartei.«

Ludvig Hassel saß neben der Tochter und hatte Lust auf eine Zigarette, während er darüber nachdachte, was Cathrine gerade gesagt hatte. Aber er traute sich nicht. Sie haßte Leute, die im Auto rauchten, und außerdem war sie um einiges rigoroser als er. Sie brachte es fertig, ihren eigenen Vater zu schulmeistern, auch wenn ihr Leben viel chaotischer war als *seines*. Aber ganz egal, was sie selbst meinte, ihm mißfiel der Gedanke, daß sich Cathrine um *ihn* sorgte. Er erinnerte sich, wie sie plötzlich an seinem fünfzigsten Geburtstag zu heulen angefangen hatte, der trostlose Fünfzigste im Theatercafé, einem sogenannten neutralen Ort, wo Dagny eine Szene gemacht hatte, obwohl er *sie* und nicht Anne-Beth eingeladen hatte, aber das war schließlich wegen der Kinder. Was für ein Durcheinander das alles! dachte Ludvig Hassel auf dem Beifahrersitz. Er sehnte sich nach dem Ende der Fahrt, wenn er endlich mit dem Tragen von Schränken, Kommoden und Stühlen anfangen konnte, etwas *Konkretes* und *Nützliches* tun konnte, statt dieser Gespräche, die sich in regelmäßigen Abständen wiederholten und ein leises Unbehagen erzeugten. Cathrine übersah, daß Zeit vergangen war, daß auch Anne-Beth Castberg allmählich seiner ewigen Unentschlossenheit müde wurde. Sie wünschte sich klare Aussagen, bekam aber nur vage Formulierungen. Ludvig Hassel hatte einfach nicht den Mut, mit ihr Schluß zu machen, und sie hatte ihrerseits vermutlich nicht den Mut, ihren eigenen Weg zu gehen. Sie liebte seine *Ästhetik*, seine prominenten Bekannten, all das, was er über Bilder wußte, daß er *beinahe* Direktor der Nationalgalerie geworden wäre, *beinahe* stellvertretender Direktor im Norwegischen Kulturrat, *beinahe* ein Mitglied der Wertekommission.

»Ich wünschte mir, du wärest glücklicher«, sagte Cathrine.

»Wir wollen jetzt überhaupt nicht mehr über mich und das Glück reden«, sagte Hassel bestimmt. »Denn erstens komme ich zurecht. Und zweitens ist heute *dein* Tag. *Du* ziehst um, das ist ein wichtiges Ereignis in *deinem* Leben, das jetzt stattfindet, Mädchen.«

Er sagte das barsch, so klang es jedenfalls. Sie fing dann immer zu lachen an, weil sie ihm seine Schroffheit nicht glaubte.

»Verstehst du denn nicht, daß ich diese Gelegenheit auch benutzen wollte, um mit dir zu *reden*? Du kennst mich, Daddy. Du *weißt*, daß ich mir Sorgen um dich mache, wie ich mich um Mom sorge.«

»Ja, wie geht es Dagny eigentlich?«

»Das mußt du schon selbst rauskriegen, mein Lieber. Ich hoffe doch, der Weihnachtsabend wird wie üblich?«

Ludvig Hassel seufzte. Natürlich. Der Weihnachtsabend würde wie immer sein, wie gewohnt. Das war Dagny Smith-Torgersens ewige Rache an ihm. Bereits vom ersten Jahr der Scheidung an brachte sie die Kinder auf ihre Seite. Die Familie war kaputt, zerschlagen, und das war Hassels eigene Schuld. Um den *Heiligen Abend* dagegen konnte er sich nicht drücken, das verlangten sie alle drei, die Verratenen: die geschiedene Frau, die zwei Scheidungskinder; ganz besonders Cathrine, die beim Ehebruch des Vaters in der Wohnung in Tåsen dabeigewesen war. Sie *verlangten* förmlich, daß Ludvig, wenigstens einmal im Jahr, zum Tatort zurückkehrte, in Smoking und mit Schleife und *ohne* Anne-Beth, selbstverständlich. Sie verlangten, daß er sich ordentlich benahm, daß er für jeden teure Geschenke parat hatte, daß er wieder neben seiner geschiedenen Frau saß, wie in alten Zeiten, daß sie, kurz gesagt, die Familie Hassel *spielten*, ungeachtet der Realitäten, daß sie die Gläser hoben und sich zuprosteten, daß sie sich pünktlich um 14 Uhr zur traditionellen Hammelsuppe mit Dorschleber versammelten, daß sie ihr Glas trockenen Sherry tranken, daß sie den Rippenbraten aßen, den sie immer gegessen hatten, die ersten Male nach der Episode auf der Couch mit den säuerlichen Kommentaren von der verbitterten Mutter wie von ihren zwei Kindern, daß »Schneehühner« vielleicht die passendere Mahlzeit wären. Und das, obwohl auch Dagny Smith-Torgersen während einiger dieser Jahre einen Liebhaber hatte, was zwar nie direkt ausgesprochen, nur angedeutet wurde, daß sie wohl nicht allein war, wenn sie in den Herbstferien nach Rauland fuhr oder in den Sommerferien nach Kreta. Sie hatte nachweislich ein Verhältnis *gehabt*, einen Schwachkopf von einem Immobilienmakler, von dem Ludvig durch einen entfernten Freund erfahren hatte, eine langweilige und komische Figur aus Nordberg, der zwar die Sportart *Golf* zu seinem Lebensinhalt gemacht hatte, aber offensichtlich mit seinen kleinen Bällen, ha, ha, Dagny Smith-Torgersen nicht die intellektuellen Herausforderungen hatte bieten können, für die sie trotz allem geschaffen war. Aber selbst der war in die gute Gesellschaft, zum alljährlichen Rippenbraten am Weihnachtsabend in Tåsen, nicht aufgenommen worden. Dieser Abend war nun einmal den vieren vorbehalten, die einander verloren hatten, die sich zum Teil gemeinsam und zum Teil jeder für sich allein durch die Trauer geweint hatten, die aber, ungeachtet dessen, daß die Kinder inzwischen erwachsen geworden waren und damit strenggenommen keine »familiären« Rücksichten mehr zu nehmen hatten, fortfuhren, daran festzuhalten, die Familie Hassel Smith-Torgersen zu sein.

Und Ludvig Hassel hatte das mißfallen, ebenso wie ihm seine eigene Schwäche mißfallen hatte, daß er nicht nein sagen konnte, nicht einmal Anne-Beth Castberg zuliebe. Anne-Beth hatte einige Tränen vergossen, um diese bürgerliche Bestrafungs- und Traulichkeitsschau zu stoppen, aber ohne jedes Ergebnis. An Dagnys Hang, sich eine falsche Welt aufzubauen, würde wohl bis zu ihrem Tod nichts zu ändern sein, aber da auch die Kinder sie unterstützten, war Ludvig ihren Vorgaben gegenüber hilflos, jedenfalls am Weihnachtsabend. Und jetzt erzählte Cathrine, daß sie Arvid Buvik zum Weihnachtsabend mitbringen werde. »Ich möchte Arvid meine ganze Familie vereint vorführen«, sagte sie. Vereint?

dachte Ludvig Hassel, daß sie an eine solche Lüge glaubte, verwunderte ihn. Auf der einen Seite warf sie ihrem Vater vor, daß er Anne-Beth Castberg nicht ernst nehme, und gleichzeitig verlangte sie von ihm, daß er jedes Jahr *ohne* eben diese Anne-Beth zum Weihnachtsabend erschien. Hassel spürte, daß er müde war. Dieses ganze zweifelhafte Unternehmen, das man an und für sich immer noch die Familie Hassel nennen konnte, ging ihm auf die Nerven. Er kam nie los davon. So jämmerlich! So unwürdig! Als sehnten sie sich nach dem, was es nicht gab, die qualvollste aller Sehnsüchte. Und diese verlorene Familie, dachte er, war zu einem Teil seiner inneren Realität geworden, nie würde es ihm gelingen zu entfliehen, ob nun am Weihnachtsabend oder sonst wann. Jederzeit, solange sie lebte, würde Cathrine mit vollem Recht sagen können: »Mom und Daddy ließen sich scheiden. Daddy ist mit einem Mädchen in meinem Alter fremdgegangen.«

Und das war es, was sie ihm wieder einmal, in indirekter Form, sagen wollte, indem sie plötzlich die Aufmerksamkeit auf den Weihnachtsabend lenkte, so daß sein damaliges so schwer wiegendes Benehmen erneut ins Rampenlicht gestellt werden konnte. Er bekam dann immer ein besonders schlechtes Gewissen. Es schmerzte ihn nach wie vor, daran zu denken, daß es ihm nicht gelungen war, das Zusammenleben mit Dagny Smith-Torgersen, das so gut begonnen hatte, zur Vollkommenheit zu führen. Die Frau, die er geliebt hatte, liebte er nicht mehr. Er fühlte nur Bedauern für sie, verachtete sie, hatte ihretwegen ein schlechtes Gewissen, sorgte sich um sie. In vielerlei Hinsicht war sie nach wie vor die wichtigste Frau in seinem Leben, aber er liebte sie nicht mehr, er liebte niemanden, aber das wagte er vor keinem zuzugeben, obwohl er ahnte, daß Anne-Beth Castberg ihn längst durchschaut hatte.

Ludvig Hassel spürte in diesem Augenblick ein alarmierendes Gefühl von Hilflosigkeit. Die Tochter wirkte verletzlich, zornig und elend hier im Auto, obwohl das doch ein Festtag hätte sein sollen, der Start in eine Partnerschaft! Sie saß ein wenig jungenhaft barsch neben ihm, hatte offenbar aber Angst um ihren Vater, hielt die Beziehung, die er zu seiner »Geliebten« hatte, für ebenso bedenklich wie sein Leben, das er in jeder Hinsicht verkehrt lebte. Ludvig Hassel wußte, daß er sich jetzt in acht nehmen mußte. So wie er sie mit Komplimenten über Arvid Buvik überhäuft hatte, könnte es ihm passieren, daß er sich in Zukunft allzu große Opfer aufhalste, nur weil sie ihn dazu brachte, ein so starkes Verlangen nach Versöhnung zu empfinden. Ihm fiel jetzt auf, daß ihr Verlangen nach glücklichen Familienzusammenführungen unersättlich war. Sie sagte, daß sie sich danach sehne, ihren Vater, ihre »Mom«, »Brüderchen« Paul, sich selbst und jetzt also auch noch Arvid in dem Haus in Tåsen *vereint* zu sehen, und sie nannte sie alle mit Namen, so als wolle sie ausdrücklich betonen, daß Anne-Beth Castberg in dieser heiligen Familiengemeinschaft niemals willkommen war oder sein würde. Und vielleicht war an der Art, wie sie das sagte, etwas, das Ludvig Hassel veranlaßte, obwohl ihm die Idee völlig zuwider war, den Gedanken zu denken, daß er noch weiter gehen könnte, daß er ohne weiteres *großzügiger* sein könnte, was die Wiedersehen mit seiner einstigen, nun zerstörten Familie anging. Ja, warum nicht die Sache auf die Spitze treiben? dachte er schwitzend und indisponiert auf dem Beifahrersitz. Plötzlich stand es ihm klar vor *Augen*: Er würde sie alle zu einer Reise einladen – ja, *das* sollte sein Hochzeitsgeschenk für Cathrine und Arvid sein, Familie Hassel auf Reisen! Es war vorläufig nur ein makabres Szenario in Ludvig Hassels Kopf, ein flüchtiger Gedanke, aber zugleich so pervers und dem Untergang geweiht, daß er auf der Stelle Gefallen daran fand. Wenn es *das* war, was sich Cathrine wünschte, warum sollte sie es nicht bekommen? Dagny sollte er wohl ertragen, jedenfalls für eine Woche, bei getrennten Schlafräumen. Anne-Beth würde das möglicherweise nicht überleben, aber das war ihr Problem. Schließlich war sie es, die an ihm festhielt, nicht umgekehrt. Und er hatte trotz allem ständig ein schlechtes Gewissen, sowohl Dagnys wie der Kinder wegen. Also eine Reise, eine enorme Kompensation für allen früheren Frevel, ein für allemal, der große *Hassel-Familienausflug 1999*! Aber was sollte es ihm bringen? Dagny würde er also ertragen können. Vielleicht konnte er bei dieser Gelegenheit den endgültigen Schlußstrich ziehen. »Also gut!« Ludvig Hassel starrte die Tochter an, die so verwirrt und mit Tränen in den Augen hinterm Steuer eines riesigen Lieferwagens saß und an etwas längst Zerstörtem festzuhalten versuchte. Sie so zu sehen, an dem Tag, an dem sie *selbst* in ein Zusammenleben startete, erzeugte in ihm einen neuen und unbekannten Schmerz, brennend und trostlos. Das sollte sich machen lassen, dachte er. Man müßte es noch genau durchdenken. Er könnte, bei Gelegenheit, mit Dagny sprechen, statt ihr beleidigende Briefe zu schicken. Es ging allmählich auf das Ende eines Jahrtausends zu, und es war vielleicht an der Zeit, ein weniger egoistischer und dafür *netterer* Mensch zu werden, dachte Ludvig Hassel, während die Tochter über Bislett die Waldemar Thranes-Straße hinunter und hinüber nach Grünerløkka fuhr. Er würde sie einfach alle zu dieser Reise einladen, das konnte er sich leisten. Er würde auch Arvid Buvik einladen! Sich seiner *erbarmen*, ha, ha. Er könnte sie auf die Kanarischen Inseln einladen, das war billig und außerdem das Übliche. Weniger üblich, und vielleicht noch billiger, war London. Gruppenreise für fünf Personen mit Star Tour nach London! Keine schlechte Idee. London war ohnehin Ludvig Hassels Revier. Dort hingen *Die Badenden von Asnières*, dort war Simpson's in the Strand, dort war eine angenehme Umgebung. Eine Woche Wiedervereinigung der Familie Hassel, Cathrine zuliebe. Warum nicht? »Also gut!« wiederholte er, fast trotzig. »Wir könnten nach London fahren, alle zusammen. Das wäre dann mein Hochzeitsgeschenk.«

Kaum hatte er das ausgesprochen, bereute er es. Aber Cathrine starrte ihn ohnehin erstaunt, fast schockiert an. War das wirklich sein Ernst, was er eben gesagt hatte? Er wußte, daß sie so etwas nicht erwartet hatte. Sie war wütend auf ihn, weil er so wenig großzügig war, zur Familie ebensowenig wie zu sich selbst. Sie bildete sich ein, daß er nur zu Anne-Beth großzügig war, aber das stimmte ja nicht. Ludvig Hassel versuchte seiner Tochter in die Augen zu schauen, brachte aber nicht den Mut auf, obwohl ihr Zorn verschwunden war. Sie schaute ihn jetzt nur überrascht und erwartungsvoll an. Begierig griff sie nach dem Strohhalm, den er ihr in reiner Panik hingehalten hatte, weil er es einfach nicht schaffte, mit ihr allein zu sein. Er hatte das Richtige getroffen. »Glänzende Idee!« sagte sie, lebhaft und ohne Untertöne, bevor sie ihn rasch und dankbar auf die Wange küßte.

Also gefesselt an Händen und Füßen, ohne es zu wollen! Zuerst ein gezwungener Weihnachtsabend in Tåsen. Danach, in Verbindung mit der Hochzeit von Cathrine und Arvid Buvik, in dem schrecklichen und von Nostradamus selbst vorausgesagten Katastrophenjahr 1999: der London-Trip. Ludvig Hassel wurde von Mißmut übermannt. Wieder war die Zunge mit ihm durchgegangen, so wie er sie nicht im Zaum halten konnte, wenn er andere Menschen mit zynischen Formulierungen kritisierte. Er war auch sonst kein guter Mensch, und die sogenannte »Freigebigkeit« dieses London-Trips war von Anfang bis Ende gelogen. Was beabsichtigte er damit, ein solches Schreckensszenario vorzuschlagen? Die Reise würde jedenfalls keinen von Cathrines Träumen verwirklichen. Er hatte einen hohen Preis bezahlt, für einen Moment Ruhe, dafür, daß die Tochter aufhörte, in seinem Leben herumzustochern. Kaum strömten seine Gedanken ungehindert dahin, fühlte er sich gezwungen, familienfreundlicher und großzügiger zu sein, als er sich das in seinen wildesten Träumen hätte vorstellen können. Was würde Anne-Beth sagen, die Arme? Obwohl es *sein* Geschenk war, würde er *sie* nicht mit einladen können, denn dann würde die ganze Fahrt ja aussehen wie eine Beleidigung. Verstimmt saß Ludvig Hassel im Auto und fühlte sich plötzlich so müde wie nach einem langen und vergeblichen Traum, in dem er wieder und wieder versucht hatte, die Straßenbahn zu erwischen. Aber neben ihm saß Cathrine, aufgeräumt und beruhigt, nicht wissend, daß es möglich war, auch von Schlachten Wunden davonzutragen, die zu schlagen man vermieden hatte. Ludvig Hassel merkte, daß er an einem Punkt angelangt war, an dem er litt, ohne eigentlich etwas zu empfinden, und das war das am meisten Erschreckende.

Die Wohngemeinschaft in der Christiesstraße war so gut wie ausgestorben, als sie ankamen. Nur ein einzelner, ewiger Student von der gleichen Sorte wie Cathrine, der auf Entzug war, lag da in einer Ecke des Gemeinschaftsraumes. Ludvig Hassel wurde zu seiner Überraschung bewußt, daß er Cathrine nie besucht hatte, solange sie in der Wohngemeinschaft lebte. Eine WG, daran erinnerte er sich, war ja kein *Zuhause*, sondern eher ein Zufluchtsort, wo die Familie nur ausnahmsweise Zutritt hatte. Dagny Smith-Torgersen hatte in einer WG gewohnt, als er sie kennenlernte, und obwohl sie die Tochter eines Reeders in Farsund war, hatte sie sich für eine gewisse Zeit ihrer Jugend das wilde Leben nicht versagt. Ludvig Hassel fühlte sich jetzt privilegiert, daß sie ihn in ihr Zimmer in der WG mitnahm, auch wenn es nur um seine Hilfe beim Umzug ging. Sie zeigte ihm ihr Zimmer, zwar umzugsfertig verpackt, aber trotzdem das Zimmer, in dem sie während der letzten Jahre gelebt hatte, während sie sich in der kirchlichen Wohlfahrt der Stadt engagierte und mit dem Grundstudium beschäftigt war. Ludvig Hassel war gerührt. Er hatte nie etwas gegen Wohngemeinschaften gehabt. Die WG war der Hauptfeind der Kernfamilie. In WGs konnte man Lebensweisheiten verwenden wie: »Was du fühlst, ist, was du lebst«. Aus WGs war man immer schnell draußen, wenn man nicht den richtigen Ton mit den Bewohnern fand, und das war es, was Ludvig Hassel so gut an ihnen gefiel. Wenn man sich in Familien nicht mehr riechen konnte, wurde das zum Nährboden für Verbitterung und heftige Konflikte. In WGs gab es keine solche Bindungen. Man war einfach woanders hingezogen.

Herrgott, dachte Ludvig Hassel, prüfend vor einem riesigen Schrank stehend, den er gleich tragen würde.

War es wirklich seine *Jugend*, nach der er sich sehnte? Er, der nie in einer WG gewohnt hatte, aber so viele *besucht* hatte, angefangen zu Hause in Arendal bis eben zu Dagnys WG im vornehmen Osloer Westend unweit von Fren. Sich eine Wohnung zu *mieten*! Welche Befreiung, im Pakt mit der ewigen Wahrheit zu leben, ein Wanderer schlechthin zu sein, man besaß nichts, weil man nicht einmal sich selbst besaß. Die wichtigste Wahrheit der WG: daß alles vorübergehend war, daß alles gemietet war, daß man einander begegnete wie Reisende in einem Zugabteil, ohne zu wissen, wer zuerst aussteigen würde und an welcher Station. Ach! Keine falschen Gefühle!

»Woran denkst du, Daddy?« fragte Cathrine mit wiederaufflackernder Unsicherheit.

Er faßte sie flüchtig und linkisch um ihre Schultern, mit einem väterlichen Gefühl, das er nie gehabt hatte, und sagte: »Ich überlege nur, wieviel dieser verdammte Schrank wohl wiegt.«

Das sollte er rasch erfahren. Er war froh, daß sie ohne weiteres Hin und Her mit dem Umzug anfingen. Jetzt mußten der Schrank, die Stühle und die Umzugskartons zum Auto gebracht werden, die CDs und die Bücher. Zu seiner Überraschung stellte Ludvig Hassel fest, daß die Tochter eine Menge Dinge besaß. Das hier war keine Studentenbudenexistenz in der Art, wie er sie geführt hatte, als er von Arendal nach Oslo zog, um das Fach Kunstgeschichte im Grundstudium zu beginnen. Cathrine hatte allerdings in den letzten Jahren auch zusätzliche Einnahmen als Bedienung gehabt. Ludvig Hassel merkte, daß er der Tochter gegenüber viel zu nervös war, der Schrank war gut, um sich dahinter zu verstecken. Er wurde die Schuldgefühle nie los. Außerdem war er immer beunruhigt, sie könnte für ihr Leben die falsche

Wahl treffen und unglücklich werden. Was geschah damals? Der Selbstmordversuch *hatte* wirklich stattgefunden, Cathrine hatte sich früh am Abend in ihrem Zimmer eingeschlossen, eine perfekte Mixtur aus Tabletten und Alkohol genommen, aber Dagny war die Sache verdächtig vorgekommen. Um Mitternacht hatte sie mit Hilfe der Polizei die Tür aufgebrochen. Cathrine wurde schleunigst ins Ullevål Krankenhaus gebracht. Danach kamen all die Fragen, die unangenehmsten kamen in ihm selbst, aber auch von den Experten. Einige Psychologen hatten begonnen, in der Vergangenheit zu graben. Was war das eigentlich für eine Familie? Ludvig war plötzlich klargeworden, daß er unter Verdacht stand. War Cathrine zu irgendeinem Zeitpunkt Übergriffen ausgesetzt? Die Frage kam so unvermittelt und war so ungeheuerlich, daß Ludvig Hassel beinahe ohnmächtig geworden wäre. Doch sowohl Cathrine wie ihre Mutter hatten eine derartige Spekulation auf das entschiedenste zurückgewiesen. Es gab keinen Grund, Ludvig Hassel in irgendeiner Weise zu verdächtigen. Die Frage blieb trotzdem als unangenehme Unterstellung in der Luft hängen, und als das mit Anne-Beth passierte, dachte Hassel, daß die Frage in moralischer Hinsicht bestätigt worden war: Ludvig Hassel war ein haltloser Mann. Davor aber die Ängste, die nagende Verzweiflung, die sowohl Dagny wie auch ihn in Verbindung mit Cathrines suizidaler Veranlagung überfallen hatten, die Depression, die die Psychologen nicht erklären konnten. Sie müsse gar keine Ursache haben, wie einer von ihnen meinte, und das war noch erschreckender. Denn dann war es eine *existentielle* Verzweiflung, die Cathrine verspürt hatte. Danach hatte Dagny sie zu allen möglichen Homöopathen und Therapeuten geschleppt, die etwas mit ihrem Mineralgleichgewicht zu machen versuchten, mit der Polarität, den Energieströmen, mit den Gedanken, die sie dachte. Sie waren mit ihr und Paul in die Provence und nach Rom gefahren, hatten eine Hütte am Berg gemietet und im Sommer darauf eine Fahrradtour durch Jütland unternommen, und dem Augenschein nach verhielt sich Cathrine normal, und das war das Erschreckendste. So als wäre der Selbstmordversuch nicht geschehen, als wäre es nur ein böser Traum gewesen. Ludvig hatte versucht, mit der Tochter unter vier Augen zu reden. Sie war offen gewesen und ehrlich, hatte versucht, zu benennen, was in ihr vorgegangen war, doch wisse sie es selbst nicht, es sei, wie sie sagte, einfach eine grauenvolle Welle von Trostlosigkeit gewesen, die sie überspült und es ihr unmöglich gemacht hätte, noch weiterzuleben. Und Ludvig hatte sie verstanden, besser verstanden, als er sich das bei vollem Bewußtsein einzugestehen wagte. Er hatte sogar verstanden, daß der Weg dorthin, zu einer solchen Trostlosigkeit, kurz sein konnte, und vielleicht war diese vage Erkenntnis der Grund, warum er sich, als nach außen hin die normale Familiensituation wiederhergestellt war, rastlos, alternd und unruhig fühlte. Er hatte den Eindruck gewonnen, daß Dagny ohne ihn zurechtkam, daß sie sich in ihrer andauernden Sorge um die Tochter unerreichbar machte, als wüßten über das, was geschehen war, nur *Frauen* Bescheid. Ludvig Hassel sorgte sich seitdem, und sicher für den Rest seines Lebens, um die Tochter, war aber unsicher, was er in dieser Angelegenheit tun konnte, während Dagny Smith-Torgersen das Eigentumsrecht *auf allertiefste Sorge*, wie sie sagte, in Anspruch nahm und ihn damit langsam aus seiner Elternrolle drängte, das jedenfalls war es, was Ludvig gewöhnlich empfand, wenn er auf sich selbst in den Jahren danach zurückblickte: ein Salonlöwe auf der Jagd nach immer jüngeren Frauen, die mit ihrer Jugendlichkeit die Medizin waren, die er brauchte, um nicht selbst in Trostlosigkeit zu versinken.

Aber es war lange her, daß er mit Cathrine über ernste Dinge gesprochen hatte, und er hatte auch nicht das Bedürfnis, es zu tun, am wenigsten jetzt, als er ihre Sachen zum Lieferwagen trug und mit eigenen Augen sah, daß sie trotz allem heiter und optimistisch war, stolz auf ihren Verlobten und ihr neues Leben. Vielleicht *war* es nur eine Episode, wie sie viele Teenager durchmachten. War er nicht selbst einmal kurz davor gewesen, Schluß zu machen? Hatte er nicht wenigsten daran *gedacht*, als er zum ersten Mal den Verdacht hatte, daß sich Dagny von einem berüchtigten und weltberühmten Maler verführen ließ?

Er erinnerte sich nicht mehr. Er versuchte, solche Gedanken zu vermeiden, wenn er mit der Tochter zusammen war, als könne sie seine Gedanken lesen, als könne sie mental aus dem Gleichgewicht geraten und einen Rückfall bekommen. Cathrine würde ohnehin *immer* Gegenstand seiner sorgenvollsten Überlegungen bleiben. Bis zu diesem Zeitpunkt, zu dem sie sich für einen Partner entschieden und sogar öffentlich angekündigt hatte, daß sie beabsichtige, ihn zu heiraten, hatte er das Gefühl gehabt, nicht sehr viel von ihr zu wissen, zugleich verstand er sie nur allzu gut. Nach dem schockierenden Selbstmordversuch war sie aus dem Koma erwacht, weinend, und hatte gesagt, deutlich enttäuscht, dem Leben wieder in die Augen zu sehen: »Warum hast du *das* getan, Daddy?« Es war also Ludvig, der die Schuld bekam, daß die Tochter überlebt hatte, obwohl es Dagny war, die vorgeschlagen hatte, die Polizei zu rufen und die Tür zu ihrem Mädchenzimmer aufzubrechen.

Und danach war es, als kehrte das Leben nicht eigentlich wieder in sie zurück, als sei sie, trotz ihrer heiteren und freundlichen Wesensart, von einer tödlichen Langeweile angesteckt, einer tödlichen, lebenslangen Langeweile, als verzichte sie bewußt darauf, ein Ziel anzusteuern, als sei es völlig gleichgültig für sie, was hier im Leben geschieht, weil sie den Tod vorgezogen hätte, weil sie aus reiner Höflichkeit noch weiterlebte.

Bis zu diesem Zeitpunkt, zu dem sie sogar behauptete, froh und glücklich zu sein, weil sie sich Arvid Buvik als ihren Lebenspartner gewählt hatte. Und dort, auf der Treppe von der WG hinunter zur Christiesstraße, während er Möbel, Pappschachteln und Gegenstände zum Lieferwagen trug, stellte er sich vor seinem inneren Auge Arvid Buvik vor und entdeckte zu seinem Schrecken erstmals gewisse Gemeinsamkeiten an ihm. Sie betrafen nicht das Äußere, aber die Verkleidung, die sie beide für sich gewählt hatten: Arvid Buvik war kahlköpfig und knochig, Ludvig Hassel eher blühend und voller Haare, doch waren sie sich ähnlich in ihrer Art, in dem, was Ludvig in den letzten Jahren mehr und mehr an sich verachtete: dem Dominierenden im Auftreten, den kategorischen Gesichtspunkten, dem kindischen Hang, andere zu *belehren*, als habe sich nur *er*, Hauptkustos Ludvig Hassel an der Nationalgalerie, mit den Jahren entwickelt, als seien die anderen stehengeblieben und brauchten intellektuell gesehen seine Hilfe. Hatte er nicht auch deshalb zunehmend begonnen, jede Menge junger Frauen unter seine Fittiche zu nehmen, oder jedenfalls in seine Arme, weil er sie, fast bewußt, dominierte, weil er, bis zu einem gewissen Punkt, geglaubt hatte, ihnen etwas beibringen zu können. Das glaubte er nun nicht mehr. Er trug jetzt einen schweren Schrank und merkte, daß es buchstäblich in den Knochen knackte, daß er ein alter Mann geworden war. Jetzt war Arvid Buvik an der Reihe. Er war *up and coming*, wie es hieß, die Medien liebten ihn, Cathrine liebte ihn, und Ludvig Hassel selbst war innerhalb eines Tages zu einem einfachen Handlanger degradiert worden, einem Vater, zum Möbeltragen zu gebrauchen, zu mehr aber auch nicht, Ludvig konnte sich an keinen Moment erinnern, in dem er sich seiner Tochter wirklich *nahe* gefühlt hatte, und das war vielleicht das Erschreckendste. Sie hatte ihm stets, mehr oder weniger, ferngestanden, obwohl er sie viel besser verstand, als er seinen Sohn Paul jemals verstanden hatte, der weich und selbstaufopfernd war und der es auch zu nichts Rechtem im Leben brachte, so wie er sich ständig in Beziehungen zu *kaputten* Frauen verwickelte, kaputten, *dominierenden* Frauen, wie zum Beispiel dieser Marianne Uhl, übrigens entfernt verwandt mit Strindbergs Frida, das sollte wohl alles sagen, dachte Ludvig Hassel, als er mit hämmerndem Puls einen schweren Eichenschrank in den Lieferwagen auf der Christiesstraße mehr schleppte als trug. Sein Sohn Paul hatte schon, bevor er irgend etwas in diesem Leben erlebt hatte, ein schwer zu verstehendes Aufopferungsbedürfnis. Er gehörte zu diesen irritierenden Männern, die sich beinahe automatisch *kaputte dominierende Frauen* erobern, und so war es denn vor einigen Jahren die nervenschwache Marianne Uhl gewesen, eine geschiedene Mutter von zwei Kindern aus Schonen, die von Anfang an versuchte, Paul ihre Kinder unterzujubeln, der seinerseits genauso unentschlossen und karrierefremd war wie seine Schwester Cathrine, der ebenso ziellos in seinem Leben herumirrte, viel Aufwand für so seltsame Sportarten wie Dreisprung und Hochsprung trieb, ein gutmütiger und zaghafter Mensch. Vor allem schmerzte Ludvig Hassel, daß Paul so schüchtern und empfindsam war. Ihm fehlte einfach jedes Stehvermögen. Zwei Jahre älter als Cathrine, war er fast *zu Tode erschrocken*, als seine kleine Schwester versucht hatte, sich das Leben zu nehmen. Er begann ein unsichtbares Leben, wie ein Fremder, erschien nicht mehr zum Frühstück, blieb abends lange weg, machte ein auffällig schlechtes Abitur. Dann beschloß er zu allem Überfluß, Krankenpfleger zu werden, als ob er, nicht zuletzt seinem Vater gegenüber, demonstrieren wolle, daß das ausreiche, daß er sein Leben tatsächlich dazu benutzen *wollte*, sich um alte oder kranke Männer und Frauen zu kümmern. Und damals war diese Kunststudentin Marianne Uhl auf der Bildfläche erschienen, eine hysterische Mutter von zwei Kindern, Tochter irgendeiner lokalen Berühmtheit in Schonen, der eine Sohn halb marokkanisch, der andere halb griechisch und beide extrem lebhaft, so daß sie von ihrer Mutter oft verprügelt wurden. Paul war dazu ausersehen worden, für beide den Vater zu spielen, doch Ludvig brauchte nur zehn Minuten, um zu sehen, daß Paul eigentlich panische Angst vor Marianne Uhl hatte, und schon nach kurzer Zeit hatte er die junge Frau zur Rede gestellt, ihr jedenfalls am Telefon und von Angesicht zu Angesicht unverblümt die Wahrheit gesagt. Er hatte ihr erklärt, daß Paul ein zutiefst gutmütiger Mensch sei, der als Hilfspfleger arbeite und alles andere gebrauchen könne als eine berechnende und gewalttätige Mutter mit zwei Kindern und künstlerischen Ambitionen. Ab und an mußten Männer vor Frauen *geschützt* werden. Marianne Uhl war offensichtlich eine Frau, wie die im Märchen von den dummen Männern und den arglistigen Weibern, sie hatte sogar

Dagny gefragt, ob sie nicht auf ihre beiden Jungs aufpassen könne. Sie hatte nie Geld und pumpte jeden an, der ihr über den Weg lief, auf der Straße, im Café, privat zu Hause. Marianne Uhl war das gräßlichste Weibsbild, das Ludvig je begegnet war, und er hatte sie aus Pauls Leben verjagt, indem er ihr androhte, er, Ludvig Hassel, werde persönlich dafür sorgen, ihr die Hölle heiß zu machen. Sie möge zusehen, ihm nicht mehr unter die Augen zu kommen, mit ihren Söhnen, ihren Pinseln, der Reformkost, dem Wein aus der Pappschachtel und allem, was sie fast buchstäblich an einem Gürtel um den Bauch trug. Sie solle sich bloß zum Teufel scheren! Denn es war offensichtlich, daß es ihr nicht um Paul ging, sondern um seine Dienste, und daß sie nicht einmal fähig war, dies zu verbergen. Er hatte sie an einem Abend bei sich zu Hause gehabt, und Paul war unglücklich und Marianne Uhl betrunken gewesen, sie hatte fast nur von ihrem tragischen Leben erzählt, das immerhin so interessant gewesen sei, daß sie »als Künstlerin wuchs«, wie sie sagte. Sie habe vor, die Tragödien in ihrem Leben so zu benutzen wie auch Edvard Munch sie benutzt habe, oder, was das betrifft, August Strindberg, den sie schon nach ein paar Gläsern Wein wie einen nahen Verwandten in den Mund nahm. Pah! Und als Paul für einen Moment auf dem Klo war, hatte sie sich über den Tisch gebeugt und zu Ludvig Hassel gesagt: »Ich bin eigentlich gar nicht an deinem Sohn interessiert, sondern an *dir.*« Ludvig hatte in das obszöne Gesicht von Marianne Uhl geschaut, er hatte den gierigen Mund betrachtet, die feuchten Lippen, die rotfleckige Haut, den glänzenden, selbstverliebten und hysterischen Blick, und er war ausnahmsweise bei dieser jüngeren und sich offen anbietenden Frau nicht als Verführer aufgetreten, statt dessen hatte er sich erhoben und gebrüllt: »Scher dich weg! Scher dich augenblicklich zum Teufel!« Und als die Uhl keine Anstalten gemacht hatte aufzustehen, war er zu ihr gegangen, hatte sie unter den Armen gepackt und hochgezogen und dabei gesagt: »Du verschwindest jetzt auf der Stelle, du verdammte Nutte, oder ich erzähle Paul, was du gerade gesagt hast.« Da hatte sie aufgehorcht, und vielleicht hatte Paul auch gehört, was vor sich ging, und war so lange wie möglich auf dem Klo geblieben, jedenfalls war Marianne Uhl wirklich so erschrocken, daß sie sofort durch die Tür verschwand. Als Paul schließlich vom Klo zurückkam, war Ludvig jedenfalls fähig, lakonisch zu sagen: »Sie mußte gehen.« Und Paul hatte nur genickt, als habe er verstanden, als sei das keine Neuigkeit, die ihn erstaunen müsse. Es war Schluß. Vorbei. Weder Paul noch Ludvig Hassel sahen Marianne Uhl jemals wieder.

Okay, dachte Ludvig, als der Lieferwagen mit Cathrines Möbeln beladen war und die Tochter sich wieder hinters Steuer gesetzt hatte, auf dem Weg zur Bygdøy Allee 65, er hatte also nicht das beste Verhältnis zu den Liebschaften seiner Kinder, aber auch wenn er es geschafft hatte, die schamlose Hexe Marianne Uhl aus Pauls Leben zu vertreiben, so würde es ihm selbstverständlich nie gelingen, Arvid Buvik von Cathrine wegzuscheuchen, und damit mußte er in Zukunft zurechtkommen. Paul war außerdem nicht glücklicher geworden, nachdem Marianne Uhl mit ihren Knaben auf Nimmerwiedersehen verschwunden war. Er zögerte in allem, was er sich vornahm, und wie Ludvig es vorkam, folgte er immer dem längsten Weg zwischen zwei Punkten. Er hatte eine Arbeit als Hilfspfleger, wohnte in einer winzigen Wohnung in Torshov, trieb seine mittelmäßige Leichtathletik mit unvorstellbarer Leidenschaft, liebte David Bowie und war eine in jeder Hinsicht gutmütige und labile Erscheinung, die den Kontakt mit der Wirklichkeit bewußt begrenzte und zugleich, dachte Ludvig, mehr über die sogenannte »Gesellschaft da draußen« wußte als er selbst. Ludvig hatte schon lange mit Dagny darüber reden wollen, wie sie, zwei starke, selbstbewußte und ambitionierte Menschen, so ängstliche, uneigennützige und empfindsame Kinder hatten hervorbringen können; der eine zaghaft und selbstaufopfernd, die andere heiter und frohgemut und trotzdem suizidal. Ja, wie war es erklärlich, daß ein sogenanntes »kulturelles Elternhaus« nicht in der Lage war, den Kindern, die darin aufwuchsen, mehr mitzugeben? Als Dagny Smith-Torgersen und Ludvig Hassel in Pauls und Cathrines Alter gewesen waren, hatten sie bereits voller Enthusiasmus ihre Ausbildung betrieben, bald in Paris, bald in Rom, mit großem Bekanntenkreis, hatten sogar mit *internationalen Berühmtheiten* Kontakt. Das war bei den Jungen ganz anders, so als könnten sie jederzeit einen *fatalen Fehler* machen, als könnten sie, ohne es zu merken, verblöden, in ihrem Leben steckenbleiben und überhaupt nicht mehr weiterkommen, als stellten sie sich darauf ein, dahinzuvegetieren, sich einen kleinen Unfallschaden zuzuziehen, um bald Sozialhilfe zu bekommen. Ludvig Hassel wollte allen beiden Lebensmut einblasen, doch wie sollte er das tun, jetzt, wo er selbst keinen Lebensmut mehr hatte? Er war über seine eigenen Reaktionen in der letzten Zeit verunsichert, das Leben schnürte ihn mehr und mehr ein, so als hätte er seine berufliche, intellektuelle und körperliche Selbstsicherheit verloren.

Die körperliche auf jeden Fall! dachte er, als er in der

Bygdøy Allee 65 stand und feststellte, daß der Aufzug für den schweren Eichenschrank zu klein war und daß sie bis hinauf in den vierten Stock mußten. »Der wird vielleicht ein bißchen zu schwer«, sagte Cathrine besorgt. »Wir lassen ihn besser stehen, bis Arvid kommt.« Kommt nicht in Frage, dachte Ludvig Hassel. Den Triumph sollte er nicht haben, dieser Arvid Buvik. Ludvig Hassel würde den Schrank allein hochwuchten, er hatte sich von jeher für einen sportlichen Mann gehalten, war früher Segler, ein guter Schwimmer. »Vielleicht kann ich helfen?« sagte Cathrine, aber es war zu eng, er mußte den schweren Eichenschrank allein vier Etagen hochtragen, er mußte doch zu *etwas* nütze sein. Ludvig fing sofort zu tragen an, innerlich wütend, weil er auf der Stelle merkte, daß der Schrank vermutlich zu schwer für ihn war, weil es zu spät war, umzukehren. Mühsam arbeitete er sich die Stockwerke nach oben, sich innerlich verfluchend, daß er so eitel war. Cathrine kümmerte sich inzwischen um die Kartons und die kleineren Gegenstände, die sie im Aufzug verstaute. Als Hassel endlich im vierten Stock war, hielt sie ihm die Tür zur Wohnung auf. Er kam mit dem Schrank gerade so durch die Tür, stellte ihn nach Anweisung der Tochter in Arvid Buviks Wohnung. Er sah sich um, wußte, daß er ohnehin skeptisch war, doch das, was er nun sah, war wirklich nicht geeignet, ihn zu beeindrucken. Geschichtslos, dachte Ludvig Hassel beim Anblick der scheußlichen Mischung aus IKEA und Cassina. Die Wohnung war also eine Maisonette, so hatte Arvid Buvik am Vortag gesagt, das klang sehr gut auf französisch, bedeutete aber nichts weiter als ein Appartement über zwei Etagen, eine kleine Kunsthistoriker-Wohnung mit Ausblick auf die Odinsstraße, seine Straße, auf die Wäscherei und das geschmacklose und überaus bürgerliche Möbelgeschäft an der Ecke zur Thomas Heftyes-Straße. Hier also sollte Cathrine wohnen! Das Doppelbett stand schon bereit, wer wohl vorher darin gelegen hatte, dachte Hassel, denn er konnte sich nicht vorstellen, daß Arvid Buvik ein Ausbund von Tugend war, er war ganz offensichtlich kein Kostverächter in der Stadt, aber das, soviel begriff Ludvig, konnte er ihm schließlich nicht zum Vorwurf machen. Er merkte, daß er in dieser Wohnung nicht lange bleiben durfte, er mußte raus, bevor sein zynisches Wesen durchbrach, er durfte Cathrine jetzt nicht verletzen, aber wie sollte er das vermeiden, wenn er sah, daß Arvid Buvik das Foto einer bekannten norwegischen Popsängerin an der Wand hängen hatte – mit Widmung, also eine Freundin von ihm –, dieser bekannten, schüchternen und hilflosen jungen Frau, die immer versuchte, etwas zu rockig zu sein, und die im Gesicht aussah wie ein Schweinchen, ein in die ausgefallensten Kreationen eingepacktes Schweinchen, aufgestylt auf den CD-Covers, *immer* mit ihrem eigenen Porträt auf der Vorderseite, als könnte dieses Schweinchengesicht etwas für alle Menschen Gültiges aussagen, was jedoch nicht der Fall war, denn es war und blieb nur ein aufgestyltes Schweinchengesicht, und diese bekannte Frau, die also Arvid Buviks Freundin war und damit bald auch mit Cathrine befreundet sein würde, oder das bereits war, sang so geistvolle Songs wie »Klug ist in Wahrheit der, der ausreichend Muskeln hat, um zu klettern, und ausreichend Verstand, darauf zu verzichten«. Sie sang zu allen Tageszeiten, im Radio, im Fernsehen, in den Einkaufszentren, eine helle und sentimentale, dünne Stimme, eingepackt in einen Strom von billigen Synthesizergeräuschen. Es war erstaunlich, daß nicht *sie* in der

Wertekommission saß, dachte Ludvig Hassel, denn man hatte tatsächlich statt dessen zwei andere Sänger gefragt, denn *Popsänger* wollte die Wertekommission haben, weitaus mehr als zum Beispiel Kunsthistoriker. Diese bekannte Frau mit dem Schweinchengesicht ließ sich indes nicht aufhalten. Mit jeder neuen CD-Produktion wurde ihr Outfit teurer und die Schminke greller. Das Schweinchengesicht blieb erhalten, das war nicht wegzuschminken, die große, dicke Nase, die kleinen, stechenden Augen, die ungesunde, schweineartige Haut. Und dabei könnte sie schön sein, dachte Ludvig, wenn sie sich nicht selbst so wichtig genommen hätte, wenn sie nicht versucht hätte, beides zu sein, seriöse Künstlerin und Fotomodell, wenn sie nicht so offenkundig alles an sich raffen würde. Das Schwein ist trotz allem ein schönes Tier, solange es als Schwein beurteilt wird. Menschen, die häßlich sind und nicht meinen, schön zu sein, haben stets eine Schönheit in sich, dachte Ludvig, weil sie sie selbst sind, ausgesöhnt mit dem, was die Schöpfung ihnen zugeteilt hat, demütig, was ihren eigenen Wert betraf, wie der Maler Francis Bacon! Aber Menschen, die sich selbst zu hoch einschätzen, werden unkenntlich, dachte er, und das Schweinchengesicht war in seiner aufgesetzten Pseudo-Prinzessinnenwelt unkenntlich. Weil sie es nicht schaffte, sich selbst zu sehen, weil sie sich bereits lange vor dem Ball als Aschenputtel verstand, schaffte sie es auch nicht, über andere etwas Vernünftiges zu sagen oder zu singen. Sie posaunte statt dessen ihre Lieder über die Liebe hinaus und über Plattheiten, wie die, auf einer Bananenschale durch den Park zu rutschen, über die Kunst, Berge zu versetzen, darüber, wie wichtig es sei, die Arme im Herbstregen auszubreiten. In den Zeitungen wurde sie als jemand gefeiert, der »Wochen braucht, um an einem Satz zu feilen«, der auf die Malediven fliegt, um einen Refrain zu vollenden. Sie betonte, welche »Krisen« sie durchgemacht, welche enorme »Reifung« sie im Laufe der Zeit als Mensch erfahren habe. Die Anführungszeichen leuchteten wie Neonlichter auf jeder Seite über sie. Jetzt hing sie an einer Wand in der Bygdøy Allee 65 und verlieh dieser Wohnung, die vom Geist Arvid Buviks war, vom Geist dieser aufgeblasenen und zum Untergang verurteilten Millenniumszeit, eine höhere Weihe. Sie hatte das Bild sogar »Meinem guten Freund Arvid« gewidmet, als sei es das Selbstverständlichste von der Welt für sie, ihren guten Freunden Fotos von sich mit Widmungen zu schenken. Kitsch, giftete Ludvig Hassel innerlich, der absolute, unerträgliche Kitsch. Der geborgte Glanz einer Sonne, die längst untergegangen war. Und der Elch stand da, mitten im Sonnenuntergang, wie auf dem schlimmsten Kitschbild. Der Elch war in all diesen Dingen. Könnten Unwissenheit und Torheit doch versöhnend wirken! Aber diese Menschen, dachte Ludvig Hassel, waren widerlich, ohne es selbst zu wissen. Sie stahlen sich ihr Pseudo-Wissen, ihre Pseudo-Gefühle, und stahlen, nicht zuletzt, die Medien, stahlen sich die Aufmerksamkeit *anderer* Leute, versorgten nichtsahnende Bürger mit all ihrem Kitsch-Wissen, ihrem Kitsch-Übermut. Sie lebten eigentlich als kleine Lichter, erkannten das aber nicht, da sie das sogenannte Rampenlicht liebten, in dem sie glaubten als Menschen sichtbar zu werden, ließen sich berauschen von der Macht, die sie empfanden, wenn sie anderen etwas über das Leben erzählen konnten. Sein eigenes Vorhaben, dachte Ludvig Hassel, hatte immerhin darin bestanden, die *Genies* sichtbar zu machen, die unbestreitbar Besten, über die er nicht sprechen konnte, ohne gleichzeitig eine ziemliche Selbstverachtung zu empfinden. Denn wie konnte er je vergessen, daß er nur ein kümmerlicher Gefängniswärtersohn aus Arendal war und blieb! Die Popsängerin mit dem Schweinchengesicht aber und der Kunsthistoriker in der Bygdøy Allee 65 hatten beide vergessen, woher sie kamen, und wenn Arvid Buvik sich auch nicht so auffällig schminkte wie das Schweinchengesicht, so benutzte er doch dieselben Gesten und zog sich dieselben falschen Kleider an, die Kleider der *Bedeutsamkeit*. Sie liebten in dem Maße, wie sie im Rampenlicht standen, so daß es ihnen unmöglich war, auf ein Lächeln zu verzichten, solange die Kamera auf sie gerichtet war. Sie lächelten entzückt, weil sie meinten, gesehen zu werden, weil sie meinten, eine Botschaft zu haben, und waren doch lediglich kleine Lichter, und mit einem davon sollte seine Tochter Cathrine jetzt zusammenleben.

Ludvig Hassel machte eine ruckartige Bewegung, um die Worte zurückzuhalten, die er um ein Haar ausgespuckt hätte, und genau in dem Moment spürte er den Nerv, hörte er das Knacken, zwischen dem vierten und fünften Wirbel von unten, jedesmal dort, spürte einen Hexenschuß von der Intensität einer Neujahrsrakete. In kraftvollen Explosionen verbreitete sie ihre unbarmherzigen Schmerzensschüsse in alle Winkel seines Körpers. Hassel ging in die Knie, er hatte keine andere Wahl. »Was ist denn mit dir los, Daddy?« fragte Cathrine und fing im selben Augenblick zu lachen an, denn er sah vermutlich ziemlich komisch aus, und nicht *sie* hatte die Schmerzen. »Verdammt, der Rücken!« sagte Hassel, panisch bei dem Gedanken, daß er so liegenbleiben könnte, bis Arvid Buvik nach Hause kam, daß dieser so enge Freund des Schweinchengesichts seinen künftigen

Schwiegervater mit Ischias oder möglicherweise einem beginnenden Prolaps am Boden des Wohnzimmers liegen sehen könnte, wo der Schwiegersohn im letzten Jahr höchstwahrscheinlich eine nicht bekannte Zahl von Kulturmäuschen gevögelt hatte. Er mußte weg hier, nur raus, auf der Stelle! Bevor sich die Schmerzen richtig festgesetzt hatten! Er hatte seine Pflicht getan und war bereit, nach Hause zu fahren, er mochte sich nicht länger in einem solchen Interieur aufhalten, in einer solchen Atmosphäre. Er stand auf mit einem Gefühl, eigentlich von der Mitte ab bis unten gelähmt zu sein, so daß es nur die Reflexe sein konnten, die ihn retteten, was sie auch taten: sie retteten ihn! Er sagte zu Cathrine, daß es ihm sehr leid tue, aber er müsse augenblicklich nach Hause, und unter Aufbietung seiner letzten Kräfte gelang es ihm, in den Aufzug zu kommen und hinunter zum Taxistand am Thomas Heftyes-Platz, während Cathrine, offensichtlich zu ihrer eigenen Verzweiflung, fortfuhr zu lachen, weil er wirklich komisch aussah, wie sie behauptete. Sie bot natürlich an, ihn nach Hause zu begleiten, aber das fehlte gerade noch, er sagte: nein, nein, nein, bevor er die Autotür zuknallte und murmelte: »Viele Grüße an Arvid«, so leise, daß nicht einmal der Taxifahrer hören konnte, was er sagte.

Der Abend brach herein, grau und gefährlich. Ludvig Hassel hatte bei der Nationalgalerie angerufen und von den Rückenproblemen erzählt. Alle Kustoden der Nationalgalerie hatten Rückenprobleme, es lag in der Natur der Sache, daß man, wenn man in einer staatlich subventionierten Institution wie der Nationalgalerie arbeitete, Rückenprobleme bekam. Man bekam sie meist ohne einen erkennbaren Grund. Man brauchte weder einen Schrank noch Bilder zu heben, um sie zu bekommen. Man brauchte nur dazusitzen und einen Bericht zu schreiben oder an einem Dienstag vormittag am Fenster zu stehen und hinauszuschauen, schon bekam man Rükkenprobleme. Auch Karin Bjerke hatte Rückenprobleme gehabt, sogar nachdem sie zur Direktorin ernannt worden war. Ja, sie hatte die Rückenprobleme unmittelbar nach ihrer Ernennung bekommen! Das sagt einiges über die Institution Nationalgalerie, dachte Ludvig und fuhr fort, an Menschen mit Rückenproblemen zu denken, vorwiegend Leute in seinem Umfeld, gewissenhaft, strebsam – aber dabei sich selbst verachtende Menschen wie er selbst. Leute, die zu lange gehofft hatten, einen Punkt im Leben erreichen zu können, wo sie gleichsam zum ersten Mal aufstanden und sich ausbreiteten, den modrigen Sumpf der Banalitäten und unausgegorenen Ambitionen verließen, in dem sie alle bis zum Knie standen. Vielleicht war es der *Geruch* in diesen Gängen und Korridoren, in diesen häufig so kleinen, erbärmlichen Büros, der sich gefährlich auf den Rücken auswirkte. Es konnte etwas sein, das sie alle einatmeten. Denn man wurde langsam erwürgt da drinnen, erwürgt von der eigenen Expertise, seinem unbrauchbaren Wissen über Bilder und Kunst, das sich nie festhalten ließ, nicht einmal die Badenden von Asnières ließen sich festhalten, so konkret sie auch erschienen, wie sie da am Flußufer saßen oder lagen. Jedesmal, wenn Ludvig Hassel die monumentale, farbliche und perspektivische Meisterschaft dieses Bildes vergaß und sich dafür dessen Stimmung überließ, spürte er, daß sich die Atmosphäre ständig veränderte, ihn an Augenblicke von sonntäglicher Stille und Ruhe in seiner Kindheit erinnerte, wenn Mutter und Vater ihn hinauf zum Nidfluß mitnahmen und ihm das Schwimmen beibrachten, oder später: wenn sie nach Spornes auf der Insel Tromøya fuhren, wo das Meer ihnen entgegenbrandete und sie friedlich ihre Stullen verzehrten und der kleine Ludvig sicher war, daß die Eltern, jedenfalls dort, für einige Stunden glücklich waren.

Aber es ging nicht an, Kustos für Stimmungen zu sein, dachte Ludvig Hassel, als er daheim in der Odinsstraße im Wohnzimmer auf der Couch lag und von einem Fernsehkanal zum nächsten zappte. Wissen allein reichte nicht aus, um dem Leben Sinn zu geben. Da gehörte noch mehr dazu, das hatte Fridtjof Nansen irgendwann nach seiner Doktorarbeit über das Nervensystem des Schleimaals erkannt. Das Nervensystem des Schleimaals! Nansen besaß ein ungeheures Wissen auf diesem Gebiet. Er wußte zum Zeitpunkt seiner Doktorarbeit vielleicht mehr über den Schleimaal als irgendein anderer Mensch auf der Welt. Er hatte den Schleimaal jahrelang studiert. Aber das reichte ihm nicht. Kurz nach der Promotion ging er auf Skiern über die Inlandeisdecke Grönlands. Dann leitete er die Expedition ›Fram‹ zur Arktis und gelangte 1895 weiter nach Norden als je ein Mensch vor ihm. Bekam Nansen davon Rückenschmerzen? fragte sich Ludvig, während er auf der Couch lag und jedesmal, wenn er nur die Beine bewegte, die Schmerzexplosionen spürte. Es gab also Menschen, die es an einem bestimmten Punkt schafften, mit dem Erwarteten zu brechen und etwas ganz anderes zu machen. Auf Skiern Grönland überqueren. Was für ein Einfall, am Ende des vorigen Jahrhunderts! So wurde er ein Entdecker, und seine Entdeckungen nutzten der Menschheit, doch er endete schließlich als Helfer in der Not für Russen, Türken, Griechen und armenische Flüchtlinge.

Die elementarste Hilfsaktion wurde wichtiger als all die jahrelange Wissensaneignung!

Ludvig Hassel drückte auf die Fernbedienung, es war Abend geworden. Das Telefon klingelte. Das war sicher Anne-Beth, sie rief immer um diese Zeit an, aber er wollte sie nicht haben, nicht heute. Er unterließ es, die Hand nach dem Hörer auszustrecken. Das war nicht nett, er wußte das. Fünf Jahre lang hatte er sich Anne-Beth gegenüber wie ein Schuft benommen, und sie ließ das immer noch zu. Frauen sind schwer zu verstehen. Anne-Beth Castberg dachte einfach und war trotzdem schwer zu verstehen. Wenn auch nicht in dem Maß wie Cathrine. Man mußte schon besonders schwer zu verstehen sein, um sich ohne ersichtlichen Grund das Leben nehmen zu wollen, um aus Herzenslust zu lachen, wenn sich der eigene Vater mit einem Hexenschuß am Boden krümmte. Nun, er liebte Cathrine deshalb nicht weniger, aber Anne-Beth hatte er weder geliebt noch je für sie gesorgt. Er hatte sie vom ersten Augenblick an rücksichtslos benutzt, weil er sie begehrte, und sie hatte ihn das machen lassen. Das war etwas ganz anderes, als für jemanden zu sorgen. Anne-Beth, dachte Ludvig Hassel, war nicht kitschig, aber sie war oberflächlich. Sie glaubte, es klinge willensstark, zu sagen, daß sie Kinder haßte, sie glaubte, sie würde willensstark wirken mit ihrer Willensstärke, aber sie wirkte ja nur hilflos, unsicher, dachte Ludvig Hassel, sie wäre niemals imstande, über das Nervensystem des Schleimaals zu promovieren oder auf Skiern über das Grönlandeis zu laufen. Und trotzdem hielt er an der Beziehung fest, als Protest gegen irgend etwas, das die sogenannte ›Gesellschaft‹, jedenfalls Dagny Smith-Torgersen, von ihm erwartete. Machte er nur ihretwegen nicht Schluß? Nein, dachte Ludvig, es mußte etwas anderes sein, die sexuelle Anziehungskraft, zumindest, daß er nicht gezwungen war, jeden Abend in die Stadt zu gehen, nur um eine Nummer zu schieben. Aus irgendeinem Grund hatte sich Anne-Beth von ihm abhängig gemacht. Und er hatte sich seinerseits von ihr abhängig gemacht. Es war ein lächerliches und ekelhaftes Verhältnis, abscheulich und vor allem geschmacklos. Er hätte sie längst aus seinem Leben jagen sollen, als erwachsener Mann. Das hatte man ihm bereits mehrmals gesagt. Aber er hatte ja gar nicht das Bedürfnis, jemanden wegzujagen, der in sexueller Hinsicht so anziehend für ihn war, und auch in anderen Situationen konnte sie ihm nachweislich ein Trost sein. Erst gestern abend war sie zu ihm gekommen. Jetzt wollte sie vermutlich wieder kommen, aber gestern hatte er *sie* angerufen. Heute war sie es, die ihn anrief, und er nahm nicht ab.

Niedertracht! Niedertracht und Gemeinheit! dachte Ludvig Hassel. Was gab es mehr zu sagen? Was unterscheidet eigentlich den Menschen vom Tier? Ist nicht auch der Mensch den täglichen physischen Prozessen preisgegeben? Selbst der Mensch vermag nicht weiter zu denken, als ihn der Gedanke führt. Der Löwe, das Raubtier, schläft sozusagen unschuldig in der Sonne. Der Mensch schläft sozusagen unschuldig in seinem Bett. Beide sind sie einer Komplexität ausgesetzt, deren Sinn oder Reichweite keiner von ihnen versteht, dachte Ludvig, während er auf der Couch lag und das Telefon zu klingeln aufhörte. Im Fernsehen wurde doch tatsächlich der Friedensnobelpreis verliehen, fiel im schließlich auf. Er hatte lange abwesend auf diese Menschen hingestarrt, die da im Osloer Rathaus standen und ihre Floskeln von sich gaben. Dann begriff er endlich, daß, in einer gekürzten Aufzeichnung, die Verleihung des Friedensnobelpreises gezeigt wurde. Sie hatte am Vormittag stattgefunden, während Ludvig Möbel getragen hatte. Die nordirischen Friedenshelden nahmen einen Preis von vielen Millionen Kronen entgegen und erklärten danach, daß der Friede in keiner Weise garantiert sei. Jeder einzelne trage sein Teil an Verantwortung. Also ein Friedenspreis für jeden einzelnen, dachte Ludvig Hassel und merkte, daß sich alle diese Gedanken, die er zur Zeit dachte, eigentlich um ein und dasselbe drehten: Was sollte er mit seinem Leben anstellen? Ihm blieben vielleicht nicht mehr viele Möglichkeiten. Er hatte offensichtlich weit über die Hälfte des Lebens hinter sich, selbst wenn er lange leben sollte, er konnte nicht hoffen, als aufgetakeltes Schweinchengesicht Erfolg zu haben, er konnte nicht auf Skiern das Grönlandeis überqueren, und er konnte sich vor allem keinerlei Hoffnungen darauf machen, jemals Direktor der Nationalgalerie zu werden. Arvid Buvik dagegen konnte das tun, weil er jünger war, weil er im Blickpunkt stand. Doch Ludvig Hassel? Etwas völlig anderes! Einen Befreiungsschlag! Auf und weg von der Nationalgalerie! Auf und weg von Anne-Beth Castberg! Auf und weg von sich selbst!

Im selben Moment sah er im Fernsehen einen Zug. Er war unterwegs in den Dschungel, auf einer trostlosen Eisenbahnlinie, eine große und schwarze Diesellok, unterwegs in den Dschungel, auf den überwucherten Gleisen in Kisangani. Etwas an den Bildern erregte seine Aufmerksamkeit, vielleicht die Langsamkeit, die Flüchtlinge, die plötzlich entlang der Eisenbahnschienen auftauchten, die Stille, der Ernst, Ludvig verstand nach und nach, daß es eine ungeheure Zahl von Menschen war; der Zug, der plötzlich stehenblieb, die Information, die eingeblendet wurde: daß es sich um achtzigtausend Hutus auf der Flucht in Zaire handele, daß die Bilder vom Vorjahr seien, daß die meisten von diesen vertriebenen und ausgehungerten Menschen getötet wurden, nur einige Tage nach den Filmaufnahmen, daß sie von Kabilas Männern, von den Tutsis, niedergemäht wurden.

Ludvig Hassel lag auf der Couch und sah, wie der Regisseur Hubert Sauper zusammen mit UNO-Mitarbeitern zu diesen Menschen hinging und sie in langen, unsensationellen Sequenzen filmte. Ludvig konnte plötzlich eine Hoffnungslosigkeit erkennen, für die sich keine Worte finden ließen, Menschen, die, völlig am Ende, in die Kamera stierten, andere, die lebendige, neugierige Augen hatten, Kinder, die den Ernst der Situation noch nicht erkannten. Sie waren auf der Flucht in diesen Dschungel getrieben worden, sie waren umringt von Feinden, sie würden bald niedergemäht werden. Dort zwischen den Bäumen lebten sie in einer Todesfalle, und einige von ihnen wußten das. Sie hielten ihre abgemagerten Kinder in den Armen. Ein Säugling lag mit dem Gesicht auf der Erde. Ein Mensch hob das Kind hoch. Es lebte noch, das Gesicht zur Grimasse erstarrt, Hände und Beine bewegungslos. Dann wurde das Kind wieder hingelegt, zu kraftlos, um zu protestieren; bewegungslos, mit dem Gesicht zur Erde.

Und plötzlich: eine Frau vom schwedischen Hilfsdienst, die herumlief und das »Lied von der Mittsommernacht« sang, ein fast makabrer Bruch der Stimmung und dennoch rührend, weil man verstand, daß die Frau diese Stille nicht aushielt, aus reiner Verzweiflung zum Tanz aufforderte. Mit piepsiger Stimme sang diese blonde Frau weit weg im Kisangani-Dschungel das »Lied von der Mittsommernacht«, und Ludvig Hassel merkte erschrocken, daß er zu heulen anfing, daß er die Tränen nicht zurückhalten konnte, weil er wußte, daß diese Menschen bald sterben würden, weil die meisten von ihnen noch völlig ahnungslos waren, was mit ihnen geschehen würde, weil eine schwedische Blondine zwischen diesen erstarrten, desillusionierten Hutus umherlief und ein Lied über die nordische Sommernacht sang, weil ein kleines Mädchen ernst, beinahe haßerfüllt, fast eine Minute lang in die Kamera starrte, bevor der Österreicher Hubert Sauper endlich fragte: »Ça va? Ça va bien?« Und das Mädchen das Gesicht zu einem breiten Lächeln verzog und antwortete: »Ja, danke, es geht gut. Es geht sehr gut.« Ludvig Hassel weinte wie ein Kind.

Dritter Teil

Die darauffolgenden Tage wurden lang und ereignislos. Der Rücken war furchtbar. Hassel träumte sich auf Loipen, nach Katnosa, Hakloa, Kikut, aber er war zu krank zum Skilaufen. Cathrine hatte angerufen, Anne-Beth war in regelmäßigen Abständen gekommen und hatte nach ihm gesehen, ohne daß ihm das besonders gefiel. Am liebsten wäre er völlig allein gewesen. Er grübelte oft über den Film, den er an jenem Abend gesehen hatte, wie unterschiedlich die Flüchtlinge der Situation gegenübergestanden hatten. Zwar waren die Schicksale und Geschichten, die jeder einzelne in diesem Drama erlebte, in höchstem Maße individuell, aber es war trotzdem auffällig, wie verschieden die Flüchtlinge auf alles, was geschah, reagierten. Ludvig grübelte darüber, ebenso wie er darüber grübelte, warum die Tochter trotz einer anscheinend glücklichen und problemlosen Kindheit und Jugend bereits versucht hatte, sich das Leben zu nehmen, während Anne-Beth, die in vielerlei Hinsicht nach allen Seiten etwas Destruktives ausstrahlte, einen beinahe grenzenlosen Lebensmut besaß. Jedesmal, wenn sie mit ihm über ein Zusammenleben und die Zukunft zu sprechen begann, fiel sie »auf die Schnauze«, wie sie sagte. Doch gab sie dennoch nicht auf! Sie *wollte* hinein in Ludvig Hassels Leben, koste es, was es wolle, und früher hatte er sich immerhin noch für attraktiv gehalten, was er jetzt nicht mehr tat. Er war an der Nationalgalerie, der Wertekommision und dem Kulturrat gescheitert. Er war auf bestem Weg, zu einem »kleinen Licht« zu werden, im großen Meer der Mittelmäßigkeit zu versinken, wo das einzige Hauptfach, das man wählen konnte, Resignation hieß. Cand. resign. Er hatte im übrigen Cathrine einmal, als sie ihn, während er krank war, anrief, gefragt, was sie jetzt eigentlich machen wolle, nachdem sie dieses verheißungsvolle Zusammenleben mit dem Kunsthistoriker Arvid Buvik in der Bygdøy Allee 65 begonnen habe. Sie hatte mit den Schultern gezuckt, einen unverständlichen Laut von sich gegeben und gesagt, daß das keine Eile habe, daß sie noch Geld genug habe, weil Arvid Geld genug habe, und daß sie vermutlich irgendwann wieder ein bißchen studieren wolle, vielleicht Massenkommunikation, weil das so spannend sei. Und Ludvig hatte gedacht, trotz der Zuneigung, die er für die Tochter empfand, daß sie möglicherweise etwas dumm sei, daß es für die freie Zeit, die man hatte, Grenzen gab, trotz allem, daß man zumindest das Feld bestellen, etwas Nützliches tun sollte und sich nicht auf einige Wochen Hilfsdienst bei der kirchlichen Wohlfahrt während der Adventszeit beschränken, sondern etwas ausdauernder *tätig* sein sollte, so wie er sich einbildete, es seit Jahren *getan* zu haben. Das Problem war allerdings, daß dieser Aspekt für ihn nicht mehr in Betracht kam. Er bemühte sich schon lange nicht mehr um etwas, entfernte sich zunehmend von diesem »Etwas«, das vielleicht in erster Linie aus seiner Selbstachtung bestand. In diesen Tagen, in denen er auf der Couch lag, dachte er immer öfter, daß er ein einsamer Mann geworden war. Es gab nicht viele an seinem Arbeitsplatz, die ihn anriefen, weder seine Vorgesetzten noch die eher servilen und pflichtbewußten Kollegen aus dem Kreis der Kustoden.

Dabei hatte er einmal einen guten Freund gehabt. Den Kunstkritiker Magnus Mangersnæs aus Bergen, der in der ›Bergens Tidende‹ seine provinziellen Artikel schrieb, ein euphorischer und sanfter Zeitgenosse. Sie hatten sich kennengelernt, als sie beide Kunstgeschichte studierten; damals war Magnus Mangersnæs ein draufgängerischer und ambitionierter Mann. Er schrieb seine Examensarbeit über den Maler Ludvig Karsten, zweifelsohne ein interessantes Thema, und er träumte davon, über das Verhältnis zwischen Henrik Ibsen und Edvard Munch zu promovieren, genauer, über Edvard Munchs Ibsen-Porträts, was zwar interessant war, aber sich dennoch nicht verwirklichen ließ, da Magnus Mangersnæs sich zu dieser Zeit in die Tochter der ebenso berühmten wie berüchtigten Schauspielerin Torunn Hellestræ im Verwaltungsbezirk Sogn og Fjordane verliebte, in die junge Kunststudentin Hildur Hellestræ, die nicht zusammen mit Magnus Mangersnæs und Ludvig Hassel in Oslo studierte, sondern in Bergen, wo das Studium der Kunstgeschichte offenbar etwas mehr Schwung hatte und wo sich jedenfalls Hildur Hellestræ unter den Studenten herumschwang, in verräucherten Kneipen ihren Kopf mit dem langen Haar schwang, genauso vollbusig wie ihre Mutter, ihre Brüste schwang und ihre Arme, was Magnus Mangersnæs 1970 während der Bergenfestspiele in heißer Liebe zu ihr entbrennen ließ. Später heirateten sie, und Ludvig Hassel blieb Magnus Mangersnæs' bester Freund, selbst als sich das Ehepaar in Ytre Arna bei Bergen niederließ und viele Kinder bekam. Es war, so erinnerte sich Ludvig in diesen Dezembertagen des Jahres 1998, eine enge und feine Freundschaft, getragen von der tiefen Zuneigung, die die beiden Studenten nach wie vor füreinander empfanden, auch wenn sie sich für verschiedene Karrieren entschieden. Ludvig Hassel machte schließlich seinen Doktor, während Magnus Mangersnæs ein gewissenhafter Mitarbeiter im Ressort Kunst bei der ›Bergens Tidende‹ wurde, gewissenhaft auch insofern, als er Ludvig Zeitungsausschnitte von allen Artikeln, die er über die Kunstszene und die Kunstausstellungen in Westnorwegen und speziell in Bergen schrieb, schickte. Dagny hatte ebenfalls ein gutes Verhältnis zu Magnus und noch mehr zu seiner Frau Hildur, die sich nach der Heirat dafür entschied, als Hausfrau mit vagen künstlerischen Ambitionen zu Hause zu bleiben. Jedes Weihnachten schickte sie jedenfalls ehrgeizige Figuren aus Knete an Freunde und Bekannte und veranstaltete häufig Aquarellausstellungen überall im Landkreis. Die zwei Familien feierten manchmal zusammen Ostern und trafen sich im übrigen gelegentlich in den Ferien – ohne irgendwelche Reibereien. Doch um die Mitte der 80er Jahre bekam Magnus Mangersnæs eine Geschwulst am Hals, die sich als bösartig herausstellte. Man diagnostizierte eine seltene Form von Kehlkopfkrebs, und Magnus starb Weihnachten 1987 auf bestürzende Weise nach einem langen, aufreibenden und qualvollen Krankenlager im Haukeland Krankenhaus. Dagny saß mit den Kindern zu Hause in Tåsen, und damit eigentlich auch Ludvig, doch beschloß er sofort, mit dem nächsten Nachtzug nach Bergen zu fahren, wo er im Hotel Neptun abstieg. Erst als er seinen Zimmerschlüssel bekam, ging ihm auf, daß er möglicherweise etwas übereilt gehandelt hatte. Der beste Freund war ja tot, und die Witwe Hildur Hellestræ kannte er keineswegs gut genug, um so mir nichts dir nichts aufzutauchen, und noch dazu *ohne* Dagny, die ihr viel näherstand. Aber er war nun mal in Bergen, Weihnachten 1987, und er rief Hildur in Ytre Arna an und sagte, er sei in der Stadt, in Bergen, Weihnachten 1987, weil er voller

Trauer über seinen verstorbenen Freund Magnus sei und weil er natürlich beim Begräbnis am fünften Januar 1988, einem Dienstag, anwesend sein wolle. Erst da wurde Ludvig klar, daß er Silvester faktisch im Hotel Neptun feiern würde, das eigentlich geschlossen hatte, das aber dank des kunstinteressierten Hoteldirektors für *ihn*, Ludvig Hassel, den möglicherweise künftigen Direktor der Nationalgalerie in Oslo, geöffnet blieb. Und so kam es, daß sich Ludvig eine ganze Woche in Bergen herumtrieb, während alle seine Freunde und Bekannten mit ihren Familien Weihnachten feierten, während er mutterseelenallein im Restaurant ›Wesselstube‹ sein Weihnachtsmenü und seine diversen Biere konsumierte und ihm langsam aufging, daß er nicht wegen seines besten Freundes Magnus Mangersnæs hier war, sondern weil es in Ytre Arna eine Witwe gab, Hildur Hellestræ, Tochter der berühmten und berüchtigten Schauspielerin Torunn Hellestræ, die wohl mit den meisten aufgeputzten Hähnen des Kulturlebens geschlafen hatte und die der Tochter jedenfalls viele ihrer *äußeren* Attribute vererbt hatte.

Ja, Ludvig saß im Hotel Neptun, rauchte Zigaretten und dachte an seinen besten Freund Magnus, der tot war, wußte aber, daß er eigentlich an die Witwe dachte, an Hildur, und er rief zu Hause bei Dagny an, bei seiner eigenen Frau, mit der er zwei Kinder hatte, und log ihr vor, erzählte ihr, daß er trotz allem wichtige Besprechungen mit »Kollegen« habe, den vorgeblichen Kollegen, wie man sie eben an einer anderen Universität hatte, und Ludvig Hassel hatte es jetzt, im Dezember 1998 in der Odinsstraße, fast vergessen gehabt, doch aus irgendeinem Grund war er gezwungen, daran zu denken, daß er praktisch die ganze Woche in Bergen zugebracht hatte, einschließlich Silvester, daß er mutterseelenallein im Hotel Neptun gesessen und gehofft hatte, daß Hildur anrufen würde, aber natürlich hatte sie nicht angerufen, sie war mit ihrer Familie zusammen, mit ihren Kindern, mit Magnus' Familie, und Ludvig war trotz allem nur ein guter Freund. Er war »aus diffusen Gründen«, wie er selbst sagte, in Bergen. Aber er hatte eine bestimmte Ahnung, und er verachtete sich genau an dem Punkt, an dem er sich wünschte, statt Ludvig Hassel ein Asket oder ein Mystiker zu sein, eine von allem losgelöste Person, zum Beispiel auf der Spitze einer Säule irgendwo in Asien, in Yoga-Stellung sitzend, eine ehrwürdige Person, die die Gesetze des Lebens zu negieren versuchte, doch war ihm das nicht möglich, solange die herrliche Hildur Hellestræ existierte. Und wie er sich jetzt zurückerinnerte, wartete er wie die Katze am Waldrand, die Katze auf den Stufen vor der Haustür, die Katze im Holzschuppen, er wartete darauf, daß sich die Witwe ihm zeigen würde, in der Stunde der Trauer, derselben Stunde, in der er selbst über den Tod seines besten Freundes trauern würde, und er erinnerte sich, mit Bestürzung, daß er wartete, weil er *sie verführen* wollte! Er hatte diese Reise unternommen, um sich auf die Attacke vorzubereiten, er hatte den *Tag der Beisetzung* gewählt, um zum Angriff überzugehen, und, erinnerte er sich nun, er hatte keinerlei Skrupel gehabt. Nicht einen einzigen Skrupel! Die Witwe mußte *verführt* werden, so einfach war das. Und er hatte mutterseelenallein im Hotel Neptun gesessen und diese Gefühle für die lebende Hildur mit sentimentalen Gefühlen für den gerade verstorbenen Freund Magnus vermengt. Die Gefühle für Hildur, das begriff er damals wie jetzt, hätten natürlich einer tieferen und würdigeren Einsicht weichen sollen, wenigstens einem stärkeren

Wunsch, Anteil an der Trauer zu nehmen, die Geborgenheit zu schaffen, die Hildur für die Fortsetzung ihres Lebens als Witwe mit ihren Kindern brauchte ... Aber statt dessen hatte Ludvig Hassel im Hotel Neptun gesessen, unterbrochen von kurzen und heftigen Stippvisiten in den einschlägigen Lokalen Holberg- und Wesselstube, und als das Begräbnis endlich herankam, hatte er sich für einige Stunden selbst so satt, daß es ihm gelang, sich aus dem Tief, in dem er sich gefühlsmäßig befand, zu erheben und zu einer würdigen Gedenkstunde beizutragen, sowohl in der Kirche, wo er an der Bahre eine kurze Rede hielt, wie auch danach, in dem Versammlungssaal, wo er in der Tat, vermutlich aus schlechtem Gewissen, in einer Weise über Magnus zu reden vermochte, die die Zuhörer in Tränen ausbrechen ließ, einen nach dem anderen. Denn je kleiner sich Ludvig Hassel fühlte, um so größer wurde Magnus Mangersnæs, als wolle Ludvig damit, im vorhinein, um Entschuldigung bitten für das, was am späteren Abend vielleicht geschehen würde. Ludvig hatte Magnus Mangersnæs als einen für dieses Leben eigentlich völlig unentbehrlichen Menschen hingestellt. Er hatte sich diesen Trick von einigen, sogenannten prominenten, Bekannten abgeguckt, Medienheinis, die so schamlos waren, die allergrößten Worte nicht nur ab und an, sondern unablässig zu gebrauchen. Ludvig schaffte es, dort in dem Versammlungssaal, aus Magnus Mangersnæs ein unbestreitbares Genie zu machen, den zweifellos besten Kunstkritiker der Weltgeschichte, eine Person, die man in einem Atemzug mit Kierkegaard, Adorno und Barthes nennen konnte. Und während Ludvig Hassel diese Rede hielt, sah er, daß die Witwe, die geradezu schmerzhaft schöne Hildur Hellestræ, die ihm mit weit geöffneten Augen zuhörte, jedes Wort verschlang. Er merkte, daß er langsam eine Zusammengehörigkeit mit ihr aufbaute, es war das auch die letzte Chance, die er hatte. Er rühmte Magnus Mangersnæs als »den letzten wirklich poetischen Menschen«, und er schreckte selbst davor nicht zurück, den Jahrtausendwechsel als Rahmen für all das zu benutzen, was er über seinen alten Freund Magnus sagen wollte: daß solche außerordentlichen Menschen wahrscheinlich nur in der Nähe von Jahrtausendwechseln lebten, daß sie von »uns anderen« wegsterben mußten, weil sie eigentlich »die Besseren« waren, jedenfalls »bestimmt für etwas anderes«, ob man nun an Gott glaubte oder nicht. Hildur Hellestræ jedenfalls glaubte sichtlich an Ludvig Hassel, der sich bemühte, die schönste Erinnerung an Magnus Mangersnæs aufzubauen. Die Wörter strömten nur so aus seinem Mund, wurden um einiges schwülstiger, als er es in fachlichem Zusammenhang zugelassen hätte, aber sei's drum, dies war nun einmal ein Begräbnis, und Ludvig merkte, daß er selbst gerührt und verzweifelt wurde bei dem Gerede über das, was in Zukunft geschehen würde, über die zunehmende Gewißheit, daß niemand dem Lauf des Schicksals entrinnen könne, was besagt, daß du der werden mußt, der du bist, und Magnus war der begabte, aber, ehrlich gesagt, ziemlich schlaffe Student der Kunstgeschichte gewesen, der keine Lust hatte, über Henrik Ibsens Verhältnis zu Edvard Munch, oder umgekehrt, zu promovieren und der leider statt dessen an Kehlkopfkrebs erkrankt, aus der Bahn gefegt worden war und der wahrscheinlich in diesem Augenblick, während Ludvig redete, in Flammen aufging, in einem hypermodernen Ofen nach allen Regeln der Kunst eingeäschert wurde, so daß nichts Erkennbares von ihm übrigblieb, nur gerade so viel Asche, um eine kleine, bescheidene Urne damit zu füllen, einen Behälter in der Größe eines Dreiliter-Marmeladeneimers. Aber erstmal brannte er gut, während sein bester Freund Ludvig Hassel die Fühler nach der Witwe ausstreckte, dabei in passenden Abständen eben diesen Ausdruck »bester Freund« wiederholend, weil das so gut klang im Saal, weil Hildur so intensiv zuhörte, und in diesem Moment fiel Ludvigs Blick auch noch auf deren berühmt berüchtigte Schauspielermutter mit dem vielversprechenden Busen. Das war, als würde die erotische Stimmung noch um etliche Grad steigen, aber Ludvig fuhr unverdrossen fort in seiner Rede, sagte, daß auch seine Frau Dagny, die eine enge Freundin des Verstorbenen gewesen war, so gern hier gewesen wäre, doch ließ sich das nun einmal nicht machen, und hiermit hatte Ludvig Hassel das ehrende Angedenken an seinen besten Freund beschlossen.

Danach war jeder seiner Wege gegangen. Hildur Hellestræ hatte an seiner Schulter geweint und ihm für die Rede gedankt, und Ludvig Hassel hatte geflüstert, daß er wisse, wie sie sich fühle, er wohne noch eine Nacht im Hotel Neptun, wenn sie also das Bedürfnis verspüre, mit jemandem zu reden, so sei er da. Ja, wahrhaftig! dachte Hassel an einem späten Dezembertag des Jahres 1998 in der Odinsstraße in Oslo, er hatte sich tatsächlich einmal so *benommen*! Jetzt, so viele Jahre danach, war das etwas Ungeheuerliches, ebenso schamlos wie die Einrichtung der Wertekommission. Er erhob sich mühsam von der Couch. Der Rücken war besser, wie immer, wenn ihn die Erinnerungen überfielen. Er hatte also Hildur Hellestræ diese Worte ins Ohr geflüstert, und Hildur hatte derart unter dem Schock des nicht zu fassenden Todes von Magnus gestanden, daß sie auf den Köder anbiß. Als alle anderen in Ytre Arne zu Bett gegangen waren, rief sie im Neptun an und sagte, sie fühle sich so leer, so klein, so unglücklich, so elend, und Ludvig Hassel hatte gesagt, sie solle einfach ein Taxi nehmen und in die Stadt kommen, er werde es bezahlen, das sei selbstverständlich, aber *das* wollte sie trotz allem nicht. Sie sei nicht in der Lage, die Kinder zu verlassen, wie sie sagte, er müsse zu ihr kommen, also in das Haus seines besten Freundes Magnus, und vielleicht war es die Umgebung, die sie beide rettete, denn Ludvig Hassel kam mit dem Taxi und war bereit, sich zu ihr zu setzen, sie zu trösten, ohne Bezahlung, und so geschah es. Ludvig blieb auf der Couch sitzen, die Arme um die Witwe seines besten Freundes gelegt, und tröstete sie, mit sanften, weichen, verständnisvollen Worten und einer eisenharten Erektion. Er war jederzeit bereit, sie zu verführen, wenn sie nur wollte; er hatte sich eine Woche lang darauf vorbereitet. Aber für sie war es nun einmal der erste Tag mit der unkenntlichen Asche von Magnus. Sie war nun Witwe, und das begann ihr allmählich klarzuwerden, während Ludvig ihr über die Wangen strich und überlegte, wie tief man sinken mußte, wie weit man, für einige Minuten hoffnungslosen erotischen Vergnügens, zu gehen bereit war.

Zum Glück war nichts daraus geworden. Er hatte sie mitfühlend einige Stunden lang gestreichelt, dann hatte er begriffen, daß sie müde war, daß es sie beruhigte, daß er ein Taxi zum Hotel Neptun nehmen und dann, am nächsten Morgen, nach Oslo zurückfliegen mußte. Er hatte über eine Woche in Bergen verbracht, und heute, so viele Jahre danach, konnte er sich nicht vorlügen, daß er dort Trauerarbeit um seinen besten Freund geleistet hätte.

Ja, die Tage bis zum Weihnachtsfest waren trostlos, psychisch wie physisch. Doch als Weihnachten endlich kam, war er bereit, seine alte Familie zu treffen, trotz aufreibender Szenen mit Anne-Beth in der Adventszeit, ein alljährliches Phänomen. Es gab etwas an Weihnachten, mit dem Anne-Beth nie fertig wurde, zweifelsohne, weil sie es mehr als alles haßte, daß sich Ludvig am Weihnachtsabend zu Hause auf seinem alten Territorium befand, bei seiner einstigen Frau, daß er, jedoch ohne *sie*, auf der Couch sitzen würde, wo er sie zum ersten Mal verführt hatte. Sie nannte ihn einen Feigling, weil er nicht auf würdigere Weise mit seiner einstigen Familie brach. Ludvig Hassel unterbrach sie, indem er sagte, daß er selbst es sei, der das Bedürfnis habe, dort zu sein, der das Bedürfnis habe, seine Kinder mit deren Mutter zusammen zu sehen, wenigstens einmal im Jahr. Das war nicht die Wahrheit, aber es wirkte. Anne-Beth Castberg wurde wütend. Sie sagte, daß sie sofort mit ihm Schluß machen würde. Das hatte sie jedes Jahr gesagt, seit fünf Jahren nun, aber doch nie Schluß gemacht, sie war nur noch etwas verbitterter geworden, noch ein bißchen einsamer innerlich. Er wußte, wie langweilig ihr Weihnachtsabend zu Hause bei ihrer Mutter in Teisen werden würde, mit dem emotional labilen Bruder, der immer kam, der töpfernden Schwester von der Südküste, die, alle zwei Jahre, auch kam. Die Mutter war so abgewirtschaftet, daß Anne-Beth und alle zwei Jahre die Schwester den Weihnachtsbraten machen mußten, und Ludvig wußte, wie katastrophal schlecht Anne-Beth kochen konnte. Er hatte das selbst in ihrer winzigen Wohnung in Bislett erfahren. Alles, was sie kochte, schmeckte auf seltsame Weise angebrannt. Das Fleisch war immer ungenießbar, die Kuchen schwer und hart. Ludvig Hassel war es immerhin gelungen, diese demonstrativen Mahlzeiten zu vermeiden, zu denen sie sich möglicherweise zwang, um ihm zu beweisen, daß sie, trotz alledem, eine gute Hausfrau war. Er hatte sie im Verdacht, daß sie in irgendeiner Weise mit Dagny um die häuslichen Arbeiten konkurrierte, als glaubte sie, ihre hausfraulichen Fähigkeiten könnten beim Nachdenken über eine eventuelle gemeinsame Zukunft mit ihr eine Rolle spielen. Es war in jeder Hinsicht peinlich, Zeuge davon zu sein. Die Frau, die öffentlich erklärt hatte, Kinder zu hassen, sehnte sich, dachte Ludvig Hassel, wie alle Frauen danach, einer festen, stabilen Kleinfamilie anzugehören, vielleicht sogar einer Großfamilie. Sie wollte etwas von ihm, und er wollte etwas von ihr, doch das, was sie wollten, war sehr verschieden, und mittlerweile waren fünf Jahre vergangen.

Um ihren mißglückten Gerichten zu entgehen, fing er an, sie zum Essen einzuladen, ins Restaurant oder zu sich zu Hause. Auch wenn sie sagte, sie wolle sich so gern ein wenig um ihn kümmern, bestand er darauf, daß er es war, der sie zum Essen einlud, das sei das mindeste, was er tun könne. Er war außerdem ein guter Koch. Vielleicht weil er ein Einzelkind war, weil der Vater Gefängniswärter war und die Mutter für die Reichen kochte, war er frühzeitig dazu erzogen worden, sich in der Küche nützlich zu machen. Doch gab es noch andere Gründe, warum er die Bislett-Wohnung mied. Sie erinnerte ihn zu sehr daran, in welcher Situation sich das junge Ding befand, wie jung, unreif und unerfahren sie noch war, wie wenig seiner würdig diese Beziehung war. Er war trotz allem der Ältere, also der Verantwortliche. Und wenn Weihnachten herankam, wurde sie schwach und verletzlich. Er hatte dann außerdem nur einen einzigen Tag mit ihr, den Tag vor Heiligabend, denn am ersten Weihnachtsfeiertag fuhr er stets in seinen Heimatort, zu dem kleinen, alten, ärmlichen Elternhaus in Arendal. Selbst als er noch mit Dagny verheiratet war, hatte er sich dieses Recht ausbedungen, einen Großteil der Weihnachtszeit und den Silvesterabend ohne sie zu verbringen. In der ersten Zeit ihrer Ehe lebten zudem seine Eltern noch, und so gab es akzeptable Gründe, dorthin zu fahren. Sie fuhr dann gleichfalls, vor allem seiner Entscheidung wegen, zu *ihrer* Familie nach Farsund, und als Cathrine und Paul geboren waren, nahm sie auch die mit. Sie respektierte stillschweigend Ludvig Hassels Bedürfnis, seine Eltern zu sehen, die aus einfachen Verhältnissen stammten und sich in Gesellschaft der Reederstochter Smith-Torgersen unwohl fühlten, und als sie dann gestorben waren, respektierte sie seinen Wunsch, einfach allein sein zu wollen, eine Woche im Jahr, ohne Familie, ohne Kollegen. Er traf sich höchstens für einen Abend und eine Nacht mit seinem Jugendfreund Geir Tore Salvesen, der in ihrem Heimatort geblieben war. Ansonsten beschränkte er die Geselligkeit auf sich selbst, trank sich still und unbeirrbar ins neue Jahr, ohne ein Buch zu lesen, ohne ein Bild anzusehen. Sein Hauptziel bestand darin, allein zu sein, zu existieren, zu denken, auf den Tod zu warten, zu spüren, daß wieder ein Jahr vergangen war. Er gedachte das auch in diesem Jahr zu tun und ebenso im nächsten Jahr, beim Jahrtausendwechsel.

Er wußte, daß Dagny das im tiefsten Innern gehaßt hatte, so wie Anne-Beth es offen ausgesprochen haßte. Frauen hassen Männer, die sich unabhängig machen, dachte Ludvig. Deshalb glich das Verhältnis mit Anne-Beth allmählich einer Tortur, von ihrer Seite aus gesehen. Eine Frau, die den Mann nicht bekommt, den sie *voll* und *ganz*, mit *Haut* und *Haar* liebt, fühlt sich zum Untergang verurteilt, wie ein Verlierer. Der Mann wird außerdem, das wußte Ludvig Hassel, als schwer verständlich erscheinen, und vielleicht gerade deshalb als interessant? Hätte er mit Anne-Beth Castberg vor fünf Jahren ein gemeinsames Leben angefangen, wären sie ganz sicher jetzt geschieden, so verschieden wie sie waren. Statt dessen wurden sie von ewig unbefriedigter Begierde, von unerfüllten Träumen zusammengekettet. Anne-Beth hatte eine durch und durch sentimentale Lebensauffassung, dachte Ludvig, ohne daß sie sich darüber im klaren war. Weil auch sie in mancherlei Hinsicht dem Milieu des Schweinchengesichts angehörte, war sie nicht in der Lage, sich selbst von außen zu sehen. Die letzten Abende vor Heiligabend waren zumeist so anstrengend gewesen, daß Ludvig diesmal vorgeschlagen hatte, zuerst im Theatercafé zu speisen, um danach ins Rockefeller zu gehen und die Nostalgieband The Young Neils zu hören, die sich auf Neil Young-Lieder spezialisiert hatte. Das hatte Anne-Beth für eine glänzende Idee gehalten. Das Essen im Theatercafé verlief dann auch überraschend entspannt. Die Band, unter anderem mit dem liebenswürdigen Lars Lillo Stenberg und dem Gitarristen Jørn Christensen, den Anne-Beth mehr bewunderte als jeden anderen norwegischen Musiker, saßen am Nachbartisch und tranken sich für das Konzert warm, das ziemlich spät am Abend beginnen sollte. Ludvig wurde wieder einmal daran erinnert, wie berühmt seine Geliebte war. Die Musiker fingen sofort mit ihr zu reden an, lobten sie für ihre letzten Fernsehsendungen, ihren Witz und ihre Dreistigkeit. Ludvig Hassel hatte eigentlich keine Lust, sich diese Sendungen anzusehen, er hielt sie für genauso peinlich wie die Songs des Schweinchengesichts, aber er zwang sich trotzdem, mit halbem Auge hinzuschauen, und war jedesmal empört über Anne-Beth Castbergs Geschichtslosigkeit, wie wenig sie wirklich *wußte*. Wäre da nicht ihr Körper gewesen, man hätte sie einfach abscheulich gefunden. Es war diese ganze Generation, schlußfolgerte Ludvig, die ihr Wissen aus dem Internet bezog, aus Datenbanken, die für sie dachten, so daß sie ihre Zeit zum reinen und unverpflichtenden Spaß benutzen konnten. Anne-Beth Castberg war ein Fernseherfolg geworden, weil sie sich durchs Leben blödelte, weil nichts ernsthaft an ihr war, weil sie als kettenrauchende, rustikale, vulgäre und sinnliche Ausgabe der amerikanischen Filmschauspielerin Kim Basinger auftrat. Doch war sie wirklich eine Tussi, dachte Ludvig empört, während er da am Vorweihnachtsabend 1998 mit ihr im Theatercafé saß und sie sich den Schmeicheleien der Musiker überließ. Sie lachte lauthals, sagte, sie könne jedesmal sterben, wenn Jørn Christensen Gitarre spielte, so toll sei das. Und danach gingen sie mit den Musikern hinüber ins Rockefeller, das krachend voll war, und dort hatten sie dicht nebeneinander gestanden und der Musik zugehört, während Ludvig Hassel merkte, daß ihn der Rücken schmerzte, daß er sich danach sehnte, mit dieser Frau zu schlafen, die er verachtete, die er aber nach wie vor in seinem Leben brauchte. Er dachte an die letzten Wochen, an alles, was geschehen war. Die *Abwesenheit* von Ereignissen, wenn man davon absah, daß Cathrine zu Arvid Buvik gezogen war, daß es soweit gutging, alles zusammen. Lange Zeit hatte es gleichmäßig und monoton geregnet, doch in der letzten Nacht war Schnee gefallen – nasser, trostloser Schnee, der rasch schmelzen würde, der in keinerlei Hinsicht ergiebig war. Der Schnee von Oslo im Vorwinter 1998.

Und dann kam der Heilige Abend. Ludvig schaffte es, Anne-Beth vor zwölf Uhr aus der Wohnung zu werfen. Sie war verkatert und weinerlich, aber er bestach sie mit dem üblichen monatlichen Geldbetrag plus Weihnachtsbonus, außerdem mit einigen Flaschen Aquavit und einem extravaganten Weihnachtsgeschenk, einer Lederjacke in ihrem Stil, die er in der Bygdøy Allee gefunden hatte und die er sich, strenggenommen, nicht leisten konnte, die aber immerhin das Zuviel an schlechtem Gewissen beruhigte. Er selbst bekam ein Buch. Anne-Beth nahm es nicht so ernst, schenkte ihm gern Sachen, die auf die eine oder andere Weise ironisch gemeint waren. Diesmal war es die *Lebensphilosophie* des alten Philosophen Arne Næss, die nach Anne-Beths Meinung so populär war, daß Ludvig sicher etwas daraus lernen konnte. Danach hatten sie einander auf den Mund geküßt und Abschied genommen. Sie hatte heulen wollen, kurz vor Toresschluß, aber er hatte sie mit einem Witz über Monica Lewinsky davon abgehalten, einem Fax, das er auf der Arbeit bekommen hatte: Bill Clintons berühmt-berüchtigte Freundin mit vollem Mund, und darunter stand: »Monica withholding evidence«. Solche Witze liebte Anne-Beth Castberg. Gemeine, respektlose Witze. Respektlosigkeit war zu einem Qualitätszeichen dieser Gesellschaft geworden, zu einem Vorzug, dachte Ludvig Hassel, nicht sicher, ob das ein reaktionärer Gedanke war. Wie auch immer, schoß es ihm durch den Kopf, die Respektlosigkeit war gekommen, um zu bleiben. Der Einzug der Blödiane und der Rüpel! Weniger Respekt vor Präsidenten und Königen. Weniger Respekt vor dem obersten Chef des Kværner-Konzerns! Weniger Respekt vor den Krebskranken! Vielleicht war daran dennoch etwas Gutes. An einem der letzten Tage vor Weihnachten hatte er in der Sannerstraße zufällig ein Geschäft entdeckt, das Judasspeicher hieß. Er war hineingegangen, neugierig wegen des Namens, und fand zu seiner boshaften Freude, daß dieses Geschäft Weihnachtsgeschenke verkaufte, die man Menschen schenken konnte, die man nicht mochte. Für zweihundertfünfzig Kronen konnte man beispielsweise ein Konfitüreglas kaufen, das mit einer grauen, abstoßenden Masse gefüllt war. Auf dem Etikett stand: »Grütze, hergestellt aus hirngeschädigten jungen Männern«. Zum selben Preis lagen da auch einige gerollte Waffeln in einer blauen Schachtel: »Waffeln, von Alkoholikern gebakken«. In kleinen Gläsern verkauften sie eklige, in Nähmaschinenöl schwimmende Knochenreste, die als »Leib Jesu« ausgewiesen waren; außerdem abgeschnittene Nägel, hübsch arrangiert, als »Die Nägel Jesu«. Ludvig Hassel hatte Anne-Beth von diesem Geschäft erzählt, und sie war sofort Feuer und Flamme. Sie wollte eine ganze Sendung über die Frauen machen, die diesen Laden betrieben. Das sei der Geist der Zeit, die eigentliche Aufhebung des Heiligen; Arne Næss' *Lebensphilosophie* als Geschenk für deinen nächsten Angehörigen, begleitet von schallendem Gelächter.

Ludvig Hassel graute davor, wieder einen Weihnachtsabend in Tåsen zu verbringen. Den vorletzten Weihnachtsabend in Tåsen in diesem Jahrtausend. Der Brief an Dagny war also nicht abgeschickt worden. Vielleicht war es besser so. Im Laufe des Abends würde sie ihn ganz sicher um Almosen angehen, auch wenn das Gerede von der »Mutter von zwei Kindern« inzwischen etwas seltsam klang, nachdem Cathrine bei dem Kunsthistoriker Arvid Buvik eingezogen war, der sicher mehr als genug Geld hatte, denkt man allein nur an die »Maisonette-Wohnung«. Almosen. Geld. Viel zuviel Gerede über Geld. All das Geld, das er Anne-Beth gab, zum Beispiel. Schon vom ersten Augenblick an war es zwischen ihnen um Geld gegangen. Damals in dem Haus in Tåsen hatte Anne-Beth sofort die Verletzte gespielt. Er machte ihr keinen Vorwurf daraus. Sie war nur ein Kind. Er hatte sie nach allen Regeln der Kunst verführt. Sie waren von Cathrine erwischt wurden, einer Gleichaltrigen und überdies Ludvig Hassels eigener Tochter. Man mußte schon vollkommen gefühllos sein, wenn man nicht verstand, daß eine solche Erfahrung für ein junges, unschuldiges und optimistisches Mädchen ein schwerer Schlag war. Doch wer konnte Ludvig Hassel gefühllos nennen? fragte sich Hassel. Er hatte doch wahrhaftig alles getan, was er konnte, um den Schaden, den er verursacht hatte, zu begrenzen. Anne-Beth war damals neunzehn Jahre alt gewesen, und obwohl sie sich schon damals einen recht rauhen Stil zugelegt hatte, erkannte Ludvig schnell, daß der Zwischenfall nicht spurlos an ihr vorübergegangen war. Es waren diese negativen Aspekte des Geschehens, die sie jetzt aneinanderbanden. Ja, dachte Ludvig Hassel, am Heiligabend 1998, auf dem Weg hin zum Tatort, dem Haus in Tåsen, wenn Cathrine damals nicht gesehen hätte, wie sie es im Wohnzimmer gerade trieben, wäre Anne-Beth Castberg vermutlich im Laufe von zwei, drei Wochen aus seinem Leben verschwunden. Die *negativen Begleitumstände* waren es, die sie aneinandergefesselt hatten! Anne-Beth hatte sich natürlich gedemütigt gefühlt. Ludvig hatte das Bedürfnis verspürt, sie abzufinden, aber das war selbstverständlich unmöglich, nachdem er eine junge Frau, fast noch ein Kind, mit Hilfe seiner unwiderstehlichen Betrachtungen über Seurat und die *Badenden von Asnières* verführt hatte. Was lag also näher, als ihr Geld zu geben? Bereits eine Woche danach winkte er mit zweitausend Kronen, eine Art von Entschuldigung, um sich abzusichern, daß nicht auch *sie* zu einem Problem werden würde, so wie ja überall Probleme entstanden waren, nicht zuletzt mit der Familie, nachdem der Verlauf des Ereignisses öffentlich bekanntgeworden war und er und Dagny die Scheidung eingereicht hatten. »Ich werde die Rechnung begleichen«, hatte Ludvig Hassel gesagt, als er sie in einem der neuen Yuppiecafés in der Rosenkrantzstraße getroffen hatte. Anne-Beth Castberg hatte genickt, mit verstehendem Blick. Es war verwirrend für Ludvig, daß sie ihn tatsächlich sehen wollte, daß sie ihm wirklich das Gefühl gab, bei ihm bleiben zu wollen, auf die eine oder andere Weise. Sie saßen direkt gegenüber vom Grand Café und redeten, und es machte offensichtlich Eindruck auf die neunzehn Jahre alte Anne-Beth, daß sie ein jahrelanges gemeinsames Leben, dem sogar zwei beinahe erwachsene Kinder entsprossen waren, zu zerstören vermochte. Bereits da, dachte Ludvig Hassel, hatte sie etwas von ihrer Veranlagung gezeigt, von ihrem Sinn fürs Spektakuläre, von ihrer Überzeugung, daß ein unbedachtes Sich-Vergreifen an ihrer Person ihr auf alle Fälle etwas zum Leben einbringen mußte. Und Ludvig Hassel fühlte sich so schuldbeladen, daß er ihr etwas zum Leben *gab*, fürs erste zweitausend Kronen, eine Summe, die später, gleichsam als stillschweigende Übereinkunft, monatlich bezahlt werden würde, das war genau das, was sie kostete, obwohl Ludvig Hassel das nicht so gemeint hatte. Er hatte sich eigentlich mit den verdammten zweitausend Kronen *frei*kaufen wollen aus dem Verhältnis, aber Anne-Beth Castberg hatte begehrlich danach gegriffen und sofort bei ihm bleiben wollen, in dem kleinen Zimmer, das ihm ein Freund bis auf weiteres zur Verfügung gestellt hatte. Erst *da*, dachte Ludvig, war er *wirklich* zum zahlenden Kunden geworden, auch wenn er früher schon Frauen für einzelne sexuelle Dienste bezahlt hatte. Er war zahlender Kunde geworden, während sich Anne-Beth Castberg gleichzeitig zur Nutte gemacht hatte. Gesprochen wurde darüber nie, aber er fuhr fort, zweitausend Kronen zu zahlen, monatlich, Jahr für Jahr. Und in diesem Jahr, Weihnachten 1998, hatte er den Betrag auch noch verdoppelt. Viertausend Kronen. Das war pure und totale Dummheit. Sie bekam ihr festes Gehalt bei der Fernsehanstalt. Aber das war, so wie *sie* lebte, ja nicht genug, das wußte er genau. Zu viele Zigaretten, zu viele halbe Bier, zuviel Kokain, zu viele Tequila sunrise.

Und dabei sollte er sie unterstützen? Weil er ihr gegenüber ständig ein schlechtes Gewissen hatte?

Sie ließ ihn jedenfalls zahlen. Ludvig Hassel hatte noch nie erlebt, daß eine Frau zu Geld nein sagte. Frauen fanden vielmehr die unglaublichsten Erklärungen, warum ihnen Geld zustand, auch wenn sie keinen Finger dafür rührten. Dagny Smith-Torgersen meinte immer noch, daß er, Ludvig Hassel, eine gewisse materielle Verantwortung für sie trage. Es gab solche Frauen, nicht zuletzt in Künstler-, Universitäts- und Museumskreisen, die die Begeisterung des Mannes für seine Arbeit bis zum letzten ausnutzten. Die Parole hieß: »Du arbeitest zuviel! Du bist immer weg! Ich habe seit vier Jahren keinen neuen Wintermantel bekommen! Und wer soll sich um die *Kinder* kümmern???!!« Diesen Sermon, dachte Ludvig Hassel, hatte er sich in den Jahren, in denen er mit Dagny Smith-Torgersen verheiratet gewesen war, in einem fort anhören müssen, und auch in den Jahren danach. Es war ihm vage bewußt, daß er auch Schuld hatte, daß es so gekommen war, aber er konnte es trotzdem nicht richtig verstehen. So lange auf Kosten anderer zu leben, wie auch er es, das mußte er zugeben, getan hatte, zumindest eine Zeitlang, Stiftungen ausgenutzt, Stipendien und Legate angenommen, verschiedene Formen von Unterstützung. Weil er Kunsthistoriker war und nicht Angestellter der Putzkolonne. Weil es Stipendien und Stiftungen speziell für seine Berufsgruppe gab. Weil Kunsthistoriker jederzeit Geld brauchten. Insofern waren sowohl er als auch Dagny Schmarotzer, dachte er mißmutig.

Draußen regnete es. Ludvig Hassel dachte an Geld, während er ein Taxi zu seiner ehemaligen Wohnung in Tåsen nahm. Er hatte auf die Uhr gesehen und aufgepaßt, daß er nicht zu früh da war. Bereits um zwei Uhr sollte es die Hammelsuppe mit Dorschleber geben, Ludvig rechnete damit, daß er eher um halb drei eintreffen würde. Das war kein Problem, er konnte es darauf schieben, daß es schwierig war, ein Taxi zu bekommen. Beruhigt stellte er außerdem fest, daß Paul, Cathrine und Arvid Buvik schon gekommen waren, sie standen im Hintergrund, als Dagny die Tür öffnete. Wie oft war er ein und aus in diesem Haus gegangen und hatte es ein Zuhause genannt, dachte Ludvig. Immer noch war es ungewohnt für ihn, als Gast zu erscheinen. Er hatte freiwillig auf all die materiellen Werte verzichtet – die Lampen, die Bilder, die Sofas und die Teppiche. Dagny Smith-Torgersen hatte mit moralischer Indignation konsequent ihre Medea-Rolle der betrogenen Ehefrau gespielt. Ludvig Hassel hatte es nicht einmal fertiggebracht, wenigstens die Ehre zu retten. Und sie war immer noch da! Gemeinsam mit ihren Kindern, auf die sie, mehr als Medea, so stolz war, als seien sie in erster Linie *ihr* Werk, was, wie er zugeben mußte, zutraf. Aber auch Arvid Buvik hatte Aufstellung genommen, erstaunlich, wie heimisch er sich zu fühlen schien, und im selben Augenblick bemerkte Ludvig noch eine Person, eine hübsche, junge Frau, die Arm in Arm mit Paul dastand. Demnach hatte also der menschenfreundliche, aber dabei so schwierige Paul eine neue Freundin. Es mußte sogar ziemlich ernst sein, da sie tatsächlich zum Weihnachtsabend nach Tåsen eingeladen worden war. Hier geschah wahrlich so manches, dachte Ludvig Hassel. Er begann mit der peinlichen Begrüßung, schockiert vor allem darüber, wie runtergekommen seine einst so adrette Frau inzwischen war. Er hatte sie ein Jahr lang nicht gesehen, und dieses Jahr hatte sie älter gemacht. Vielleicht hatte sie doch recht, was diesen Krebs betraf. Sie wirkte mager und aufgedunsen zugleich, und das war eine unangenehme Kombination, so als sei das, was früher Muskel und Gewebe war, jetzt durch ungesunde Wasseransammlungen ersetzt worden. Es ist zuviel Wasser an ihr und zuwenig Fleisch, dachte Ludvig Hassel, als er sie vorsichtig umarmte, erleichtert, daß sie nicht jetzt schon zu weinen anfing, das würde später am Abend sicher noch kommen. »Wie schön, dich zu sehen«, sagte sie. Hassel antwortete mit genau denselben Worten. Er merke, daß er jedesmal sentimental wurde, wenn er ihren Geruch wahrnahm, denn der Geruch von Dagny Smith-Torgersen veränderte sich nicht, und Hassel war verliebt in ihn und an jedem Weihnachtsabend ein wenig traurig, weil er mit dieser außergewöhnlichen Frau nicht mehr verheiratet, sondern, auf eine äußerst unglückliche Weise, aufgrund seiner eigenen Dummheit, von ihr geschieden war. Sie waren einst wie füreinander geschaffen gewesen. Sie hätten das gemeinsame Leben natürlich auch fortsetzen können, nach Ludvigs albernen Kapriolen mit Anne-Beth, damals auf der Couch, aber es gab Grenzen für Dagny Smith-Torgersen, und Ludvig Hassel respektierte sie wegen dieser Haltung und reichte sofort die Scheidung ein. Sie machte es sich selbst schwer und ihm auch, aber es gab nun mal Grenzen, und hätte sie danach nicht trotzdem verlangt, daß er sie versorgte, würde er sie *voll* und *ganz* respektieren, wie man so sagt, und würde nicht zögern, die gesamte Verantwortung auf sich zu nehmen, aber so war es eben nicht. Er fühlte sich jetzt wie ein Krankenpfleger, der zufällig Feiertagsdienst hat, sie signalisierte in jeder Hinsicht, daß sie seine Patientin war, und er dachte nur daran, wie er diesen Weihnachtsabend am besten überstehen konnte, ohne daß für einen der Anwesenden unangenehme Konsequenzen daraus entstehen würden.

Er begrüßte Cathrine, was eigentlich kein einfacheres Match war, weil sie sich immer gleichsam zusammenkrümmte, wenn sie einander umarmten. Er hatte sie nicht mehr gesehen, seitdem sie ihn, geschüttelt von Lachen, zum Taxi gebracht hatte. Er merkte jetzt, daß er wütend auf sie war, daß das etwas zuviel gewesen war, diese neue Partnerschaft und ihr komisches, hysterisches Lachen, als er in Arvid Buviks Wohnung in die Knie gegangen war und ausgerufen hatte: »Verdammt, der Rücken!« Der Schmerz war enorm gewesen. Kein Mensch in einer solchen Situation hätte es toleriert, daß jemand *lacht*, daß sich jemand offensichtlich *amüsiert*, wenn jemand, mit extremen Schmerzen im Kreuz, in die Knie geht. Und dabei, dachte Hassel, war das seine eigene Tochter, die versucht hatte, sich das Leben zu nehmen, ohne irgendwelche Aufmerksamkeit zu erregen, und die außerdem versucht hatte, sich dieses Leben ohne nachweisbaren Grund zu nehmen. Wie sollte er ihr etwas vorwerfen, dachte er, als er, die Arme um sie geschlungen, dastand und merkte, daß sie tief in der üblichen rituellen Weihnachtsstimmung steckte, jenem Bedürfnis nach Geborgenheit, das sie gehabt hatte, seit sie vier Jahre alt war. Jetzt, während er für einen Moment die Arme um sie geschlungen hielt, war es, als glaubte sie noch immer an den Weihnachtsmann, und am besten hätte er hinaus zwischen die Bäume im Garten gehen und das rote Kostüm anziehen sollen, wie er es in alten Zeiten getan hatte, mit dem einzigen Wunsch, ihr zu vermitteln, daß die Welt gut ist. Er hätte ihr am besten ein Rentier schenken sollen. Aber es war zu spät, und Cathrine ließ los und entzog sich, ehe er sie überhaupt richtig gespürt hatte.

Mit Arvid Buvik ging es viel leichter, ein fester Händedruck, der Blick des jungen Kunsthistorikers so ironisch und zugleich triumphierend, daß Ludvig unwillkürlich dachte, daß sie einander wie zwei Duellanten am Waldrand begrüßten, früh an einem russischen Morgen, zur Zeit Puschkins.

»Wie bedauerlich, von deinem Rücken zu hören«, sagte Arvid Buvik, seinen künftigen Schwiegervater wie eine seltsame Mischung aus Sonnenkönig und Wanderprediger aus Romsdal anstarrend, dachte Ludwig.

»Ach, es geht schon besser«, erwiderte er und merkte, daß er gekrümmt wie ein alter Mann dastand, daß er es noch nicht schaffte, sich aufzurichten, daß Arvid Buvik dadurch größer wirkte, obwohl er, in Zentimetern gemessen, wahrscheinlich kleiner war als er. Und das ungeachtet dessen, daß der Rücken besser war, daß er aufrecht stehen konnte wie immer. Erst jetzt verstand er, daß das, was er mit aufrecht meinte, eigentlich gekrümmt bedeutete. Er ertrug nicht einmal diesen Gedanken und wandte sich deshalb schnell seinem Sohn, dem bedauernswerten Paul zu, der ihn mit der gleichen vorbehaltlosen Hingabe begrüßte, wie er es immer getan hatte. Paul war ja derjenige, der sich, äußerlich gesehen, nicht von dem Bruch zwischen Dagny Smith-Torgersen und Ludvig Hassel hatte affizieren lassen. Paul war in jeder Beziehung ein *Hilfspfleger*, ein Mensch, der sich verpflichtet fühlte, sich um jeden zu Schaden gekommenen Menschen zu kümmern, egal ob dieser der Elterngeneration angehörte oder ob er gleichaltrig war. Jetzt umarmte er seinen Vater mit einer Hingabe, als sei zwischen den Eltern nie etwas geschehen, und Ludvig Hassel stand da, in seinem alten Smoking, und wünschte, er hätte Paul etwas zu *sagen*, aber er hatte es nicht. Er hatte Paul im Grunde nie etwas zu sagen gehabt, weil Paul ihm, in seinem ganzen Wesen, zu fremd war. Paul war ein viel zu gutmütiger und selbstloser Mensch, als daß Ludvig Hassel irgend etwas an ihm verstehen konnte. Er hatte ihn zwar einmal faktisch aus den Fängen der Sirene Marianne Uhl gerettet, aber das wäre ja auch noch schöner gewesen. Paul hatte nicht richtig begriffen, was geschehen war, und Ludvig hatte mit ihm nie darüber gesprochen. Paul brauchte außerdem keine Erklärungen. Er war auf die Gegenwart orientiert. Er stand da, im neuen, schwarzen Anzug, sichtbar stolz wie ein Hahn, weil er seiner neuen Freundin Ludvig Hassel vorstellen konnte, seinen Vater. Ludvig begriff, daß Paul bei einem Anlaß wie diesem nicht allzuviel Aufmerksamkeit erwartete. Ihm war es wichtiger, daß man seiner neuen Freundin mit der größten Hochachtung begegnete. Es war ein Wunsch, dem nachzukommen keineswegs schwerfiel, dachte er. Er schaute auf eine junge Frau, etwa zweiundzwanzig Jahre alt, die in jeder Hinsicht aussah, als würde sie auf eigenen Füßen stehen.

»Anja Vikersund«, sagte sie, während er ihre Hand nahm.

»Sehr erfreut«, sagte Ludvig Hassel, unsicher, ob auch er seinen Namen nennen sollte, aber er ließ es sein, verblüfft von dem, was er sah: eine dunkelblonde Frau, etwa 1 Meter 80, mit braunen Augen, perfekten Zähnen und einer Gesichtshaut, auf die jedes Model der Welt neidisch sein konnte.

»Was treibst du so?« fragte sie in dieser neuen, jugendlichen, direkten Art. Für diese Generation gab es offenbar keine anderen Vorbilder als die allerdümmsten Hollywoodstars, dachte Ludvig.

»Kunstgeschichte«, antwortete er schließlich, erstaunt darüber, daß sie nichts von ihm wußte, unsicher, was Paul ihr möglicherweise erzählt hatte. »Und du?« fügte er hinzu, weil er sich nicht beherrschen konnte.

»Skifliegen«, antwortete sie.

Ludvig blickte vorsichtig Paul an, aber der Sohn legte nur den Arm um Anja Vikersund und nickte bestätigend. Selbst Arvid Buvik wirkte plötzlich gewöhnlich neben einer jungen schönen Frau um die Zwanzig, die mit der größten Selbstverständlichkeit davon sprach, daß sie Skifliegen treibe.

Sie waren fertig mit den ersten Formalitäten. Man aß Hammelsuppe mit Dorschleber, und draußen verschwand nach und nach das Licht. Ludvig Hassel versuchte, sich für die Stunden zu stählen, die jetzt kamen, die langen Stunden des Heiligen Abends zu Hause in Tåsen. Aber direkt vor ihm saß eine junge Frau, die sagte, daß sie nicht umsonst Vikersund heiße, sie *sei* aus Vikersund, sie teile den Namen mit einer kleinen Ortschaft in Norwegen, die nicht sehr viel vorzuzeigen habe, die aber trotzdem, in bestimmten Kreisen, allgemein bekannt sei, wegen der dortigen Sprungschanze, einer richtigen *Skifliegerschanze*, die Sprünge von zweihundert Metern und mehr zulasse. Es stellte sich heraus, daß Anja Vikersund jeden Winter dagestanden und diesen Springern zugesehen, ihren Mut bewundert hatte, wenn sie mit weit über einhundert Stundenkilometern vom Schanzentisch absprangen, sich nach vorn zu den Skispitzen legten und der Aufsprungbahn folgten, mehrere Sekunden in der Luft schwebten, in vollkommener Übereinstimmung mit dem Wind, den Skiern, den aerodynamischen Prinzipien. Anja Vikersund saß da und aß Hammelsuppe mit Dorschleber, schmatzte artig, wie nur junge Mädchen schmatzen können, und erzählte, wie sie, ihres Vaters wegen, der einmal in den siebziger Jahren einen siebten Platz in der norwegischen Meisterschaft auf der Normalschanze belegt hatte, zu springen begonnen habe. Man hatte ihr gesagt, daß sie die körperlichen Voraussetzungen dazu habe, etwas Angeborenes. Anja Vikersund aß im Haus in Tåsen und unterhielt die ganze Familie Hassel Smith-Torgersen plus Arvid Buvik damit, wie man es machte, Fotomodell für ›Elite‹ zu sein, denn das war es, was sie *eigentlich* trieb, und zugleich Skispringerin, Skifliegerin, vielleicht nicht mit wirklich ernsthaften Ambitionen, aber trotz allem etwas so seltenes wie eine Skiflieger*in*, eine Frau, die bereits fast hundertvierzig Meter gesprungen war und die nicht eher aufgeben wollte, bis sie mindestens vierzig Meter weiter gesprungen war. Hundertachtzig, ja warum nicht zweihundert Meter, war das Ziel, in Vikersund, Kulm oder in Plancia. Das also trieb sie in ihrer Freizeit, gleichzeitig war sie Model für ›Elite‹, gleichzeitig machte sie die Zulassungsprüfung an der Universität in Oslo und hatte vor, dort Biologie zu studieren. Paul habe sie in der Diskothek kennengelernt.

»Die Frau der neuen Zeit!« rief Arvid Buvik begeistert. »Das eigentliche Millenniumssymbol!« Ludvig Hassel hatte bemerkt, daß Buvik das Wort *Millennium* in jedem zweiten Satz benutzte. Sei Anja Vikersund nicht die *Millenniumsfrau*, sagte er begeistert, während er die Hammelsuppe auslöffelte und schneller als alle anderen am Tisch Bier und Aquavit trank. Ludvig fiel auf, daß auch Dagny ihren zukünftigen Schwiegersohn nicht mochte. Mit dem Timing stimmte etwas nicht, er hatte offenbar erwartet, an diesem Abend die volle Aufmerksamkeit zu bekommen. Anja machte ihm einen Strich durch die Rechnung. Jetzt versuchte er, die Aufmerksamkeit an sich zu reißen, indem er vom *Millennium* sprach, wie der Silvesterabend des nächsten Jahres, also Silvester 1999, bezeichnet wird, das eigentlich noch kein Jahrtausendwechsel sei, aber dennoch Konsequenzen nach sich ziehen würde, ganz einfach deshalb, weil sich die Menschheit brennend dafür interessiere, für den Jahrtausendwechsel. Wenn man nicht altmodisch sei oder resigniert, sagte Arvid Buvik mit einem Blick auf Ludvig Hassel, werde man diese versteckte Energie positiv nutzen. Die Jungen könnten ihn nämlich spüren, den Umbruch, die Erneuerung. Was sei da natürlicher als *Skifliegen*! Ludvig sah hinüber zu Cathrine, die unkritisch alles schluckte, was Arvid Buvik sagte, dasselbe machte Paul, wahrscheinlich deshalb, weil es seine Freundin Anja war, die im Mittelpunkt der Ausführungen des jungen Kunsthistorikers stand. Ludvig Hassel merkte, daß er still geworden war, daß er zuhörte, Arvid Buvik betrachtete, während dieser redete, und plötzlich kam es ihm vor, als sehe er sich selbst vor zwanzig Jahren. So war auch er einmal gewesen, rechthaberisch, dominant und verliebt in die eigenen Ansichten. Er war auch verbal rücksichtslos gewesen, mit einem Hang, sich auf eine Weise spitzfindig auszudrücken, daß er immer, fast ohne Ausnahme, jemanden verletzte. Wäre da nicht Cathrine gewesen, seine Tochter, hätte er den Handschuh aufgehoben, den Arvid Buvik hingeworfen hatte, und um die Aufmerksamkeit gekämpft. Darüber hinaus war er zu sehr abgelenkt, und es war Anja Vikersund, die ihn ablenkte. Es war fast ein Schock für ihn, sich vorzustellen, daß diese junge Frau auf Skiern durch die Luft sausen konnte, mit weit über hundert Stundenkilometern. Es war ein Schock für ihn, daß sie die Freundin des schmächtigen, unbeholfenen Paul war. Ludvig verstand nicht recht, was sie an einem Mann wie seinem Sohn finden konnte. Aber, dachte er weiter, schöne Frauen haben ja oft einen Hang zu *gutmütigen* Männern. Das war ihr einziger Fehler, eine merkwürdige Gabe, Beziehungen einzugehen, die ihnen eigentlich nichts brachten. Dagny war die Ausnahme, dessen war sich Ludvig sicher, sie hatte vom ersten Augenblick an die Herausforderung gesucht, deshalb hatte sie seinerzeit den besessenen Kunsthistoriker aus Arendal akzeptiert, sie hatten trotz allem ein tolles Zusammenleben gehabt, solange es dauerte. Jetzt waren Cathrine und Paul an der Reihe, sich für Lebenspartner zu entscheiden, Cathrine hatte sich schon entschieden, ihr Leben für Arvid Buvik wegzuwerfen, der dasaß und über das *Millennium* redete, über die mentale Zeitgrenze, die jetzt bevorstehe, darüber, daß die IT-Kultur etwas mit den Menschen anstellen, eine neue *Verspieltheit* schaffen, Menschen hervorbringen werde, die eben keine Angst mehr vor Autoritäten hatten; Menschen, die, mittels der phantastischen digitalen Errungenschaften, in der Lage sein würden, sich selbst an den eigenen Haaren hochzuziehen! – nach oben und heraus aus einem trivialen Alltag! – hinein in dieses nächste Jahrtausend! Die Hammelsuppe mit Dorschleber würde bald aufgegessen sein, aber Bier und Aquavit gab es noch in großen Mengen. Ludvig saß da und hörte zu, während er seinen Blick schweifen ließ. Er sah die Couch, die Dagny seltsamerweise nicht ausgetauscht hatte, auch nicht, nachdem Cathrine ihr im Detail erzählt hatte, was darauf vorgegangen war. Ludvig Hassel konnte die Couch nie ansehen, ohne zu erröten. Aber da stand noch so vieles andere. Mit jedem Jahr, dachte er, wurde Dagnys Wohnung noch vollgestopfter, mit Kleidern, Möbeln, Mitbringseln von Reisen, über die sie nie etwas erzählte; kleinen, reizenden Dingen, die Ludvig Hassel bei sich »nuttig« nannte, vielleicht eher »niedlich«, und all das offenbar, um die existentiellen Ängste vor diesem »Etwas im Kopf« und der Geschwulst »da drinnen in der Brust«, die ständig zunahmen, einzudämmen. Sie war eine anerkannte, nüchterne Kunsthistorikerin, aber nachdem es ihr mit Hilfe des liederlichen und doppelzüngigen Hausarztes Magnus Skårdal gelungen war, sich für fünfzig Prozent invalid schreiben zu lassen, war etwas mit ihr geschehen. Selbst Illustriertenhoroskope bekamen eine Bedeutung. Im Moment versuchte sie, schon sichtlich betrunken von Bier und Aquavit, Arvid Buvik in seinem Millenniums-Optimismus zu widersprechen. Es werde nämlich nicht so gut gehen, wie er glaube. In keinerlei Hinsicht. Sie glaube da mehr an Nostradamus. Habe der nicht vorhergesagt, daß der siebte Tag im siebten Monat des letzten Jahres in diesem Jahrtausend, des Jahres, in das sie bald hineingingen, Spielraum für den *Fürsten der Finsternis* selbst eröffnen würde? Wäre es nicht ratsam, eine solche Prophezeiung zu fürchten, zumal von einem Mann, der schon anderes richtig vorhergesagt hatte, und zwar sowohl den Ausbruch des ersten wie des zweiten Weltkrieges, Hitlers Greueltaten, vielleicht auch Prinzessin Dianas Tod?

Ludvig Hassel hörte ungläubig auf das, was seine einstige Frau erzählte. Obwohl es ihn, das mußte er zugeben, nicht überraschte. Sogar Ingenieure und andere hochgebildete Akademiker hatten in letzter Zeit in der Presse verlauten lassen, daß sie an die Prophezeiungen des Nostradamus glaubten, an sie glaubten und sie fürchteten, sie erzählten der sogenannten Öffentlichkeit, daß sie den Sommer 1999 verschanzt im Gebirge, im Wald oder anderswo, meilenweit weg von der Zivilisation, verbringen wollten, daß sie einen Essensvorrat für mehrere Monate anlegen würden, daß sie auf alles vorbereitet seien. In Ludvigs Ohren klangen solche Aussagen ebenso unglaublich, wie wenn er erfuhr, daß das schöne Fotomodell Anja Vikersund tatsächlich Skifliegerin war. Die Welt gehörte nicht länger den Glaubwürdigen, und am wenigsten glaubwürdig war Arvid Buvik, als er Dagny mit charmanten Argumenten zu widersprechen versuchte, etwa, daß Nostradamus eine religiöse Erfindung sei und daß Dagny, bei allem Respekt, möglicherweise zu stark von den Ankündigungen des

Weltgerichts bei dem norwegischen Kitsch-Maler Odd Nerdrum beeinflußt sei, der im vergangenen Herbst ausgerechnet im Astrup Fearnley Museum eine Retrospektive erhalten hatte. Aber das bestritt Dagny auf das heftigste, sie verbat sich jedes Befassen mit dem ideellen Gehalt von Odd Nerdrums Bildern. Für sie war ein Maler, der braune Bilder malte, auch in politischer Hinsicht braun. Anja Vikersund verdrehte bei diesem Argument die Augen, und auch wenn sich Ludvig Hassel durch seine geschiedene Frau gleichsam bestätigt fühlte, so gefiel ihm doch zugleich dieser ziemlich deutliche Protest gegen Dagnys Argumente, ohne daß Anja Vikersund damit irgendwie kunsthistorisches Wissen beanspruchte. Das gerade war das Besondere an ihr, dachte Ludvig, daß sie Skifliegerin war, daß sie anders war, daß sie eine andere Art von Wissen besaß, das zu erwerben sich keiner an diesem Tisch je Hoffnung machen konnte. Mit weit über hundert Stundenkilometern, nur mit einem Paar Skiern an den Füßen, durch die Luft zu sausen, das überstieg jedes Fassungsvermögen. Selbst eine Dissertation über Georges Seurat wurde daneben klein und gewöhnlich, fast etwas unambitioniert, wie diese durchschnittliche, bürgerliche Einrichtung von Dagny Smith-Torgersen. Wie einzigartig und wie orientiert auf den bevorstehenden Jahrtausendwechsel sich Arvid Buvik auch fühlen mochte, er und alle die anderen um diesen Tisch waren dennoch ganz gewöhnliche Leute. Die Ausnahme war Anja Vikersund. Du meine Güte, dachte Ludvig Hassel sofort. Bloß kein Interesse an ihr in *dieser* Hinsicht, bloß nicht im Staub kriechen vor ihr, nur weil sie Skifliegerin ist. Und wenn sie nun lügt? Vielleicht spielt sie nur Basketball. Wenn sie zu diesen sogenannten modernen Jugendlichen gehört, die überhaupt nichts ernst nehmen. Erlöse und verschone mich! dachte Ludvig aufgebracht. Er wußte aus Erfahrung, daß er zu den Frauen seines Sohnes besser Abstand hielt. Er hatte ja schon einmal eine Heldentat vollbracht und die Sirene Marianne Uhl aus Pauls Leben verscheucht, aber er hatte auch, in einem früheren Stadium, einen ganzen Abend lang, mit einem Mädchen gefußelt, dem Paul damals bei der Sozialfürsorge begegnet war, einer blonden Solveig Gimle, von einem großen Bauernhof in der Hedmark, die ihm deutlich zu verstehen gegeben hatte, daß sie mehr an ihm als an seinem Sohn interessiert war. Sie hatten im Café Elise gesessen, Paul war zu der Zeit arbeitslos gewesen, und Ludvig Hassel, der sich wie immer als ein schlechter Vater fühlte, hatte den Sohn nebst Freundin zum Essen eingeladen. Er wußte ja, wie wenig Paul verdiente, und obwohl er gern zu Hause in der Odinsstraße selbst kochte, war es einfacher, auszugehen. Einige Flaschen Wein, einen Salat und ein Hauptgericht, vielleicht einen Kaffee avec und *erledigt*. Aber Solveig Gimle war Schwesternschülerin, und Ludvig Hassel hatte zu diesem Zeitpunkt, wie er sich jetzt erinnerte, so viel getrunken, daß er sich, geistig und moralisch gesehen, ziemlich geschwächt fühlte. So hatte er darauf verzichtet, die Füße zurückzuziehen, als diese sich hinüber zu Solveig Gimle verirrt hatten. Und weil auch sie keinerlei Anstalten machte, ihre Füße zurückzuziehen, hatten sie so dagesessen, über zwei Stunden, und gegenseitig Beine und Knöchel befühlt. Das war deprimierend, hatte Ludwig schon damals gedacht, daß es wirklich möglich war, so etwas zu tun. Paul saß schließlich da und hatte den Arm um sie gelegt, sie war *seine* Freundin, und was in aller Welt hätte Ludvig Hassel erreichen wollen? Es gab doch nichts Abscheulicheres als Väter, die mit ihren Söhnen um die Aufmerksamkeit der Frauen konkurrierten? Trotzdem war er nicht imstande gewesen, darauf zu verzichten. Am Ende war es diese Solveig, die am meisten gefußelt hatte, obwohl zwischen ihnen nichts passierte außer feigen Signalen, die später vertuscht werden konnten, falls es *das* war, was sie wollten. Ludvig erinnerte sich nur ungern an diese Episode, jetzt, wo er zu Hause in Tåsen saß und Aquavit und Bier trank – ja Tåsen würde stets ein »Zuhause« für ihn sein, so wie Arendal und das Haus in Blødekjær auch auf die eine oder andere Weise sein »Zuhause« war. Arvid Buvik redete über das *Millennium*, und Dagny redete über Nostradamus, während Cathrine und Paul, in Übereinstimmung mit Ludvig, dasaßen und zuhörten und Anja Vikersund, ohne besonders viel zu sagen, dennoch alle Aufmerksamkeit auf sich zog. Ja, so war das immer, dachte Ludvig, einer nahm die Aufmerksamkeit in Beschlag, ganz egal, ob er sie verdiente oder nicht. Selbst die Verschwenderin Karin Bjerke hatte die Aufmerksamkeit des Kultusministeriums auf sich konzentriert, als es darum ging, einen neuen Direktor für die Nationalgalerie einzustellen. Auch Arvid Buvik hatte mit den Zeitungsartikeln im Dagbladet in letzter Zeit Aufmerksamkeit erregt. Für manche Menschen begann es plötzlich zu »swingen«, wie man so sagt, und Ludvig Hassel hatte nie verstanden, warum oder welche Mechanismen da in Bewegung gesetzt wurden. In den letzten Monaten hatte er mit ziemlicher Verbitterung feststellen können, daß seine Zeit vorbei war, daß die Aufmerksamkeit, die er mit einer gewissen Selbstverständlichkeit für sich beansprucht hatte, nicht mehr selbstverständlich *war*. Seine Zeit war schlicht und einfach vorüber, so wie manche Maler urplötzlich vom

Parnaß stürzten, weil die Vorstandsvorsitzenden bei Kværner oder Hydro nicht länger ihre Mäzene sein wollten. Es waren solche vagen, nicht festzumachenden Signale, die ihm Angst machten. Jetzt saß dieser Arvid Buvik hier und redete mit Begeisterung über den Millenniumswechsel, und vielleicht hatte er recht, vielleicht *besaß* er die Energie, die notwendig war, um dieses läppische Ereignis aufzuwerten, bei dem trotz allem nichts anderes gefeiert wurde als das zweitausendste Jubiläum vom einem nach wie vor ziemlich umstrittenen Propheten, von etwas Außerordentlichem, das alle Religionen, die ganze Menschheit berühren sollte, also auch Hindus, Buddhisten und natürlich auch die Muslime, die außerdem, etwas peripher plaziert, den gleichen Propheten in ihrer Heldengalerie führten. Es gab also solche Menschen, dachte Ludvig Hassel, denen es auf geheimnisvolle Weise gelang, die Aufmerksamkeit der ganzen Welt auf sich zu ziehen. Als sei die Zeit reif für sie, egal was sie eigentlich vorstellten. Dieser James Cameron zum Beispiel, der im Vorjahr den Titanic-Film gemacht hatte. Er erregte in der ganzen Welt Aufmerksamkeit, obwohl er faktisch nur einen weiteren kostspieligen Katastrophenfilm gedreht hatte, regelrechten Kitsch, wo Leute herumrennen und mit Pistolen aufeinander schießen, während dabei das Schiff, auf dem sie sich befinden, zu sinken beginnt. Aber überall auf der Welt liefen sie scharenweise in die Kinos, um zwei junge Schauspieler zu sehen, die an Bord eines dem Untergang geweihten Schiffes Frischverliebte spielten. Der Film erwies sich als Milliardengeschäft, so wie manche Maler, dachte Ludvig Hassel, ohne einen erkennbaren qualitativen Grund gleichfalls reine Geldautomaten wurden. Zum Beispiel hatte neulich in einer Zeitung ein Interview mit dem norwegischen Maler Olsen gestanden. Es wurde berichtet, daß er ein Einkommen von mehreren Millionen Kronen habe, doch räumte dieser Olsen kokett ein, daß er selbst es nicht ertragen würde, eines seiner Bilder an der Wand hängen zu haben. Dergleichen machte Ludvig Hassel aggressiv. Das war der Gipfel der Provokation, dachte er, daß man für andere Bilder malte, mit denen man *selbst* nichts zu tun haben wollte: ein naives und marktorientiertes Publikum, an dem man nur Interesse hatte, solange es bereit war, teuer zu bezahlen. Ganz anders Edvard Munch, dachte Ludvig Hassel, der Bilder, die er früher einmal verkauft hatte, zurückkaufte, um sie auf seinem Alterssitz in Ekely um sich zu haben, um die Entwicklungslinien in seinem Werk besser verstehen, um tiefer in die Materie eindringen zu können, mit der sich auseinanderzusetzen er entschieden hatte: Liebe / Angst / Tod. Aber das war vorbei, dachte Ludvig Hassel, die Millenniumszeit war anders orientiert. In dieser Millenniumszeit konnte ein Journalist einen weltberühmten Jazz-Saxophonisten interviewen und ihn fragen, welche Musik er selbst höre. Jedenfalls nicht Jazz, antwortete der Saxophonist. Er hörte sich alles mögliche andere an als die Musik, die zu kaufen er die Leute veranlaßte. Narretei! dachte Ludvig Hassel, während er Arvid Buvik beobachtete, wie er, als letzter, immer noch von der Hammelsuppe aß und Aquavit und Bier in solchen Mengen trank, daß er sternhagelvoll sein mußte, ohne daß man ihm das anmerkte. Arvid Buvik wollte lieber Dagny Smith-Torgersen widersprechen, was ihre Angst vor Nostradamus' Prophezeihung für das Jahr 1999 betraf. Solche Weltuntergangsprophetien solle man nie ernst nehmen, meinte er. Und für den Fall, daß doch etwas dran war, sollte man sich dann irgendwo tief im

Wald verstecken? Welch törichter Einfall, meinte Arvid Buvik. Es gebe nichts Dümmeres als Menschen, die vor den Realitäten davonliefen, sagte er. Man denke nur an die, die damals in den achtziger Jahren auf die Falklandinseln zogen, um Frieden zu haben. Wie ist es ihnen ergangen? Frau Thatcher schickte eine ganze Armada! Der Ort, wo sie lebten, weit draußen im Meer, wurde völlig zerbombt! Wer Sicherheit suche, werde nie sicher sein. Soviel habe jedenfalls er, Arvid Buvik, begriffen, sagte Arvid Buvik und hob das Aquavitglas zu einem Toast.

Ludvig stellte fest, daß Anja Vikersund nichts trank, nicht einen Tropfen Alkohol. Was sie die ganze Zeit hob, war ein Wasserglas. So war das wohl bei Skifliegern, dachte er. Sie brauchten keinen anderen Rausch als die Geschwindigkeit, die Angst, die die Luft und das Leben ihnen geben konnten.

Ludvig Hassel konnte sich nicht mehr erinnern, wann diese Hammelsuppenmahlzeit eigentlich ein Ende gefunden hatte. Mehr als eine Flasche Aquavit war draufgegangen, und für einen großen Teil des Konsums trug er die Verantwortung. Jedenfalls war die große Schüssel mit der Hammelsuppe und dem Fladenbrot leer. Wie in früheren Zeiten hatte er Dagny geholfen, den Tisch abzuräumen. Die anderen waren im Wohnzimmer geblieben, zwei junge, frisch verliebte Paare, und plauderten über das Millennium oder das, was Arvid Buvik sonst noch an glänzenden Themen auftischen konnte. Ludvig blieb mit Dagny in der Küche, stellte die schmutzigen Teller und das Besteck in die Spülmaschine, hatte ein Auge auf die Schweinerippe, die gerade in den Ofen geschoben wurde, achtete darauf, daß sich die Kruste bildete, wie es sich gehörte, schälte Kartoffeln, bereitete die Frikadellen, die Würstchen und das Rotkraut. Alles Rituale. In vielerlei Hinsicht lieb und vertraut. Jetzt konnte er sich erlauben, die Tür zum Wohnzimmer zu schließen und mit Dagny ein höchst privates Gespräch über all das zu führen, was sie beide bewegte. Der Heilige Abend war, bevor es wirklich Abend wurde, die einzige Zeit des Jahres, die sie hatten, um sich miteinander zu verständigen. An einem Tag wie diesem erschienen die Briefschreibversuche wie der reinste Unsinn. Nur zu Hause in der Odinsstraße konnte es ihm einfallen, diese Frau eine alte Kuh zu nennen. Wie er es auch nicht schaffte, Karin Bjerke grobe Worte zu sagen, wenn er ihr direkt, von Angesicht zu Angesicht, gegenüberstand. Ludvig Hassel hatte sich all die Jahre über für einen Frauenfreund gehalten, was er seiner Mutter verdankte und Tante Fanny, die noch lebte, in einem Pflegeheim in Arendal. Die Frau, die er am meisten geliebt hatte, war auch die, die er am meisten im Stich gelassen hatte. Dagny Smith-Torgersen stand bei ihm, drückte ihn an sich, einen kurzen Moment lang, als glaubte sie, daß ihr Körper noch immer eine Wirkung auf ihn ausübe. Sie wollte eine Art von selbstverständlicher Intimität zwischen ihnen herstellen, ein Gefühl, daß sie immer noch über alles und jedes miteinander sprechen konnten. Und das konnten sie in der Tat! dachte Ludvig Hassel, wie Dagny ihn so an sich drückte, bevor sie sich löste und mit einem Seufzer sagte, daß ihr das mit Nostradamus wirklich Ernst sei, daß sie Angst habe, daß es der *Ragnarök*, der Weltuntergang, selbst sei, den sie erwarte, jetzt, wenn in einigen Tagen dieses schicksalsträchtige Jahr 1999 beginnen würde. Seltsam, dachte Ludvig, daß er selbst in dieser Hinsicht keinerlei Ängste hatte. 1999 dürfte schwerlich ein miserableres Jahr werden, als es 1998 gewesen war, jedenfalls was ihn betraf. Er war in einer Situation, in der er sich damit abfinden mußte, die Rolle eines Auslaufmodells zu spielen, nicht einmal fähig, vor dem unerträglich selbstzufriedenen und vorwärtsstürmenden Kunsthistoriker Arvid Buvik die Muskeln spielen zu lassen, wenn der versuchte, seinen jungen Freundinnen zu imponieren. Heute, dachte Ludvig Hassel, hatte er sich zum ersten Mal von seinem jungen Opponenten und Konkurrenten niederwalzen lassen. Er hatte, sogar mit einer gewissen Freude, den Argumenten des jungen Draufgängers zugehört, als der in seiner Analyse der norwegischen Kunstszene von 1998 am zynischsten war. Was sollte man mit Weidemanns Pastellfarben und Widerbergs Komplementärfarben, wenn die gesamte Zivilisation nach einer moralischen Erneuerung schrie? Hatte er außerdem nicht recht, Clinton, Blair und die anderen Lügenbolde abzuschreiben und statt dessen, aus Mangel an etwas Besserem, Vertrauen in die Jugend zu setzen? Wo hinein sollte er sonst sein Vertrauen setzen? Aber Dagny stand in der Küche und starrte Ludvig an und sagte, daß sie es ernst meine mit Nostradamus, daß sie Geld brauche, weil sie sich eine Hütte mieten wolle, wie sie sagte, irgendwo, weit weg von Oslo, wo sie abwarten könne, was nach dem 6. Juli, oder auch im August, 1999 geschehen würde, oder nach dem 6. Juli im Jahr 2000, denn darüber waren sich ja die Experten nicht einig. Denn welches Jahr war, da das neue Jahrtausend, strenggenommen, nicht vor dem Jahr 2001 begann, nun eigentlich das letzte in diesem Jahrtausend, das bald vorbei war? Dagny gab zu, daß es tatsächlich die Weltuntergangsbilder des »braunen« Malers Odd Nerdrum *waren*, die Eindruck auf sie gemacht hatten. Sie hätte nie geglaubt, daß sie, eine renommierte Kunsthistorikerin mit Vasarély, Zukerman und anderen konkreten Künstlern als Spezialgebiet, sich von diesen Menschen würde beeinflussen lassen, die in den Bildern des Malers Nerdrum auf den Jüngsten Tag oder die totale Vernichtung warteten. Auch wenn sie fünfzig Prozent Invalidenrente bekomme, so sei sie doch durch das Astrup Fearnley Museum gewandert und habe eine zunehmende Unruhe verspürt, eine Hoffnungslosigkeit, wie sie sagte, ein Gefühl, daß die Zeit nicht auf ihrer Seite stehe, daß sie auf dem besten Weg sei, zerbrochen zu werden, was Ludvig bestätigen konnte, wenn er nur einen Blick auf sie warf. Die Dagny Smith-Torgersen, die er aus seiner Jugend kannte, die triumphierende Oberschichtgöre aus Farsund, die vor nichts und niemandem in diesem Leben Angst hatte, war eine nervöse, grauhaarige Kunsthistorikerin mittleren Alters geworden, die in ihrem Haus in Tåsen saß und die Prophezeiungen des Nostradamus fürchtete, dabei gleichzeitig ihr Leben mit »nuttigen« Dingen vollstellte und sich nicht zu gut war, ihren einstigen Ehemann um Almosen zu bitten, obwohl sie genau wußte, daß er viel schlechter gestellt war als sie, daß sein Jahresgehalt nicht viel höher war und seine Schulden nachweislich größer, daß er darüber hinaus Ausgaben für eine Geliebte hatte.

Und da lag das Problem, dachte er mißmutig, während Dagny einige Gläser abtrocknete und durchblicken ließ, daß sie zehntausend Kronen zusätzlich bräuchte, um 1999 durchzustehen. Zehntausend Kronen zur Sicherheit, wie sie sagte. Man könne ja nie wissen, wie es zwischen Cathrine und Arvid liefe oder zwischen Anja und Paul. Sie habe die Verantwortung für diese Familie, voll und ganz, sagte sie und begann sofort zu weinen, als wolle sie den Ernst ihrer Argumente unterstreichen.

Ludvig erwog, die Hand nach ihr auszustrecken, sie in den Arm zu nehmen, sie zu trösten, wie er es sollte. Doch er tat es nicht. Vielleicht gehörte auch er der neuen Zeit an, dachte er, in der die Menschen mit ihren Liebesbekundungen zurückhaltender und geiziger waren. Es war gewiß nicht Brantzægs Zeit. Es war die Zeit für spitzfindige Formulierungen und zu nichts verpflichtendem, fast gefühllosem Beischlaf. Es war, möglicherweise, die Zeit für Skiflieger, langbeinige Fotomodelle, die so übermenschlich waren, daß sie sogar hundertvierzig Meter durch die Luft segeln konnten, mit nur einem Paar Skiern an den Füßen. Die neue Zeit, dachte Ludvig Hassel, war nicht für Leute wie ihn.

Deshalb hörte er seiner geschiedenen Frau mit einem Gefühl von Resignation zu. Also gut, dann fürchtete sie eben Nostradamus, dann brauchte sie eben Geld, aber seinen Platz in ihrem Drama konnte er dennoch nicht länger sehen. Sie erwartete eine Anteilnahme, die er nicht einmal aufgebracht hatte, als sie noch verheiratet waren. Er merkte jetzt, daß er sich in die Odinsstraße zurücksehnte, daß er Dagny Smith-Torgersens Intimwelt seit vielen Jahren satt hatte. Er fürchtete, daß er, mit graduellen Unterschieden, mehr und mehr wie sie geworden war: sorgenvoll, verbittert, sich des eigenen Verfalls schmerzlich bewußt, doch unfähig, etwas daran zu ändern. Dagny, dachte er, war besessen davon, ihre eigene Welt zu sichern. Sie hatte ihre beruflichen Ambitionen als Kunsthistorikerin längst aufgegeben und konzentrierte sich nun darauf, ihre Phantasiewelten der Gegenstände, der Sicherheit und der Angst aufzubauen. Er merkte, daß sich trotzdem etwas in ihm danach sehnte, mit ihr so selbstverständlich wie in früheren Tagen zu reden, aber das war nicht leicht, weil da die zehntausend Kronen waren, die sie haben wollte. Nur deshalb war er wichtig. Weil sie sicher war, daß er das Geld hatte. Wenn er einfach ja sagte und es ihr gab, würde alles leichter sein.

Aber er sagte nicht ja. Er beendete vorläufig seinen Einsatz in der Küche, wollte sich das Phänomen Anja Vikersund näher besehen. Es war Heiliger Abend, es waren noch viele Stunden übrig. Der Osloer Knabenchor sang Weihnachten ein. Der Abend hatte eben erst begonnen.

Aber das meiste war bereits gesagt, dachte er. Als die Schweinerippe auf den Tisch kam, waren alle, ausgenommen Anja Vikersund, betrunken und müde. Ludvig richtete seine Aufmerksamkeit auf Cathrine. Ihm schien, als würde die Tochter in den letzten Stunden etwas Abwesendes ausstrahlen, das ihm gar nicht gefiel, als würde wieder etwas Depressives auf ihr lasten, ein Lebensüberdruß, in den sie jederzeit zurückfallen konnte. Es war, als würde sie dem, was Arvid sagte, nicht richtig zuhören, obwohl er ihr neuer und ihr allererster Lebenspartner war. Auch Arvid benahm sich nicht so, wie ein neuer Freund das tun sollte, dachte Ludvig Hassel, während er den jungen Kunsthistoriker auf der anderen Seite des Tisches beobachtete. Es war, als würde er, in langen Sequenzen, vergessen, daß Cathrine da war, und sich lieber an Dagny oder ihn selbst wenden, die beiden »Kollegen«, die er in dieser Gesellschaft hatte. Ludvig Hassel merkte, daß er unruhig wurde. Es war eine Unruhe, die sich noch verstärkte, als er danach seinen Blick auf Paul richtete, der zwar den Arm um Anja gelegt hatte, aber von ihr dennoch völlig übersehen wurde. Wie konnte das sein, dachte Ludvig wieder, daß er und Dagny derart *schwache* Kinder gezeugt hatten, keines eine starke Persönlichkeit, fähig, die Gelegenheiten, die sich boten, wahrzunehmen, sondern zwei unsichere Individuen, die am Beginn ihres erwachsenen Lebens gezögert hatten und weiter zögerten, ohne jede innere Steuerung, wie sie andere ihrer Altersgenossen besaßen, wie zum Beispiel Anja Vikersund sie ganz offensichtlich besaß. Anja hatte erzählt, daß sie den Heiligen Abend mit Paul aus reinem Protest gegen ihre Eltern feierte, die den Weihnachtsabend nur dazu benutzten, um Fernsehen zu glotzen und sich mit Essen vollzustopfen, bis sie platzten. Sie befand sich in Opposition zu ihnen, wollte deutlich machen, daß die Grenze erreicht war. Sie besaß bereits eine eigene kleine Wohnung in Oppsal, hatte sie mit ihrem Job als Model finanziert. Schon jetzt, während sie gerade mal etwas über zwanzig Jahre alt war, hatte sie sich von den Eltern unabhängig gemacht, war finanziell abgesichert. Gerade diese Selbständigkeit sei der Grund, warum sie zögere, mit Paul zusammenzuziehen, erklärte sie. Sie waren ein Paar, sicher, sie hatten eine Beziehung, mit der sie es ernst meinten, aber sie hatte auch ihr Grundstudium, das sie machen wollte, einige Schanzen, die sie springen wollte, und die Aufträge als Model, durch die sie in regelmäßigen Abständen hinaus in die Welt kam. Sie war zum jetzigen Zeitpunkt schlicht und einfach nicht bereit für eine eheähnliche Gemeinschaft, und Ludvig Hassel starrte seinen Sohn Paul an und konnte sie verstehen, er verstand ihre Selbständigkeit besser, als er ihre Beziehung zu Paul verstand. Paul war zu gutmütig, ganz einfach. Es war etwas Langweiliges an ihm, etwas Fürsorgliches und Klebriges, und es war schwer zu verstehen, daß die furchtlose Anja Vikersund das brauchte.

Ludvig merkte, daß er auf eine tiefere, gefährlichere Weise betrunken wurde. Eine weitere Flasche Aquavit war auf den Tisch gekommen. Noch mehr Bier. Die gebratene Schweinerippe war fett, die Kruste knusprig, das Rotkraut makellos, ebenso wie die Würstchen und die Frikadellen. So überflüssig das alles, dachte Ludvig. Was um alles in der Welt hatte es für einen Sinn, hier zu sitzen und sich vollaufen zu lassen, zusammen mit Menschen, aus denen er nicht schlau wurde? Die einstige Frau, Tochter und Sohn. Trotzdem wurde er nicht schlau aus ihnen. Und dieser Arvid Buvik. Ludvig Hassel merkte, daß es jetzt an der Zeit war, Arvid Buvik in seine Schranken zu verweisen. Wer glaubte er, daß er war? Etwa mehr als ein mittelmäßiger Kunsthistoriker? Hassel fühlte sich von einem Überdruß zerfressen, der an Wahnsinn grenzte, während dieser junge Mann sein Vertrauen in das *Millennium* setzte, bereits Vorstellungen davon hatte, wie Oslo an diesem magischen Silvesterabend in etwas über einem Jahr aussehen sollte. Selbstverständlich mußten überall *Installationen* hin! Die begabtesten Maler, Bildhauer und Installationskünstler sollten die Möglichkeit erhalten, ihre Millenniumsvisionen im gesamten Bjørvika zu entwickeln. Dieser erbärmliche Stadtteil Oslo Ost, der vor allem aus verkehrsreichen Kreuzungen und Hafenanlagen bestand, sollte ein Ort werden, wo neue *Ideen* buchstäblich durch den Asphalt an die Oberfläche gezwungen wurden. Die *Künstler* der neuen, furchtlosen *Kunstentfaltung* sollten der Welt den Weg zeigen, sagte Arvid Buvik, und Ludvig sah, daß sein künftiger Schwiegersohn jetzt völlig betrunken war, aber er selbst war vielleicht noch betrunkener, und er spürte ein unwiderstehliches Bedürfnis, Anja Vikersund zu imponieren, ihr, der absoluten Neuerwerbung in dieser sentimentalen Familie, zu zeigen, daß er trotz allem die Stelle als Direktor der Nationalgalerie hätte bekommen müssen. Er wollte der schönen Skifliegerin gern beweisen, daß er nicht zu den Gewöhnlichen und Mittelmäßigen gehörte, auch wenn er älter war, mit gestutzten Flügeln, auch wenn ihr Paul vermutlich von Anne-Beth und dem aussichtslosen Privatleben erzählt hatte, das er zur Zeit führte. Aber das Leben war ja noch nicht zu Ende, dachte er. Es gab Frauen, die mit Skiern fliegen! Alles war noch möglich, wenn nur Arvid Buvik sein Maul halten würde. Ludvig Hassel suchte nach Worten, die diesen aufgeblasenen, jungen, glattrasierten Techno- und Millenniumsqatschkopf am Boden zerstören könnten. Es machte ihm nicht sehr viel aus, daß er Cathrine damit verletzte, sie hatte schließlich über ihn gelacht, als er sich den Hexenschuß holte. Er war außerdem öffentlich bekannt als Hauptkustos Ludvig Hassel, ein verbales Scheusal, der allein durch seine Schikanen Leute dazu zwang, vom Tisch aufzustehen und zur Toilette zu laufen, um sich zu übergeben. Ja, dachte Ludvig, er hatte tatsächlich diese Fähigkeit, Leute verbal fertigzumachen, wenn er wollte, so hatte er Karin Bjerke in ihrem Büro zum Heulen gebracht, nur wenige Tage nachdem sie als Chefin der Nationalgalerie angetreten war. Er wußte, daß das gemein war und häufig auch sinnlos, doch mußte er es jedesmal tun, wenn er Menschen erlebte, die sich aufbliesen und meinten, mehr zu sein, als sie tatsächlich waren. Und jetzt war Arvid Buvik an der Reihe! Dessen war sich Ludvig Hassel ziemlich sicher, als er merkte, daß der junge Kunsthistoriker mit seinem pluralistischen, postmodernen, wirren Nonsens aufs neue den Raum füllte, ein Millenniumsanbeter, der leicht ältere Generationen kritisieren konnte, der in

Wirklichkeit aber selbst für nichts einstand, der in keinerlei Hinsicht einen Standpunkt bezogen hatte, etwa politisch, wie es vor bald dreißig Jahren Ludvig Hassels ganze Generation getan hatte. Seine eigene Generation wurde zwar jetzt deswegen verspottet, sie hatten sich geirrt, doch was konnte ein Arvid Buvik anbieten? Künstler auf nach Bjørvika im Jahr 2000! Das war der reinste Schwachsinn, dachte Hassel empört. Lieber sich politisch engagieren und sich irren, als in einem stinkenden Bassin leerer Rhetorik zu schwimmen. Lieber sich für die Kommunistische Arbeiterpartei einsetzen oder meinetwegen für künstlerische Manifeste des Typs »Der andalusische Hund« oder »Guernica«. Nur nicht dieses leere, selbstverliebte Geschwafel. Die Welt, dachte Ludvig Hassel, die Welt blutete ja mehr denn je! Vielleicht *hatte* Dagny auf ihre Weise recht, Nostradamus hin oder her. Für Millionen von Menschen auf diesem Erdball *war* 1999 ein Jahr zum Fürchten, ein Jahr, das ohne Zweifel neue Katastrophen über völlig unschuldige Menschen bringen würde; die Armut wird zunehmen, in Afrika werden Millionen an Aids sterben, in der arabischen Welt wird man sich einmal mehr von der Weltpolitik der USA gedemütigt fühlen, in Bangladesch werden wieder Tausende von Wohnhäusern unter Wasser gesetzt werden, in den sogenannten zivilisierten Ländern werden Brustkrebs, Lungenkrebs und Prostatakrebs zunehmen, in Rußland wird die Armut steigen und die Wodkaproduktion zunehmen, und der Himmel weiß, was im Kosovo geschehen wird. Warum zum Teufel überhaupt von Nostradamus sprechen, dachte Ludvig Hassel. Die Erde *war* bereits im Katastrophenzustand. Die Menschheit war täglich bedroht von Lecks in Atomreaktoren, todbringenden Waffen, Armut und Trostlosigkeit. Die Welt war wahnwitzig geworden in ihrer Ungerechtigkeit. Erst vor einer Woche hatte er in der Zeitung gelesen, daß Norwegens frühere Ministerpräsidentin Gro Harlem Brundtland, inzwischen Vorsitzende der Weltgesundheitsorganisation WHO, nicht die Zeit gefunden hatte, mit dem UNO-Generalsekretär Kofi Annan zu sprechen, weil sie in einem kleinen Buchladen in Norwegen saß und ihr eigenes Buch signierte. *Das* war eine Zeitgrenze! dachte Ludvig und hörte im selben Augenblick, daß er diese Worte Gott sei Dank auch sagte, daß alles, was er gedacht hatte, endlich aus ihm herauskam, zwar etwas lallend, aber dennoch ziemlich treffend. Zu seiner großen Freude merkte er, daß vor allem die Skifliegerin zuhörte, daß sie erkannte, daß er genau richtig lag, wenn Ludvig sich auch gleichzeitig weigerte, sich als künftiger Schwiegervater zu benehmen, es ablehnte, zu diesem Dummkopf Arvid Buvik freundlich zu sein, der, wie sie im übrigen wissen müsse, sein größter Rivale sei, ein alberner Wicht, der sich den Kopf glattrasierte, der in Techno-Clubs und auf Rave-Parties ging und meinte, daß das nächste Jahrtausend von Anfang an Aufschwung bekommen würde, nur weil einige Installationskünstler mit Unterstützung der norwegischen Arbeiterpartei für vierzehn Tage den Stadtteil Bjørvika besetzten! Was für ein totaler Schwachsinn! rief er aus und schenkte sich Aquavit nach. Aquavit war notwendig, wenn Gedanken wie diese gedacht werden sollten. Seine innere Empörung nahm zu. Das war immer ein gutes Zeichen. Fing er erst auf diese Weise zu reden an, würde das Zimmer bald von seiner Stimme erfüllt sein, von den Lauten Ludvig Hassels, seinen Gedanken, seinen Spekulationen, Betrachtungen und Beschuldigungen. Der Ideengeschichtler Tore Berg Winding hatte einmal gesagt, in Ludvig Hassel stecke ein Wanderprediger, eine Person, die fähig sei, Ansprachen zu halten, Botschaften zu verkünden, die Massen zu begeistern. Von Tore Berg Windings Seite war das nicht als Kompliment gemeint. Ludvig merkte, wie ihn seine eigene Empörung erheben konnte, über ihn selbst hinaus, und irgendwann allgemein wurde. Ungeachtet, welch kümmerliches Leben er lebte, er hatte die Gabe der Rede, eine Art Fähigkeit, moralischen Gerichtstag zu halten, und an diesem Abend, mit Arvid Buvik in der Nähe, war das absolut erforderlich. Er sprach über das Elend der Welt, er zitierte Montaigne, Levinas, Derrida; er versuchte, nach allen Regeln der Kunst und der Sprache Arvid Buviks Millenniums-Optimismus zu zertrümmern. Denn es gebe keine neue Zeit, sagte er, keine neue Begeisterung, kein neues Jahrtausend. Der Millenniumsgedanke sei, als wolle man in wenigen Sekunden einen Fluß anhalten, als wolle man sagen: Hier, genau hier in dieser Flußbiegung, vor diesem Wasserfall, geschieht etwas Neues! – hier wird das Wasser verwandelt! Die Betreiber von Kraftwerken könnten so etwas tun, Wasser für Elektrizität nutzen, aber ein einzelner Silvesterabend in der Geschichte? – an dem der Wahnsinn florierte, an dem sich Leute eine Concorde mieteten, um diesen sogenannten Millenniumswechsel voll auszutesten, was er wert war, an dem ganze Hotels von Leuten überschwemmt werden würden, die nicht einmal wußten, was sie trieben, aber die trotzdem schamlos ihre Aktiengewinne einheimsten, Börsenmakler, Investoren, alle diese Kriminellen des Erdballs, die mit ihrem Pseudogeld dazu beitrugen, diesem Planeten alles auszusaugen, was er an Rohstoffen hatte, an Menschenmaterial, Moral und Anstand. *Die* hätten sich vorgenommen zu feiern! sagte Ludvig Hassel. Die *Schurken* auf diesem Globus! Bill Gates zum Beispiel. Der ständig neue Computerprogramme und Updates *ohne* Gebrauchsanweisung verkaufte. Früher konnte man sich immerhin einen Staubsauger kaufen. Mit dem Kauf bekam man ein Heft, in dem man nachschlagen konnte, eine freundliche und detaillierte Anweisung in fünf Sprachen, die die vielen Funktionen und Möglichkeiten des Staubsaugers beschrieb. Aber als er, Ludvig Hassel, sich neulich ein neues Microsoft-Programm für seinen PC gekauft hatte, für den fünffachen Betrag dessen, was ein Staubsauger kostete, entdeckte er zu seinem Schrecken, daß der Pakkung keinerlei Anleitung beigelegt war, nur zahllose Glückwünsche und eine CD und eine kleine elektronische Heftklammer, die wie eine Comicfigur auf dem Bildschirm herumhüpfte und ihm die lächerlichsten Fragen stellte. Er brachte allerdings heraus, mit eigener Hilfe, daß er eine Nummer anrufen und um Unterstützung bitten konnte. Dazu wurde er mit einer schwedischen Frau verbunden, die ihm erklärte, daß er in der glücklichen Lage sei, zwei Fragen gratis stellen zu dürfen. Die übrigen Fragen kosteten je sechshundert Kronen, und er wurde aufgefordert, eine sechsstellige Identifikationsnummer einzugeben. Da reichte es ihm. »Hure!« hatte er gebrüllt. »Verdammte Hure!« Dann hatte er den Hörer hingeknallt, und bis jetzt hatte er es noch nicht geschafft, das Programm zu begreifen. Es befand sich nach wie vor wie ein großes, dummes und schweigendes Tier in seinem PC, dazu mit dieser hektischen Heftklammer, die herumsprang und ihn die lächerlichsten Sachen fragte.

Diese neue, kriminelle Wirklichkeit! dachte Ludvig Hassel. Aber gehörten zu diesem kriminellen Unternehmen nicht auch die Künstler? Waren nicht die unbegabten Ignoranten, die Arvid Buvik als Genies verehrte, eben auch Schurken, die ihre sogenannten Kunstwerke zu einem wahnsinnig überhöhten Preis verkauften? – sie an Börsenmakler, Investoren verkauften, die sogenannten Gründer, die für ihre Wände »wertvolle« Kunst brauchten. Fünfhunderttausend Kronen für ein ordinäres Stück Handwerk! Kunst als *Investition*. Pah! Und jetzt sollten diese Neumillionäre – die in moralischer und intellektueller Hinsicht nicht bedeutender waren als Fußballspieler und die zum Beispiel Bilder malten, die sie selbst nicht anschauen mochten, die ihre sinnlose Position benutzten, um Bjørvika zu gestalten! – das Millennium zwischen Straßenkreuzungen und Hafenanlagen feiern? Ludvig merkte, daß die Skifliegerin jetzt wahrhaftig auf seiner Seite war, daß Anja jedem Wort folgte, das er sagte. Endlich hatte er ein *Publikum*, dachte er begeistert. Der Rest dieser bigotten Familie hatte ihn ja längst abgeschrieben. Sie hatten ihn, mit Ausnahme von Paul, in den letzten fünf Jahren als Geldautomaten benutzt. Auch Cathrine hatte sich ab und zu Almosen erbettelt. Wenn er auch längst als Hurenbock abgeschrieben worden war, konnte er in finanzieller Hinsicht immer noch von Nutzen sein. Aber Ludvig Hassel hatte das Bedürfnis, jetzt etwas zu sagen, und er wollte es so deutlich und unmißverständlich sagen, daß die Leute, wenn nötig, auch auf die Toilette gehen mußten, um sich hinterher zu übergeben. Er wollte sagen, daß es die *Welt* war, die westliche, sogenannte zivilisierte Welt, die die Nutte war, oder der Hurenbock, wie man will; und in der agierten die Maler, die Bildhauer oder die Installateure auf einer Linie mit den Börsenmaklern und den Investoren! Er war nicht umsonst in Brasilien gewesen, hatte nicht umsonst den Karneval gesehen, ohne daß dieser ihn beeindruckt hatte, und jetzt kommt es, liebe Dagny Smith-Torgersen, jetzt sagte er es laut: Er hatte ihr aus diesen Weltregionen einen Brief geschrieben, und der einzige Kommentar, den sie abgegeben hatte, war der, daß er eine so kindliche Handschrift habe! Im selben Augenblick, in dem er das sagte, denn er hatte es nie vorher gesagt, kam ein Schrei aus Dagnys Mund, so als sei ihr sofort bewußt geworden, wie sie ihn damals verhöhnt hatte. Das machte die Sache nur noch schlimmer! Ludvig Hassel merkte, daß er beide, Dagny und Arvid Buvik aus derselben Perspektive angreifen konnte, weil er einmal die Armut *gesehen* hatte. Er konnte in diesem Zusammenhang die Worte des Holzfällers und Dichters Hans Børli zitieren, der in seinem Leben nie eine Million verdiente und der gesagt hatte: »Ich bin der Niedrigste.« Ja, wußte nicht gerade Børli, Waldarbeiter und Poet aus Skotterud irgendwo bei Kongsvinger, wo die Kiefern ausnahmslos gerade und traurig waren und dabei wehmütig schön, was es hieß, nicht geschätzt zu werden? Allein der Gedanke an Børli unter den Millenniums-Millionären, die ihre Hotels und Schlösser gemietet und ihren Champagner, ihre Wachteln, ihre asiatischen Huren bestellt hatten, bewirkte, daß Ludvig Hassel froh war, daß Børli längst gestorben war. Genau das sagte er! Und Anja Vikersund hörte zu! Denn sie war auch irgendwo aus den Wäldern. Die Skischanze, von der sie sprang, war ja auch aus Holzstämmen gebaut. Sie hatte keine falschen Vorstellungen von der Welt, auch wenn sie für die Modelagentur ›Elite‹ posierte und in bestimmten Intervallen nach Europa gebracht wurde, um sich halb nackt in den verführerischsten Kreationen abbilden zu lassen, und einige tausend Kronen als Tageshonorar verdiente, ehe sie in ihre Wohnung nach Oppsal zurückkehrte. Anja Vikersund war schlicht und einfach eine Heldin, und Ludvig Hassel wagte das zu sagen! Er wagte es ihm zu sagen, dem seltsamen, kahlgeschorenen Snob Arvid Buvik, daß Anja ihrer eigenen Zeit viel näher war als die offenbar verwirrten Künstler, mit denen er in der Silvesternacht 1999 hoffte, ein Festival in Bjørvika machen zu können. Arvid Buvik war auf dem Holzweg, schlicht und einfach, ein kahlgeschorener, junger und eitler Salonlöwe, der für den Sinn des Lebens keinen anderen Maßstab hatte als »Erfolg«, in der einen oder anderen Form, aber was war nun »Erfolg«, gemessen an einem Skisprung von circa hundertvierzig Metern, ausgeführt von einer Frau, die weder Publikum noch Applaus brauchte, da sie es um ihrer selbst willen tat, weil sie aus den Wäldern war, weil sie in der Nähe einer kolossalen Sprungschanze aufgewachsen war. Was? War nicht *das* etwas Bedeutendes? He? Irrte er etwa? Hö? Er stellte die rhetorischen Kontrollfragen und suchte Augenkontakt mit Anja und *erhielt die Bestätigung*! Auf der Stelle! Sie schaute ihn an, lächelte und nickte, mit ihren schönen und klugen Augen, den Skifliegerinnenaugen, Augen, die es wagten, von irgendwo da oben hinunter zum Schanzentisch zu blicken und weiter hinunter in die Ebene, und Ludvig Hassel wußte, daß er auf der Stelle Arvid Buvik zermalmen konnte, wenn er wollte, er hatte für einige Minuten vergessen, daß dieser Flegel sein zukünftiger Schwiegersohn war, er hatte den Schlag ausgeführt, er war wieder ebenbürtig. Die Armut! Die globale Perspektive! Was machte der junge, affektierte Kunsthistoriker mit dem ewigen Fluch des Menschengeschlechts? Aber für einen kurzen Moment fiel Ludvigs Blick auf Cathrine, sie starrte ihn ungläubig an, als verrate er sie ein weiteres Mal, als seien die Worte, die er jetzt im Bier- und Aquavitrausch herausgrölte, ebenso schockierend wie die Tatsache, daß er es einmal mit Anne-Beth auf der Couch, die direkt hinter ihnen stand, getrieben hatte. Igitt! Frauen und Moral! dachte Ludvig Hassel wütend. Dann besann er sich, steckte zurück, wollte seiner Tochter entgegenkommen. Arvid Buvik saß ohnehin schweigend und sichtlich schockiert am Tisch. Vermutlich hatte ihn nicht das, was Ludvig Hassel gesagt hatte, in die Knie gezwungen, sondern die Intensität, mit der er seine Botschaft vorgetragen hatte. Plötzlich fiel Ludvig die Londonreise ein, sein idiotisches Versprechen an Cathrine, daß die Familie gewissermaßen wiedervereinigt werden sollte, einmal, in dem unheimlichen Jahr 1999, eine Kurzreise nach London, Ludvigs persönliches Geschenk an die Neuvermählten, die im Laufe des Mai heiraten würden. Jawohl, dachte er beschämt, über *dieses* Ereignis wollte sie, daß ihr Vater redete, nicht über Armut und Menschengeschlecht und verächtliche Bemerkungen über künftige Kulturprojekte in Bjørvika. Ludvig Hassel sah ein, daß er zu weit gegangen war, daß er zu betrunken war, daß er bald würde gehen und sich erbrechen müssen. »Verzeihung«, sagte er. »Bitte vielmals um Verzeihung«, sagte er und mit einem plötzlichen, geschickten Timing, wie der Trinker mitunter das erlösende Wort findet, wenn schon alles verloren scheint, »aber darüber«, sagte Ludvig, »können wir weiterreden, wenn wir uns im nächsten Frühjahr in London treffen.« Und mit einem vorsichtigen Blick auf Cathrine: »Hat meine Tochter es nicht erzählt?« »Nein, Daddy!« »Also nicht? Daß ich euch alle auf einen Trip nach London einlade, eine Woche lang, irgendwann im Frühling. Das ist mein Geschenk, mein Hochzeitspräsent an die beiden bald Jungvermählten, ha, ha.« »Wirklich, Ludvig?« Dagny starrte ihn hoffnungsvoll und ängstlich zugleich an – skeptisch und erstaunt über seine Großzügigkeit. Er wußte genau, daß sie ständig nach Verbindungslinien zu ihm suchte. Was sonst waren die zehntausend Nostradamus-Kronen, die sie plötzlich zu brauchen vorgab, anderes als etwas Neues, über das sie mit ihm kommunizieren konnte? Jetzt bekam sie eine ganze Londonreise. »Anja ist natürlich auch eingeladen«, sagte Ludvig Hassel, mit besonderem Nachdruck. Er sah zu seiner Freude, daß das junge Mädchen strahlte, begeistert, mit einem erwartungsvollen Lächeln. Ja, dachte Ludvig und nickte, wie um zu bestätigen, jedenfalls für sich, was er dachte, nämlich daß er das clever eingefädelt hatte. Er würde mehr zurückbekommen, als er gab. Eine London-Reise, nickte er. Das war nicht schlecht. Jetzt müßte doch vor allen eine helle und offene Zukunft liegen. Und wenn nicht? Dann konnte ihm diese ganze Scheiß-Familie den Buckel runterrutschen.

Über den Rest des Abends wußte er so gut wie nichts mehr. Er erinnerte sich nur, daß er nicht aufgehört hatte, über Arvid Buviks Bjørvika-Projekt herzuziehen, daß er ihn bis zum Äußersten getriezt hatte, um danach, noch einmal, Anja Vikersund, der Skifliegerin, zu huldigen, oben auf dem Berg, vor dem Sprung, vor dem Flug, alles Handlungen, die, in diesem Zustand, im Aquavitrausch, als das ultimativ Weibliche erschienen. Später erst kamen diese Episoden, die er jetzt, als er endlich in der Odinsstraße in seinem Bett lag, nicht zu rekapitulieren vermochte, halb schlafend, halb mit dem Gefühl, wieder einen Weihnachtsabend vergeigt zu haben, seine erwartungsfrohe Familie enttäuscht zu haben, so wie er gleichzeitig davon überzeugt war, in Anja eine Verbündete gehabt zu haben. Sie war, soweit konnte er sich nach und nach erinnern, und, als der erste Weihnachtstag anbrach, erinnerte er sich zunehmend besser, eine *außergewöhnliche* Frau, eine Frau, die erobert zu haben seinem Sohn Paul noch immer unfaßbar sein mußte. Ludvig erinnerte sich, am nächsten Morgen im Bett, daß er noch so weit bei sich gewesen war, daß er es, mit dem Rest seiner Redegewandtheit, geschafft hatte, die Londonreise anzukündigen, daß er es vermieden hatte, Anja zu befummeln, daß er Dagny die zehntausend Kronen nicht versprochen hatte, daß Cathrine ihn, als sie Abschied nahmen, nicht umarmte, daß auch Paul einigermaßen unglücklich gewirkt hatte, daß man ihm schließlich die Treppe hinuntergeholfen hatte, hinaus durch die Tür, und daß ihn von dort ein Taxi heimgebracht hatte. Das war ein schrecklicher Abend gewesen, dachte Ludvig Hassel. Er war zu weit gegangen mit Arvid Buvik. Er versuchte, sich an Buvik gegen Ende des Abends zu erinnern, aber er fand ihn nicht mehr in seiner Erinnerung. Vielleicht war dieser eklige Typ schon früher gegangen? Der Aquavit zerrte und riß in ihm. Er hatte also die Londonreise erwähnt, war großzügig gewesen, trotz allem, doch die Einladung wirkte sicher nur als Pflaster auf die Wunde. Die große, schmerzende Wunde. Die Familie Hassel war eine Wunde. Warum quälten sie einander so?

Erster Weihnachtsfeiertag. Er lag im Bett und wußte, daß Anne-Beth anrufen würde, einige Sekunden bevor sie anrief. »Fröhliche Weihnachten«, sagte er mit seiner mächtig verkaterten Stimme. Sie ging auf den Scherz nicht ein, denn kein Weihnachten in Teisen war fröhlich. Anne-Beth rief an und sagte, daß sie so furchtbar geträumt habe, von einer jungen Frau, die ihm gerade begegnet sei. »Wer soll mir begegnet sein?« sagte Hassel. Ja, wem, außer der Familie, konnte er in Tåsen begegnen, und, da Anne-Beth Castberg nicht fragte, erzählte er ihr nichts von der Skifliegerin und dem Fotomodell aus Vikersund, an die er sich sehr gut erinnerte in all ihrer Pracht, die er sich auch nachts im Halbschlaf bisweilen ins Gedächtnis gerufen hatte, in diesem leichten und zugleich tiefen, bilderreichen Schlaf, während der Alkohol im Blut brauste und die innersten Nervenfasern angesengt wurden. Sie hatten sich verbündet, sie beide! dachte er, weil sie innerlich frei waren, um miteinander verwandt zu sein. Vielleicht sollte er Anne-Beth von Pauls Freundin erzählen, sagen, daß er hoffe, daß sie einander nie heirateten, aber nein, er wollte über Anja Vikersund keine Vertraulichkeit mit Anne-Beth Castberg, sie wußte ja aus Erfahrung von seinem Hang zu jüngeren Frauen. Statt dessen sagte er nur, daß er den Zug nach Arendal nehmen werde, wie gewöhnlich, um fünf Uhr, daß er die Weihnachtstage und Silvester in diesem mystischen Haus feiern werde, seinem Elternhaus, in das Anne-Beth zu ihrem Ärger noch nie einen Fuß gesetzt hatte. Sie fragte ihn gereizt, warum ihm Rituale so wichtig seien, er jedes Jahr alleine dorthin gehe. Ja genau, antwortete er. Rituale seien wichtig. Das Recht, allein sein zu dürfen. Glücklich der, der sein Zimmer hat, wie Brantzæg immer gesagt hatte. Brantzæg beherrschte die Kunst, sich in einem Zimmer einzuschließen, allein mit einigen Flaschen und mit sich selbst, ja allein mit sich selbst, um Abstand zu sich zu bekommen, so paradox das klingt. »Ich sollte Schluß mit dir machen«, sagte Anne-Beth. »Du bist ein verdammtes Schwein. Ich weiß nicht, warum ich es nicht tue.« Er hätte gemein sein und ihr sagen können, daß er wisse, warum, es war das Geld oder weiter gefaßt: die Geborgenheit, die er bot, mit der Wohnung, der Kustodenstellung, seinem intellektuellen Wissen. Sie wünschte sich instinktiv, daß er alterte, dachte er. Eines Tages brauchte er sie nicht mehr fürs Bett. Statt dessen konnte sie ihn dann im Rollstuhl herumfahren und über sein Bankkonto verfügen. Eines Tages, wenn es ihr gelang, ihn zu heiraten, würde sie die Wohnung in der Odinsstraße, die sie so liebte, haben, ganz für sich. Zu seiner Erleichterung spürte Ludvig Hassel, daß der Zeitpunkt näher kam, daß er in wenigen Stunden in ein Dasein eintreten würde, wo ihn niemand erreichen konnte. Das war sein persönliches Ritual, jedes Jahr, wenn die Sonne am Horizont am tiefsten stand, zu den alten Schauplätzen, nach Arendal zurückzukehren, um einen alten Freund zu treffen, vielleicht auch eine alte Tante, und sich ansonsten zu betrinken und die Welt zu vergessen. Anne-Beth wußte, daß sie nichts daran ändern konnte, denn er war stur wie ein Bock. Sie legte den Hörer auf, ohne adieu zu sagen. Er atmete tief und erleichtert auf. Er wußte, daß er bis nach Silvester nicht mit ihr sprechen würde. In dem Haus in Blødekjær gab es zum Glück kein Telefon. Das erste Mal, als sie noch verliebt ineinander gewesen waren, war sie ihm nachgereist, einen Tag später, und hatte angeklopft. Er hatte sie zurückgeschickt, hatte sie in den Zubringer nach Kristinsand gesetzt, sie ohne viel Tamtam nach Hause fliegen lassen. Nie war er sich sicherer gewesen, daß das das Ende der Beziehung war, doch das war es nicht. Anne-Beth Castberg wollte etwas von ihm. Sie nahm ein Nein nicht für ein Nein.

Vierter Teil

Ludvig Hassel nahm am ersten Weihnachtstag um siebzehn Uhr den Zug vom Hauptbahnhof. Zu sehen, wie die Jugendlichen in und vor diesem Bahnhof herumtorkelten, wie diese ganze Gegend von Oslo zum Aufenthaltsort für Reisende in übertragenem Sinne geworden war, erschreckte ihn. Vielleicht sollte Dagny das sehen, dachte er, vielleicht war das ein Vorzeichen des Weltgerichts, wie es sich Nostradamus einst vorgestellt hatte. Ludvig Hassel kam sich erschreckend bürgerlich vor, als er sich in die erste Klasse setzte, ein Luxus, den er sich stets gönnte, weil er nur so sicher sein konnte, den strickenden Hausfrauen zu entgehen, die nach Kampferdrops und Bananen rochen. So elend, wie er sich jetzt fühlte, brauchte er wenigstens eine nette Umgebung. Auf die Zugfahrt am ersten Weihnachtsfeiertag hatte er sich immer gefreut, und heute war eine ungewöhnlich schöne Dezembersonne, es war mild, Schnee würde es erst geben, wenn der Zug weit in den Wäldern irgendwo bei Kongsberg war.

Er hatte eine Flasche bei sich, um den Kater zu betäuben. Fernet Branca, das perfekte Mittel bei Alkoholschäden. Vierzig scharfe Prozent. Zahllose geheimnisvolle Kräuter. Ein einziger Schluck von diesem Branntwein machte ihn auf der Stelle nüchtern, ließ den gestrigen Tag in all seiner Peinlichkeit vor ihm erstehen. Warum lernte er nie dazu? Warum konnte er Arvid Buvik nicht mit seinem Bjørvika-Projekt prahlen lassen und Cathrine damit etwas glücklicher machen? Sie war ja nicht glücklich, das war offensichtlich. Frisch eingezogen, mit

Insel Verlag

Neuerscheinungen im 1. Halbjahr 2002

125. GEBURTSTAG 2002

HERMANN
HESSE
SUHRKAMP
INSEL

Hermann Hesse
Tessiner Bilderbuch

Mit 28 mehrfarbig aquarellierten Federzeichnungen.
Mit einem Nachwort von Rätus Luck
88 Seiten. Leinen.
€ 24,90
März 2002
ISBN 3-458-17120-7

Im Nachlaß der schweizerischen Schriftstellerin Lisa Wenger (1858 - 1941) fand sich ein Album, das der Dichter seiner künftigen Schwiegermutter 1922 geschenkt hat. Es enthält 28 mit leuchtenden Farben kolorierte Federzeichnungen von Hermann Hesse, mit Motiven aus dem Tessin, das kurz zuvor für ihn wie auch für Lisa Wenger zur Wahlheimat geworden war. Das *Tessiner Bilderbuch* ist eine Huldigung des Dichters an die neue Heimat auf der Südseite der Alpen.

Hermann Hesse
Stufen des Lebens

Briefe
Ausgewählt und mit einem Nachwort versehen von Siegfried Unseld
Insel-Bücherei Nr. 1231
ca. € 12,80
März 2002
ISBN 3-458-19231-X

Siegfried Unseld hat, mit einzigartiger Kennerschaft von Leben und Werk Hermann Hesses, eine Auswahl aus dem Briefkorpus getroffen, die unmittelbar Zeugnis gibt von den Möglichkeiten des Menschseins, die Hesse erkundet und die er seinen Korrespondenzpartnern, gleich welchen Alters, eindringlich und einfühlsam vermittelt.

Partner und allem, aber nicht glücklich. Er selbst war, daran konnte er sich erinnern, überglücklich gewesen, als Dagny Smith-Torgersen ihn auf der Stelle akzeptierte. Sie zogen später nach Paris, und das Leben war zauberhaft. Aber war das Leben auch für Paul und Cathrine zauberhaft? Kaum. Und lag es daran, weil man ihnen die Utopien genommen hatte? Weil die heutigen Götter und Denker Microsoft, Nokia und World Wide Web hießen? Sie hatten damals, Dagny und er, immerhin ihre Jugendzeit genossen. Sie war eine unwiderstehliche Frau gewesen, und es fiel ihm mit dem Gedanken an gestern schwer, vor sich zuzugeben, wie wenig davon geblieben war. Traf das wirklich zu, dachte er, was Oscar Wildes Enkel in einem unlängst erschienenen Buch geschrieben hatte, daß der Dandy in einer Art von ästhetischem Delirium homophil wird, eine instinktive Abwehrreaktion gegen den körperlichen Verfall der Frau entwickelt, die ihm zwei Kinder geschenkt hat? Es war ein entsetzlicher Gedanke, aber vielleicht mit einem Körnchen Wahrheit, dachte Ludvig und versuchte bewußt, nicht an Anja Vikersund zu denken. Es war seiner nicht würdig, wenn er jetzt hinging und sich in das junge Model verliebte. Erstens war sie *Pauls* Freundin, zweitens hatte er sich geschworen, daß die Beziehung mit Anne-Beth Castberg die letzte feste in seinem Leben sein würde. Er erinnerte sich jetzt, wie er Dagny allmählich satt bekommen hatte, bis nach einigen Jahren nur noch Freundschaft übriggeblieben war, und daran, daß das nicht genug war. Er hatte in seiner Jugend geglaubt, daß er nie eine andere Frau auch nur ansehen werde, aber darin hatte er nicht recht behalten. Vielleicht war er länger als normalerweise üblich in Dagny verliebt gewesen, weil er davon überzeugt war, daß sie ihn betrogen hatte; sie hatte sich so geschmeichelt gefühlt, daß ein weltberühmter Künstler ein Auge auf sie warf, daß sie wahrscheinlich mit ihm ins Bett gegangen ist. Er nahm ihr das nicht weiter übel. Hätte er nicht dasselbe getan, wenn Brigitte Bardot ihn zu diesem Zeitpunkt zu einem Flirt eingeladen hätte? Würde nicht jeder Mann aus freien Stücken ja sagen zur Einladung einer der berühmtesten und begehrtesten Frauen der Welt, egal wie glücklich verheiratet er war? Dagny hatte nie zugegeben, ein Verhältnis mit Zukerman gehabt zu haben, aber Ludvig war sich seiner Sache trotzdem sicher. Er war einmal in das Atelier des Meisters mitgegangen, und Zukerman hatte ihre Brüste betatscht. Dagnys Titten! – vor aller Augen! Es war auf einer Art Empfang gewesen, für über zwanzig prominente Leute, Galeristen und Kunstsnobs, wie nur Paris sie bieten kann, und Zukerman hatte sich einen Teufel um Ludvig Hassel geschert, er hatte Dagny Smith-Torgersens Brüste betatscht, und Dagny hatte ihn mit einem verschämten Kichern gewähren lassen.

Zweifellos, dachte Ludvig jetzt, war ihr Marktwert nach diesem peinlichen Vorfall beträchtlich gestiegen. Hinterher hatte sie gesagt, daß all das doch harmlos sei, Zukerman wäre selbstverständlich ein geiler alter Bock, wie es all die alten, weltberühmten Maler gewesen seien. Was sollte man beispielsweise über Picasso sagen? Aber Ludvig wußte, daß Dagny zu einem früheren Zeitpunkt mit dem Mann allein gewesen war. So gut kannte er Dagny; sie hatte dem alten Idioten ihren Körper überlassen.

Aber die Jahre waren vergangen, und Ludvig Hassel war es nicht gelungen, ihr die Wahrheit über das Verhältnis zu entlocken, obwohl er es in regelmäßigen Abständen versucht hatte. Nach einiger Zeit hatte er zu glauben begonnen, daß es doch nicht geschehen sein konnte, daß es nur etwas war, was er sich in seiner krankhaften Phantasie vorstellte, und im selben Moment war es gewesen, als würde Dagny Smith-Torgersen verblassen, als würde sie zur Mutter von zwei Kindern werden, zu nichts anderem, einer Person, der Ludvig, das hatte er gewußt, irgendwann untreu werden könnte.

Dann war er ihr untreu geworden. Er saß im Zug, der fast leer war, und erinnerte sich an all die Frauen, mit denen er Dagny in den letzten Jahren ihrer Ehe betrogen hatte. Es waren nicht wenige. Wahrscheinlich über zehn. Warum hatte er das getan? Jetzt, so viele Jahre danach, erinnerte er sich nicht mehr der magischen Augenblicke, der Erotik, er erinnerte sich nur an die Erniedrigung, die raffinierte, eiskalte Art, mit der er diese jungen Frauen verführt hatte. Und so, dachte er, war er allmählich ein einsamer Mann geworden, jemand, der es nicht schaffte, mit dem zu leben, was in ihm wohnte. Er war einsam unter den Kollegen in der Nationalgalerie, einsam in seiner Beziehung zu Anne-Beth, zu Dagny, zu seinen Kindern, einsam jetzt, während er im Zug saß, der geliebten Sørlandsbahn, die durch die traurigsten Landstriche fuhr, die er kannte. Zuerst Drammen, Hokksund und Kongsberg, danach zwischen bewaldeten Hügeln hinunter nach Bø, bis es flacher wurde und Gjerstad, Vegårshei kamen und schließlich noch der Bahnhof Nelaug. Er reiste gern, und viele Jahre war es Dagny Smith-Torgersen gewesen, mit der zusammen er gereist war. Er war voller Erwartungen gereist, überzeugt, daß es eine einzigartige Frau war, mit der er reiste, die Liebe seines Lebens! Wie traurig, dachte Ludvig Hassel, erschien aus einer solchen Perspektive der gestrige Weihnachtsabend! Dagny, die in erster Linie die zehntausend

Kronen beschäftigten, um die sie ihn zu erleichtern hoffte, und er, der alles satt hatte, eingeschlossen sich selbst, so daß er sich vollaufen ließ und seinen zukünftigen Schwiegersohn beleidigte. So weit vom Ausgangspunkt entfernt war er inzwischen. Nach dem ersten Jahr an der Universität, in dem er der erklärten Königin des Semesters, der Reederstochter Dagny Smith-Torgersen aus Farsund, schrittweise nähergekommen war, hatten sie sich verabschiedet, einander einen schönen Sommer wünschend, er war heim nach Arendal gefahren, sie heim nach Farsund, doch dann hatte ihn die Sehnsucht gepackt, er hielt es nicht aus, durch die Straßen Arendals zu gehen, die schönen, frohen Sommergäste zu sehen, all die Paare, die im Pollen, im Strandcafé, in Jørgensens Konditorei bei Tante Fanny saßen, oder draußen auf den Inseln Tromøya und Merdø. Er ertrug es nicht, sie anzusehen, denn es war Dagny Smith-Torgersen, die er haben wollte. Er war Anfang Zwanzig und fest davon überzeugt, daß das Leben nicht lebenswert war, wenn er es nicht mit Dagny würde leben können. Nach nur einer Woche Sehnsucht und Qualen gab er auf und wagte etwas, das zu wagen er nie geglaubt hätte, er rief sie an; er, der Sohn des Gefängniswärters, nahm all seinen Mut zusammen und rief den Reeder Smith-Torgersen in Farsund an, nicht ahnend, daß genau dieser Reeder schon bald in Konkurs gehen würde. Er rief an und bat, Dagny sprechen zu dürfen, seine Tochter, und als er Dagny Smith-Torgersens süße, erstaunte und etwas zitternde Stimme im Telefon hörte, meinte er, daß er ohnmächtig werden würde, aber er wurde nicht ohnmächtig, er sagte nur: »Dagny, ich bin's, hier ist Ludvig Hassel. Ich wollte nur sagen . . .« »Wo bist du?« hatte sie sofort gefragt. »In Arendal.« Da hörte er, daß sie Luft holte, und dann kam der historische Satz, den er nie vergessen konnte: »Komm morgen nach Mandal ins Hotel Solstrand. Trag dich mit deinem Namen ein. Reserviere ein Doppelzimmer für drei Nächte.«

Ludvig Hassel saß im Zug unterwegs nach Arendal und dachte verwundert, daß es damals so *war*. Frauen *waren* damals so direkt, so völlig ohne Schamhaftigkeit. Es war Hippiezeit, die Zeit der Studentenbewegung. Das einzige, was Dagny Smith-Torgersen nicht bedacht hatte, war, daß sie Reederstochter war, er dagegen ein armer Student. Er hatte nicht das notwendige Geld. Deshalb ging er zu seinem Vater, dem Gefängniswärter, und fragte, ob er es ihm leihen würde, erklärte ihm, daß ein ganz spezieller Anlaß vorliege, etwas, das mit dem Studium zu tun habe, dem Kunstgeschichtsstudium, von dem der Vater ohnehin nichts verstand. Das war keine Lüge, hatte Ludvig damals gedacht, denn eine Studie über Dagny Smith-Torgersen war eine Studie reinster Kunst, der Natur selbst, und damit, im selben Augenblick, Geschichte. Ludvig erinnerte sich, wie er mit dem Vater daheim in der Küche in dem kleinen Häuschen in Blødekjær gesessen hatte, er erinnerte sich an die Wehmut in den Augen des Vaters, als wüßte der, daß der Sohn ihn anlog, aber das Geld hatte er ihm geliehen, ganze dreitausend Kronen, was damals eine Menge Geld war. Später dachte Ludvig Hassel, daß der Vater ja Erfahrung im Umgang mit Verbrechern hatte. Er wußte wahrscheinlich alles über die Pläne des Sohnes Ludvig, und damit dürfte ihm auch klargewesen sein, was die Alternative gewesen wäre, wenn sein Sohn das Geld nicht von ihm geliehen bekam. Ludvig wußte ganz genau, daß er, in einem solchen Gemütszustand, sicher imstande gewesen wäre, in ein Sommerhaus einzubrechen, um einen Aufenthalt von drei Tagen, oder eher drei Nächten, im Hotel Solstrand zu finanzieren. Es war die neue Zeit in mancherlei Hinsicht, Sex-Spalte im Dagbladet, Frauen ohne BH, Rockmusik, die wie ein Teppich über dem Galtesund vor Arendal lag. Jedem Ruderboot seinen Kassettenrecorder. Ludvig Hassel hatte mit klopfendem Herzen und zitternden Knien den Zug nach Mandal genommen und sich ins Hotel Solstrand begeben, sich unter vollem Namen angemeldet, ein Doppelzimmer mit Doppelbett, ja, gewiß, wie im Traum verlangt, und so nervös war er gewesen, daß er sofort nach Betreten des Zimmers von einem gewaltigen Durchfall heimgesucht worden war. Er mußte sich augenblicklich aufs Klo setzen. Es rann nur so aus ihm heraus. Das tat es auch, als es an der Tür klopfte, als Dagny Smith-Torgersen leibhaftig dastand, schön wie eine Mohnblume und ebenso berauschend, wie gerade diese Pflanze sein kann. Ludvig war allerdings so vorausschauend gewesen, bereits eine Flasche Champagner und zwei Gläser kommen zu lassen. »Bitte trink! Trink!« hatte er gerufen, bevor er sich entschuldigen und wieder im Bad Zuflucht nehmen mußte. Da war er stundenlang sitzen geblieben, während Dagny die Flasche im Zimmer allein ausgetrunken hatte. Als er endlich aus dem Bad kam, lag sie im Bett, völlig nackt, und schlief.

Ja, solche Dinge passierten damals, dachte Ludvig Hassel, im Zug Richtung Arendal. Die begehrte Frau lag im Bett und schlief. Er zog sich aus und legte sich neben sie. Sie erwachte sofort und fragte, ob er geduscht habe. Er hatte nicht nur geduscht, er hatte sich mit einer ganzen Flasche Aramis besprüht. Zu seiner Freude merkte er, daß Dagny Smith-Torgersen den Duft mochte. Sie legte die Arme um ihn und zog ihn zu sich.

So einfach war das. So konnte man ein gemeinsames Leben beginnen. Von da an waren sie unzertrennlich. Viele Jahre. Sie fuhren hinaus in die Welt, und Ludvig konnte jetzt an diese Reisen nicht denken, ohne eine schmerzliche Wehmut zu empfinden. Er hatte ja alles mit Dagny erlebt, zuerst die zwei turbulenten Jahre in Paris, danach, mit kürzeren Aufenthalten, Rom, Florenz, London (seine erste wirkliche Begegnung mit den *Badenden von Asnières*), New York und nicht zuletzt Chicago, wo das andere der zwei Monumentalgemälde von Seurat hing, der unsterblich gemachte Nachmittag auf der Île de Grande Jatte. Er hatte sie sowohl dorthin wie nach London mitgenommen, um ihr Seurats perfekte Komposition zu zeigen, das ungeheure Formbewußtsein des Meisters, eine Kontrolle über Farbe und Rhythmus, von der Ludvig Hassel so inständig gehofft hatte, etwas zu lernen, sie gewissermaßen auf sein eigenes Leben übertragen zu können, nun, da alles so schön stimmte und er für seinen Teil meinte, sich einen Goldfisch geangelt zu haben.

Dann war Dagnys Vater in Konkurs gegangen. Ein nahezu unverständlicher Konkurs, die Umstände in Betracht gezogen. Die großen Konkurse kamen ja viel *später*. Aber Schiffsreeder Smith-Torgersen hatte nachweislich alles verloren, was er besaß. Er mußte den phänomenalen Familiensitz in Farsund schon verkaufen, bevor Ludvig Hassel Gelegenheit hatte, das Anwesen zu besuchen. Ludvig berührten diese Ereignisse nicht sonderlich, doch es war deutlich, daß sie das bei Dagny taten, so daß sie für einige Zeit fast schwerelos in einer Art Schockzustand verharrte. Ihr Leben lang war sie überzeugt gewesen, in den Wohlstand hineingeboren zu sein. Sie hatte materiell nie etwas zu befürchten gehabt.

Auch wenn sie die Hotelrechnung damals im Hotel Solstrand in Mandal nicht bezahlt hatte, so hatte sie doch unmißverständlich angedeutet, daß sie es an und für sich ohne weiteres hätte tun können. Doch solche Dinge waren gewissermaßen unter ihrer Würde. Der Konkurs des Vaters war auch unter ihrer Würde. Sie wußte schlicht und einfach nicht, wie sie sich zu einem so betrüblichen Ereignis in ihrer Familie verhalten sollte. Sie hatte stets beschützt gelebt. Es war gleichsam selbstverständlich, daß sie, wie zum Beispiel auch Sonja Haraldsen aus dem reichen Osloer Westend, bevor sie Kronprinzessin Sonja wurde, Kunstgeschichte studieren mußte. Es war das absolut *richtige* Studienfach für eine Reederstochter aus Farsund. Vielleicht konnte sie ja mit einem Wissen über das Amaldus-Nielsen-Gemälde zurückkehren, das in der Guten Stube hing. Vielleicht hatte Ludvig Hassel damals zum ersten Mal gedacht, daß diese Frau nicht alles war in seinem Leben, daß sie nicht alles sein *sollte*, daß auch sie, trotz ihrer Schönheit und ihres Reichtums, ein gewöhnlicher Mensch war, eine Person, die leicht ihre Habgier zeigen konnte, der es passieren konnte, an ihrem Hab und Gut auf etwas zu deutliche Weise festzuhalten. Das Geld verschwand, Ludvig Hassel konnte nicht länger einem geruhsamen Alter auf der sonnigen Veranda einer Reedersvilla in Farsund entgegensehen. Sie mußten andere Einkommensquellen finden, die beiden. Doch war das Geld trotz allem nicht das Wichtigste. Wichtiger war, daß sie beide erwachsene, verantwortliche Menschen waren, frisch ausgebildete Kunsthistoriker, die sich von dem, was die Generation ihrer Eltern tat, unabhängig machen konnten. Auf eine schmerzliche Weise wurde Schiffsreeder Smith-Torgersen vom Millionär zum armen Mann. Beschämt und außerstande, den Bürgern von Farsund in die Augen zu sehen, zog er mit seiner Frau in eine kleine Wohnung in Stavanger. Dort starben beide einige Monate später und hinterließen nichts als eine Schuld von siebenhunderttausend Kronen und vier unbenutzte Eintrittskarten für zwei Abonnementkonzerte mit dem Stavanger Sinfonieorchester, während Ludvigs Eltern, Signe und Frithjof Hassel, noch einige Jahre in ihrem Haus in Arendal lebten, schuldenfrei, als treue, alte Sozialdemokraten im Lande Norwegen. Ja, dachte Ludvig Hassel im Zug zurück zum Haus seiner Kindheit, seine eigenen Eltern waren zwar arm gewesen, aber sie hinterließen trotz allem ein kleines, weißes Haus oben in Blødekjær, direkt unterhalb des Gefängnisses. Zu seinem achtzigsten Geburtstag wurden Frithjof, als entschiedenem Anhänger der Arbeiterpartei, von Gro Harlem Brundtland persönlich Glückwünsche übermittelt. In dem Brief stand: »Lieber Frithjof Hassel, Gratulation zum achtzigsten Geburtstag, mit besten Grüßen der Ministerpräsidentin Gro Harlem Brundtland.« Es waren dies die Worte, die den Vollzugsbeamten Frithjof Hassel, zum ersten und einzigen Mal in seinem erwachsenen Leben, zu Tränen rühren sollten. Er weinte bewegt, weil die persönliche Sekretärin dieser alten, fetten, machthungrigen und psychopathischen Vettel für einen über all die Jahre treuen Wähler irgendeine standardisierte Höflichkeitsfloskel herunterleierte.

Ludvig Hassel wurde deprimiert, als er, nachdem er sich im Bistrowagen eine Flasche Rotwein geholt hatte, wieder im Zugabteil saß; er konnte sich wirklich an keine andere Gelegenheit erinnern, bei der sein Vater, der Gefängniswärter, geweint hatte. Nicht einmal, als seine Frau Signe plötzlich umgefallen war, an einem Frühlingstag während des Fensterputzens, hatte der Vollzugsbeamte Frithjof Hassel Tränen vergossen. Er hatte nur gesagt: »Wenigstens gut, daß sie auf *diese* Weise davongekommen ist«, eine deutliche Anspielung auf seine Schwägerin, Signes Schwester, Tante Fanny, die nach all den Jahren als Kaltmamsell in Jørgensens Konditorei plötzlich, im Laufe eines einzigen Sommers und noch nicht pensioniert, völlig senil wurde und in ein Pflegeheim mußte, wo sie noch war und wo sie Ludvig Hassel, das mußte er zugeben, viele Jahre nicht besucht hatte, obwohl er wußte, daß er das unbedingt hätte tun sollen, doch die letzten Weihnachten in Arendal war er schlicht und einfach zu betrunken gewesen. Wenn das sein lieber Vater Frithjof Hassel erfahren hätte, der gute Mensch von Blødekjær, der nie erwartet hatte, irgendwelche Ehrungen zu erhalten oder briefliche Glückwünsche von der sozialdemokratischen Ministerpräsidentin Norwegens. Er hatte nie viel vom Leben gefordert, dachte Ludvig dort im Zug, während er selbst vom ersten Moment an alles gefordert hatte. Und jetzt, wußte er, fühlte er, würde er nicht mehr weiterkommen. Die, die um ihn waren, würden auch nicht weiterkommen, als seien sie alle in ihren Rollen steckengeblieben. Vielleicht hatte diese Anja Vikersund deshalb einen so starken Eindruck bei ihm hinterlassen, weil sie ihn daran erinnerte, wie er selbst einmal gewesen war. Jung, frisch, voller Hoffnungen und Ambitionen! Wie sich versöhnen mit dieser Niederlage, mit einem Leben, das seit langem mehr und mehr einem Schweinestall geglichen hatte; die Ambitionen im Job, die zu nichts geführt hatten. Nicht einmal für die lächerliche Wertekommission war er interessant genug gewesen. Aber er konnte sich noch an die Reisen mit Dagny erinnern, wie sie gemeinsam die Welt *erobert* hatten. Er hatte ein guter Ehemann sein wollen, ein guter Mensch. Er hatte aufrichtig mit Würde alt werden wollen, sich nicht aufführen wollen wie diese geilen Maler- und Bildhauerstiere, die es immer schafften, sich mit einem gewissen Typ von jungen, naiven Frauen zu umgeben, und sie rücksichtslos benutzten, bevor sie sie erbarmungslos wegwarfen, als seien sie Putzlumpen. Jetzt im Zug ging ihm auf, daß auch er das in der letzten Zeit immer öfter getan hatte, daß es nichts gab, was sein Leben rechtfertigen konnte. Er war weder ein guter Vater noch ein guter Ehemann gewesen. Während Paul in die Fußstapfen seines Großvaters trat und anderen Menschen etwas Gutes tun wollte, stolz war auf seine Arbeit als Hilfspfleger, konnte Ludvig Hassel überhaupt nichts sehen, von dem er sagen könnte, er sei stolz darauf, weder seine Arbeit als Kunsthistoriker noch als schreibender Intellektueller in den Zeitungsspalten. Er war schlicht und einfach kein guter Mensch, dachte er. Sein Vater aber war das. Der Vollzugsbeamte von Blødekjær wurde sein Leben lang geschätzt und geachtet. Er hatte Gefangene getröstet, ihnen bei der schweren Verbüßung der Strafe geholfen und sich ihrer oft, wenn sie freigelassen wurden und erneut strauchelten, angenommen. Sein Elternhaus hatte über längere Zeiträume als Entziehungsanstalt gedient. Es gab nie ein Nein aus Signes und Frithjof Hassels Mund, wenn jemand Hilfe brauchte. Und gleichzeitig besaß der Vater immer genügend Autorität, um zu sagen, jetzt ist es genug. Er hatte mehrmals gewußt, wer das Verbrechen begangen hatte, und oft den Schuldigen überredet, sich auf der Polizeiwache in Tyholmen zu stellen, und dann den Betreffenden stets begleitet. Die Verurteilten wußten, daß das Gefängnis nicht der schlimmste Aufenthaltsort war. Frithjof Hassel hatte sich stets Zeit genommen, mit ihnen zu reden, und er war einer der Wegbereiter für die Schreinerwerkstatt, die zu einem großen Erfolg geworden war, als die Gefangenen die schönsten Möbel herstellten und zum Verkauf anboten. Einen Menschen in seinem Leben *brauchen*! dachte Ludvig Hassel. *Selbst* gebraucht werden! Die Mutter, die für die Reichen kochte, Tante Fanny, die die leckersten Häppchen bei Jørgensen schmierte, der Vater im Gefängnis, Menschen, die im Alltag Freude und Trost verbreiteten, die alle auf ihre Weise das Leben etwas weniger unerträglich gemacht hatten.

An meinem Leben gibt es momentan gar nichts Versöhnliches, dachte Ludvig Hassel und stellte zu seiner Überraschung fest, daß der Zug bereits in Nelaug war. Hier mußte er in den kleinen Zug umsteigen. Ihm graute plötzlich vor den Tagen, die nun vor ihm lagen, all die Flaschen, die ihn im Haus in Blødekjær erwarteten. Jedesmal, bevor er wegfuhr, sorgte er dafür, für den nächsten Besuch aufzufüllen. Er war ein Mensch, den keiner brauchte, dachte er, jedenfalls nicht auf irgendeine *tiefere* Weise. Die Menschen, die er von sich abhängig gemacht hatte, waren von seinem materiellen Status abhängig. Ohne das Kustodengehalt und ohne das Geld, von dem Dagny Smith-Torgersen und Anne-Beth Castberg wußten, daß er es zurückgelegt hatte, Erlöse aus einigen Bucherfolgen wie *Die Welt der Kunst*, im übrigen nur ein gut getarnter Diebstahl aus Texten anderer Kunsthistoriker, wäre er für sie nicht von größerem Interesse. Für niemanden von Interesse, dachte er, während er in dem kleinen Zug saß, der hinunter zur Küste fuhr. Es war mild, der Wind blies kräftig, die Landschaft war trostlos. Norwegen um diese Zeit war eine Prüfung, insbesondere dann, wenn man erlebt hatte, wie es im Dezember zum Beispiel in der Provence sein kann. Und genauso grauschwarz war es in ihm. Er dachte an die letzten Arbeitswochen, in der kleinen norwegischen Nationalgalerie, die er all die Jahre so geliebt hatte, obwohl sie sich in einem kläglichen Zustand befand – ja, obwohl eigentlich seit der Zeit Edvard Munchs nichts getan worden war. Das war für sich schon erschütternd. Man hatte bereits zu Beginn des Jahrhunderts geplant, das Museum zu erweitern, doch das entsprechende Grundstück war noch immer ein Parkplatz. In den achtziger Jahren, als Ludvig Hassel sich noch jung fühlte und voller Kraft, war es eines seiner Hauptziele gewesen, die Politiker dazu zu veranlassen, eine würdige Erweiterung der Nationalgalerie zu beschließen. Aber ähnlich wie bei der Diskussion über den Bau einer neuen Oper war nichts passiert. Ludvig Hassel wußte, daß er degradiert worden war, nachdem Karin Bjerke den Direktorenposten des Museums bekommen hatte. Er wußte, daß er den Ruf eines pathetischen, in die Jahre gekommenen Machos gehabt hatte, eines nach Alkohol stinkenden Frauenhelds mit einem jämmerlichen Privatleben, dafür aber mit einem Spezialwissen über die Anfänge der modernen Malerei, meist unterhaltsam in seinem allgemein bekannten Redestil. Aber jetzt? Nachdem sein Rücken wieder so einigermaßen in Ordnung war, hatte er, wieder in seinem Büro, bemerkt, daß ihm alle möglichst aus dem Weg gingen. Weder in der Kantine noch auf den Gängen kam er mit einem der anderen ins Gespräch, es war, als würden sie zurückschrecken, als wäre es ihnen am liebsten gewesen, er bliebe zu Hause. Karin Bjerke hatte es so ausgedrückt: »Warum läßt du dir nicht Zeit, den Rücken richtig auszukurieren, Ludvig, wir *sehen* doch, daß du leidest.« Ja, dachte er, im klaren darüber, daß er kurz davor stand, sentimental zu werden. Er litt. Weil er nicht weiterkam in seinem Leben. Weil er von sich selbst ertappt worden war.

Der Zug fuhr in den Bahnhof Arendal ein. Er hatte im voraus ein Taxi bestellt, das ihn schon erwartete, Thorbjørnsen, ein zuverlässiger, vertrauenswürdiger Mann, der nie zuviel fragte, der wußte, was jetzt seine Aufgabe war, direkt hinauf zu dem kleinen Haus in Blødekjær zu fahren, das fast ein Jahr unbewohnt gestanden hatte, weil er es nicht geschafft hatte, im Laufe des Sommers herzukommen, wie gewöhnlich, und weil weder Cathrine noch Paul es nutzen wollten, so als ginge etwas Unheimliches davon aus, jetzt, wo die Großeltern tot waren und das Haus im großen und ganzen den einsamen Besäufnissen Ludvig Hassels vorbehalten war. Außerdem war da Tante Fanny. Keiner von ihnen mochte sie besuchen, wenn nicht einmal Ludvig hinging. Paul hatte sie zwar besucht, vor drei Jahren, und er war erschüttert gewesen. Tante Fanny – ja, dachte Ludvig Hassel. Ich sollte diesmal wirklich nach ihr sehen.

Er bezahlte Thorbjørnsen, sah sofort, daß das Haus einen Anstrich nötig hatte, sonst war alles wie immer, der winzige Garten ein Chaos von kahlen Sträuchern und Gestrüpp, die Nachbarn waren sicher wütend. Er verschwand schnell im Haus, heizte sofort den Kamin an, Holz hatte er stets genug, schaltete den Warmwasserboiler ein, das Haus war ziemlich gut modernisiert. Es lag weit oben und hatte sogar eine gewisse Aussicht über die Stadt und zum Galtesund. Es war in hohem Maße ein ideales Haus, um allein zu sein. Flaschen standen im Bauernschrank bereit. Er öffnete die Schranktür und holte einen Whisky heraus, schenkte sich ein großes

Milchglas voll, schaltete den Fernseher ein, um sich die Nachrichten anzusehen. Da kam Clinton. Bill Clinton, dachte Ludvig Hassel empört, hatte etwas Ungeheuerliches getan. Er war bei einer Lüge ertappt worden. Zugleich war es schwierig, ihn zu verurteilen. Das Impeachement näherte sich. Clinton lächelte und feierte Weihnachten. Die arme Frau in dem Drama, Miss Lewinsky, ging in dem Fernsehbericht entweder in eine Tür hinein oder umarmte Clinton wieder und wieder. Das Fernsehen war ein unbarmherziges Medium, dachte Ludvig Hassel. William Jefferson Clinton war zuvor ein nach außen glücklich verheirateter Mann gewesen, mit einer sympathisch wirkenden, ungewöhnlich intelligenten Frau und dazu einer hübschen Tochter. Er hatte die große Aufgabe und Chance bekommen, jedenfalls würde eine ehrgeizige Person das so sehen können, acht Jahre lang Präsident der USA zu sein, zweifellos die Person, die, weltweit gesehen, die meiste konkrete Macht über das Leben anderer Menschen hatte, über die Weltlage, das politische Entscheidungssystem, die Börse usw., doch dann hatte er alles zerstört, hatte dennoch gemeint, daß das nicht ausreichte, Iran, Irak, Air Force One und all das, er mußte auch noch junge Frauen befummeln. Die Parallelen zu Ludvig Hassels eigenem Leben waren unangenehm deutlich, auch wenn natürlich zwischen den Leben, die sie führten, ein himmelweiter Unterschied bestand, Bill Clinton im Zentrum der Macht, Ludvig Hassel als Kunsthistoriker, abgestellt in einer der kleinsten und unbedeutendsten Nationalgalerien der westlichen Welt, von der Munch-Sammlung einmal abgesehen. Aber dennoch: zwei in die Jahre gekommene Männer um die Fünfzig, die es nicht lassen konnten, junge Frauen zu befummeln. Deshalb freute sich Ludvig Hassel aufrichtig auf ein Ende dieser Sache. Clinton sah schwächer und durchtriebener aus denn je, wie Ludvig Hassel feststellte, während er einen großen Schluck Whisky nahm. Warum war es ihm so wichtig, an diesem Amt festzuhalten, wenn er so offensichtlich großen Schaden verursachte, nicht zuletzt für die demokratische Partei? Warum war Macht so berauschend, auch wenn sie einen noch so großen Aufwand erforderte? Ludvig Hassel sah es an Karin Bjerke in ihrer Direktorenrolle, und er beneidete sie nicht eine Sekunde um ihre Arbeit. Er beneidete sie um die *Macht* und die *Ehre*, aber das war etwas anderes. Sie hatte als Direktorin einer Nationalgalerie, die leider niemand ernst nahm, absolut nichts zu sagen. Das ganze Museum war ein Witz, das bekam man im Februar 1994 vorgeführt, unmittelbar bevor die Olympischen Spiele in Lillehammer begannen. Da kamen zwei Männer mit einer Leiter und stiegen hinauf zu dem hohen Fenster im Erdgeschoß, zerschlugen die Fensterscheibe, betraten den Raum und stahlen mit bewundernswerter Schnelligkeit eines der berühmtesten Gemälde der Welt, nämlich Edvard Munchs *Schrei*. Das hing da, völlig ungesichert, so nahe beim Ausgang wie überhaupt möglich. Der eigentliche Diebstahl war eine Parodie, ein Lacherfolg. Auf einer Videoaufnahme sah man die zwei unbekannten Diebe, wie die Brüder Dalton, wenn sie losziehen, um zu rauben, mit der Leiter ankommen und hinaufsteigen, die Scheibe einschlagen und ohne irgendwelche Probleme in das Museumsgebäude eindringen. Norwegen machte sich auf der ganzen Welt lächerlich. Die Journalisten von der New York Times, von Le Monde und der La Republica konnten es nicht fassen. War so etwas möglich? Dieses Gemälde war in mehr als einer Hinsicht ebenso berühmt wie Leonardo da Vincis *Mona Lisa*, konnte man das etwa genauso leicht stehlen, wie man in irgendein Privathaus oder eine Wohnung einbrach? Karin Bjerke war zu ihrem Glück noch nicht eingestellt, es passierte vorher, in der Zeit des Alten, man konnte es also nicht auf weibliche Führungsqualitäten schieben. Aber dann war die Zeit vergangen, das Bild war wiederaufgetaucht und Karin Bjerke als neue Direktorin eingestellt worden, und was hatte sie zuwege gebracht? Absolut nichts, abgesehen davon, daß der *Schrei* jetzt nicht mehr im Erdgeschoß hing, direkt neben dem Ausgang. Nein, dachte Ludvig Hassel, nichts hatte Karin Bjerke zuwege gebracht, und das war nicht einmal ihre Schuld, denn obwohl sie tatsächlich eine Sirene war, mußte er zugeben, daß sie trotz allem fachlich qualifiziert war, eine hervorragende Kunsthistorikerin, die an und für sich ohne weiteres den Direktorenposten einer Nationalgalerie ausfüllen konnte. Aber was half das, wenn die übrige Nation keine Ahnung von diesem Museum hatte, wenn die außergewöhnlichsten Bilder in zweifelhaften Magazinen lagerten, wenn es lächerlich eng war für die Skulpturen und die Studenten, die das Museum für ihre Bildung und Ausbildung brauchten? Das kleine Gebäude stand äußerlich unverändert da. Alle Erweiterungen waren innen vorgenommen worden, auf Kosten bereits bestehender Räume, Büros und Magazine. Die Sänger und Schreiner an der Norwegischen Oper konnten sich vielleicht beklagen, aber deren Scherereien waren Luxusprobleme im Verhältnis zu dem, was die Angestellten der Nationalgalerie an trostlosen Arbeitsbedingungen und indirekten Kränkungen jeden Tag mitmachten. Karin Bjerkes Job als Direktorin war aussichtslos, sie kam keinen Schritt weiter, ebenso wie Bill Clinton keinen

Schritt weiterkam. Und trotzdem hielten beide an der Macht fest, die sie bekommen hatten. Clinton blies sogar zum Angriff auf Saddam Hussein, ohne die Vereinten Nationen zu fragen, er versprach, den Verteidigungshaushalt zu erhöhen, und unternahm eine Reihe anderer hoffnungsloser politischer Manöver, denen zuzustimmen einem Demokraten in einer Zeit wie dieser nur allzu fern lag. Ludvig Hassel saß im Haus seiner Kindheit in Arendal, schaltete unvermittelt den Fernseher aus, ließ den Blick durchs Zimmer mit den alten Möbeln schweifen, den bescheidenen Kitsch-Reproduktionen, die zu behalten ihn anfangs amüsiert hatte und die behalten zu haben ihn jetzt, allen Ernstes, glücklich stimmte, weil sie ihn, je mehr die Jahre vergingen, an seine Mutter und seinen Vater erinnerten, weil sie ihn auch mehr und mehr über das Gefühl des Verlustes hinwegtrösteten, das seltsamerweise zunahm. Er fand es traurig, daß es sie auf diesem Erdball nicht mehr gab, daß sie in Asche verwandelt waren. Er nahm sich beim zweiten Glas Whisky vor, daß er diese Weihnachten nicht nur Tante Fanny besuchen würde, sondern auch die Überreste der beiden Toten auf dem Friedhof. Im gleichen Augenblick stellte er fest, daß ihm die Zigaretten ausgegangen waren. Er seufzte tief, fühlte sich alt und gichtig, wußte aber, daß er keine Wahl hatte, daß er sich den Mantel wieder anziehen und bis zum Busbahnhof würde hinunterlaufen müssen, dem einzigen Ort, wo an einem Feiertag wie diesem geöffnet war; die Shell-Tankstelle, wo er zudem Milch und Brot und alles mögliche andere kaufen konnte, was nicht im geringsten mit Benzin und Autofahren zu tun hatte, aber so war die Welt nun mal.

Er ging den Hügel hinunter zur Stadt, verspürte einen merkwürdigen Frieden darüber, wieder in diesem Kleinstadtmilieu zu sein, die Straßen entlangzuschlendern, wo er einst mit anderen Kindern gespielt hatte, wo er zur Schule gegangen war und bestimmte Erwartungen an das Leben gehabt hatte. Ja, dachte er, auch in diesem Jahr mußte er Geir Tore Salvesen aufsuchen, den Freund aus Kindertagen, der fast alles anders gemacht hatte als er selbst, der mit seiner uralten Mutter draußen in Barbu wohnte, der nach wie vor zum Fischen ging, nicht zuletzt jeden Herbst den Hummer herausholte, den er direkt im Fischerhafen drinnen in der Bucht ablieferte, der schon früh so genau gewußt hatte, welches Leben er leben wollte, daß er, nachdem er alles daran gesetzt hatte, die Schule mit dem Abitur abzuschließen, die anderen Kameraden losziehen ließ zu den Universitäten im ganzen Land, während er selbst bei seiner Mutter blieb, seinem Kutter, dem Hafen, den Eiderenten, dem Dorsch, dem Hummer, der Makrele, den Milchbrötchen im Strandcafé, den halben Bieren und dem Rotwein im Hotel Phönix. Das könnte auch *mein* Leben sein, dachte Ludvig Hassel, während er gedankenvoll die Straße hinunter zum Busbahnhof ging. Und obwohl das Städtchen an einem Abend wie diesem häßlich und abstoßend wirkte, hegte er keinerlei Zweifel, daß das vielleicht ein besseres Leben gewesen wäre als das, das er so lange in Oslo gelebt hatte, mit all den merkwürdigen Ambitionen, die er gehabt hatte, den Enttäuschungen, die sich eingestellt hatten, der Natur, die er vernachlässigt hatte, abgesehen von seinen hastigen Touren auf die Kikut- oder Hakloahütte, mit dem Fahrrad, auf Skiern oder zu Fuß, denen die tiefere Freude fehlte, die er hier unten an der Küste empfunden hatte, in der Gewißheit, daß die Wellen des Meeres jede Sekunde auf das Geröll bei Spornes brandeten, daß der Wind in den Bäumen oben bei Åmli rauschte, daß der Hummer vor der Insel Merdø dicht an den Plätzen stand, die nur er und Geir Tore kannten.

Und doch, das wußte Ludvig Hassel, hatte sich Arendal verändert, so wie sich ganz Norwegen verändert hatte. Das Städtchen war härter geworden, die Jugend gefährdeter, das Klima launischer. Ausgerechnet hier hatte jemand ein Asylantenheim hochgehen lassen wollen. In diesem idyllischen Städtchen mit nur wenigen tausend Einwohnern war es zu deprimierenden Ausbrüchen von Gewalt gekommen, zu regelrechten Morden. Die Autos mit den jugendlichen Cliquen fuhren mit geringer Geschwindigkeit um den Busbahnhof, auf der Jagd nach irgendeinem Ereignis, aber gerade jetzt ereignete sich nichts weiter, als daß Hauptkustos Ludvig Hassel die Shell-Tankstelle betrat und einige Stangen Zigaretten kaufte, außerdem Milch, Marmelade, Butter und Brot. Mehr brauchte er für die nächsten paar Tage nicht. Er sehnte sich zurück zum Whiskyglas.

Doch plötzlich mußte er wieder an Anja Vikersund denken.

Verdammt, wie hatte er die vergessen können. Er hatte die Einkäufe an der Kasse bezahlt, war mit den Plastiktüten auf dem Weg nach draußen, kehrte aber plötzlich an der Tür um. Anja Vikersund, Fotomodell für Elite. Auch wenn der Gedanke zur Zeit äußerst unbestimmt war, wußte er, daß es ihm nicht gelingen würde, von ihr loszukommen. Schon in der nächsten Nacht würde er von ihr träumen, der Skifliegerin, die erschreckend furchtlos war, die mit über hundert Stundenkilometern mit nur einem Paar Skiern an den Füßen durch die Luft sausen konnte, die sich nicht anpaßte, die Bescheid wußte über die aerodynamischen Gesetze, die ihn am Vorabend besser verstanden hatte als irgendeiner der anderen Anwesenden. Er mußte sie wiedersehen! Wenn nicht anders, dann auf Bildern. Ludvig Hassel ging in den Shell-Shop zurück. Er blieb vor dem Regal mit den Illustrierten stehen, ließ den Blick über die ungeheure Auswahl glänzender Softpornos schweifen. Das verwirrte ihn einen Moment, aber er war trotzdem nach kurzer Zeit in der Lage, sich einen Überblick über die Auswahl an Frauenzeitschriften zu verschaffen, in denen Anja Vikersund ganz sicher irgendwo posieren mußte, wenn es richtig war, was sie sagte. Hatte sie nicht erwähnt, daß sie sich zwar auf dem internationalen Markt noch nicht durchgesetzt hatte, aber den Eindruck habe, in Norwegen und Skandinavien überraschend gefragt zu sein. Also waren das Illustrierte wie Tique, Henne, Elle, Det Nye und Kvinner og Klær, die Ludvig Hassel kaufen mußte, und er kaufte sie alle, das Mädchen an der Kasse schaute ihn halb erstaunt, halb amüsiert an, und als er den Kiosk zum zweiten Mal verließ, errötete er und kam sich vor, als hätte er etwas Unerlaubtes getan.

Er eilte die Steigung hinauf nach Blødekjær, außer Atem und ungeduldig, sich wieder hinzusetzen. Jetzt hatte dieser Abend einen Sinn. Er würde ein Bild von der jungen Frau finden, er würde versuchen, sie zu erfassen, sie zu deuten, würde versuchen, alles zu verstehen, was er am Vortag, im Rahmen eines Weihnachtsessens, begreiflicherweise nicht verstanden hatte. Er bereute es jetzt. Zwei Männer hatten allzuviel Platz beansprucht. Der eine war der total uninteressante Arvid Buvik, der andere war er selbst. Aber was er hören wollte, war Anja Vikersunds Geschichte, so schnell wie möglich! Und weil sie nicht hier war, mußte er sich mit den Bildern begnügen.

Nervös, ohne eigentlich zu wissen, warum, schloß er

die Haustür hinter sich, zog den Mantel aus, zündete sich eine Zigarette an, schenkte sich Whisky ein und begann sofort, methodisch, von Anfang bis Ende, in den Zeitschriften zu blättern. Nichts in Elle, nichts in Tique, nichts in Henne, aber in Kvinner og Klær fand er sie. Plötzlich lächelte sie ihn wieder an, seine Verbündete! Die Frau, die genau wie er Arvid Buviks Phrasen über Bjørvika und den Millenniumswechsel nicht geschluckt hatte. Die Skifliegerin! Anja Vikersund! Und im selben Moment, in dem er sie sah, mit nichts als konservativer Damenunterwäsche bekleidet, die den erotischen Aspekt noch verstärkte, wußte Ludvig, daß von jetzt an vieles schwieriger werden würde, bedeutend schwieriger, daß er von der Begegnung mit dieser Frau emotional berührt war, wie man so sagt, daß er möglicherweise verliebt in sie war, im übrigen eine dramatische Entdekkung, denn wann war er das letzte Mal wirklich verliebt gewesen? Nicht einmal in Anne-Beth Castberg war er verliebt gewesen. Hingerissen von ihr, vielleicht, aber das war ihre junge, sinnliche Naivität, der er verfallen war. Er hatte sie da und dort gebraucht, weil sie dumm wie eine Gans gewesen war und dazu bereit, sich von ihm verführen zu lassen. Fürchterlich! Peinlich! Und dann also auch noch Trennung, Scheidung und fünf Jahre Hölle. Aber mit Anja Vikersund war das etwas anderes. Sie *wählte* anders. Sie hatte zum Beispiel Paul gewählt. Vielleicht wählten nur besonders schlaue Frauen Männer von Pauls Kaliber. Auch wenn Ludvig eingestehen mußte, daß Paul eine ziemlich langweilige Person war, so war er doch ein *herzensguter* Mensch, ein Mann, von dem nicht viele auf ein Dutzend gingen, ein Junge vom Format Frithjof Hassels, also ein Mensch, der früh im Leben begriffen hatte, daß es seine Berufung war, all den anderen, denen es schlecht ging, zu *helfen* und sie zu *trösten.* Denn Paul, den er, wie Ludvig Hassel jetzt vor sich zugeben mußte, allzuoft übersehen hatte, an den er nur äußerst selten einen Gedanken verschwendet hatte, besaß vielleicht eine fester begründete Männlichkeit als die meisten Männer, wie sonst hätte er Anja Vikersund erobern können? Paul machte ja nie ein Hehl daraus, wer er war, ein ganz gewöhnlicher Hilfspfleger. Er plusterte sich nie auf, versuchte sich nie an Formaten, denen er nicht gewachsen war. *Das* war seine Stärke! dachte Ludvig, als er in der Wohnstube seine Hauses in Blødekjær saß und sah, wie Anja fast nackt auf einem Bett saß und lächelte, in einer Werbung für Damenslips und Büstenhalter der Marke *Sloggi.* Sie war zu schön, als daß es wahr sein konnte, zu furchtlos in ihrem Kopf, zu dreist mit ihrem Körper. Karate war nur scheinbar ein verwegener Sport, *Skifliegen* dagegen! Ludvig Hassel schauderte es, nur daran zu denken. Ihn schauderte auch, weil er sich in diese Situation gebracht hatte. Genau diese Gefühlszustände waren es, die er, ganz bewußt, hatte vermeiden wollen. Zum Beispiel hatte er sich, und darauf war er stolz, *geweigert*, sich für die Stelle des Leiters am norwegischen Institut in Rom zu bewerben, gerade weil er wußte, daß er in einer solchen Funktion großen Versuchungen ausgesetzt sein würde, daß die Studenten sich öfters mit der Bitte um Rat an ihn wenden würden, daß Situationen entstehen könnten, wie sie zwischen William Jefferson Clinton und einer ganzen Reihe von Frauen entstanden waren, über Monica Lewinsky hinaus, das stand für Ludvig Hassel fest. Über einige von seinen Kollegen, die eine solche Funktion im Ausland übernahmen, hatte es die unglaublichsten Gerüchte gegeben. Am schlimmsten waren die

Herren im fortgeschrittenen Alter, die umherflatterten und blutjungen Frauen den Hof zu machen versuchten, die sich vor allem für die Bellinis interessierten, für Raffael, für Michelangelo und da Vinci. Er hatte nein gesagt und war stolz über die Entscheidung gewesen. Er hatte sogar mit Anne-Beth darüber gesprochen. Er wollte nicht so werden, weil Anne-Beth ihn so gesehen hatte. Die kunsthistorische Szene in Norwegen war zu klein, die tragischen Beispiele alternder Männer, die junge Frauen befummelten, zu zahlreich. Ludvig Hassel konnte nicht so tun, als habe es seine Jahre im Arcimboldo, im Håndverkeren, im Lorry, im Celsius und im früheren Casino nicht gegeben. Er konnte die erniedrigenden Abende im Theatercafé und im Tostrup nicht ungeschehen machen. Nach der Begegnung mit Anne-Beth Castberg hatte er sich gemäßigt, weil Anne-Beth trotz allem eine Vollzeitbeschäftigung war, in *dieser* Hinsicht. Und jetzt saß er also in seinem Haus in Blødekjær, hatte sich einen Stapel Frauenzeitschriften gekauft, saß seit vielen Minuten, vielleicht sogar Stunden, da und starrte auf eine im öffentlichen Sinne überraschend unbekannte Skifliegerin, von denen es schließlich nicht so viele gab, die hundertvierzig Meter springen konnten, die Unterwäsche der Marke *Sloggi* vorführten, die sich auf ein Studium vorbereiteten und vielleicht Biologie studieren wollten. Anja Vikersund zeigte ohne Scham die feinen, leichten Haare am Kreuzbein, die kräftigen und doch keineswegs überdimensionierten Beinmuskeln, die formvollendeten Kniescheiben, Schlüsselbeine und Hüftknochen. Vor allem aber zeigte sie ihm ihr Gesicht: dieses gesunde, offensichtlich ungeschminkte, intelligente und kluge Gesicht. Herrgott, dachte Ludvig Hassel, hätte er diese Bilder doch nie gesehen. Es schien etwas Schicksalsträchtiges von ihnen auszugehen. Ihn überkam ein unheimliches Gefühl, als habe er etwas Verbotenes angeschaut, etwas, mit dem er nichts zu tun haben wollte, etwas, das ihm nicht zustoßen sollte und das er ohnehin nicht verdient hatte. Er hatte die existentielle Gleichgültigkeit, die ihn die letzten fünf Jahre hatte überstehen lassen, gewissermaßen genossen. Es hatte ihm ausgezeichnet gepaßt, eine Geliebte zu haben, an der er nur mäßig interessiert war, der er einen regelmäßigen Betrag zahlen konnte, um sie gefügig zu machen, die kam, wenn er rief. Aber mit Anne-Beth zu *sprechen*, dachte er, ohne den Gedanken zu Ende zu denken, da er sofort vor seinem inneren Ohr ihr schallendes Lachen hörte und sie gleichzeitig Zigaretten rauchend und mit übergeschlagenen Beinen lebendig vor sich sah. Sie war als Studio-Gast im sogenannten Montagsclub aufgetreten, einer Sendung, bei der zwei Männer und eine Frau Gäste zu einer Plauderei bei einem Glas Bier einladen. Ludvig Hassel war vor Monaten auch eingeladen worden. Es war ihm gelungen, mit einigen wohlplazierten Sarkasmen zu landen, weil sich der sehr christliche und sparfreudige Ministerpräsident damals krank gemeldet hatte und offensichtlich Antidepressiva nahm. Hinterher war er mit der Frau gut zurechtgekommen, und die beiden Männer kannte er von früheren gemeinsamen Besäufnissen. Er hatte sich bis zum Beginn der Sendung entsprechend betrunken und nicht das Bedürfnis gehabt, jemandem etwas beweisen zu müssen. Er betrachtete sich als einen Herrn aus besseren Kreisen, der eingeladen worden war, bei einem Glas Bier über Gott und die Welt zu plaudern, obwohl Hunderttausende zuschauten. Und das hatte er geschafft, da es ihm faktisch überhaupt nicht darauf ankam, bekannt zu werden. Was er wollte, war

Macht, aber das war etwas ganz anderes. Von daher war die Sendung auch so entspannt und erfolgreich geworden. Er war sich trotz allem seiner Stellung bewußt. Er war Hauptkustos Ludvig Hassel von der Nationalgalerie. Er *konnte* über so einiges reden.

Bei Anne-Beth Castberg war es genau umgekehrt. Sie *wollte* bekannt werden, war jedoch nicht so sehr an Macht interessiert. Und die Wirkung war katastrophal: Sie hatte versucht, sich selbst zu spielen, ihre männermordende Anne-Beth Castberg-Rolle, und hatte zeitweise zwar unheimlich cool ausgesehen, aber nicht ein einziger ihrer Witze *saß*. Das hatte sie hektisch und ungeduldig gemacht, und am Ende hatte sie viel zuviel geredet, und der Jüngere der männlichen Gastgeber, er war in ihrem Alter und hätte die besten Voraussetzungen haben müssen, ihren Humor zu verstehen, hatte ihr mit einem höflichen Lächeln den Wind aus den Segeln genommen.

Anja Vikersund würde niemand den Wind aus den Segeln nehmen, dachte Ludvig. Sie war zu einzigartig. Sie wußte, was sie wert war. Sie wußte, was sie nicht brauchte. Am wenigsten brauchte sie ein Publikum. Model war sie vermutlich, weil das etwas Geld abwarf, doch wenn sie mit über hundert Stundenkilometern durch die Luft flog, dann nicht, um gesehen zu werden, sondern um die Freiheit da oben zu spüren.

Ludvig Hassel hatte den Whisky ausgetrunken. Er wußte, daß es jetzt Zeit war, sich hinzulegen; in ein kaltes, nicht gerichtetes Bett. Diese Weihnachtstage würden schwieriger werden, als er gedacht hatte, soviel war ihm klar. Ihm schwante, daß er von Anja Vikersund träumen würde. Er mochte das nicht. Morgen mußte er, um seiner Selbstachtung willen, Tante Fanny im Pflegeheim besuchen. Danach mußte er Geir Tore Salvesen aus Barbu treffen. Vielleicht gelang es ihm auf diese Weise, den Eindruck zu vergessen, den die junge Frau aus Vikersund auf ihn gemacht hatte.

Die Nacht wurde unruhig, wie er vermutet hatte. Zuerst eine Unendlichkeit von sogenannten realen Träumen, die er so gut kannte, Gegenstände, die er suchte und nicht fand, ein Auto, das er gemietet hatte und das nicht funktionierte, ein Termin, den er nicht schaffte, ein weltberühmter Maler, an dessen Namen er sich zu erinnern versuchte. Irritierende, anstrengende Träume. Danach hatte er einen regelrechten Alptraum gehabt. Jemand war ertrunken, die Taucher kamen mit der Leiche an die Oberfläche und übergaben sie den Menschen, die auf den glatten Uferfelsen standen. Sie legten den Toten, den Ludvig Hassel nur umrißhaft ahnen konnte, in einen Felsspalt. Dort lagen bereits andere Leichen. Es waren also schon mehrere ertrunken. In dem Moment begriff Ludvig, daß auch *er* ins Wasser sollte. Er sollte die ganze Strecke von der Insel Merdø bis zum Leuchtturm Torungen schwimmen. Jetzt begriff er die Spielregeln, entweder er ertrank, oder er überlebte. Jetzt traten sie hinter ihn, zwangen ihn hinunter zu den glitschigen Uferfelsen, wo die Wellen an Land schwappten, dann glitt er hinein ins Wasser, es war überraschend warm, aber es war dunkel, gefährlich, und Ludvig merkte, daß er es nicht schaffen würde, er begann zu sinken, das Schuhwerk war zu schwer, die Schwimmbewegungen, die er so gut zu beherrschen glaubte, erwiesen sich als wirkungslos. Er war träge und kraftlos, er hatte einen großen, schweren Regenmantel an, warum hatte er den nicht ausgezogen, bevor er zu schwimmen begann, warum hatte ihm niemand etwas gesagt, ihn gewarnt? Er fing an zu schreien, aber da drang ihm das Wasser in den Mund, in die Lunge, er wurde mit Wasser aufgefüllt, es war nirgendwo mehr Platz für ihn! Ludvig Hassel! – er versank, starb im selben Augenblick und erwachte jäh im Bett, konnte noch den Nachhall des Schreies hören, den er im Schlaf ausgestoßen hatte, spürte, wie der Restalkohol in den Adern hämmerte. Er riß sich vom Bett hoch, schwankte über den Fußboden, obwohl er doch vor dem Wasser zu fliehen versuchte, war es Wasser, was er haben mußte, einige Gläser Wasser aus der Leitung, Ludvig Hassel! – noch am Leben! – denn er ertrug den Gedanken nicht, zu verschwinden.

Der Alptraum erleichterte die Entscheidung des Tages: Er dachte an sein schlechtes Gewissen, an Tante Fanny. Er brauchte es, für jemanden da zu sein, gute Taten zu tun, es war sinnlos, hier in diesem kleinen Haus zu hocken und sich, verliebt in die eigene Traurigkeit, vollaufen zu lassen. Er mußte Tante Fanny heute noch besuchen, jetzt sofort. Finsternis, fahles Winterlicht drang durch die Fenster herein. Er hatte nur wenige Stunden geschlafen, das Gesicht war aufgedunsen, um die Augen sah er fürchterlich aus, aber es kam warmes Wasser aus den Hahn, er ging in die winzige Dusche, blieb lange darunter stehen und schälte sich fast, und danach unvermittelt eiskaltes Wasser, er bildete sich jedesmal ein, daß der Schock den Alkohol aus seinem Körper vertrieb. Aber danach, als er vor dem Spiegel stand, fand er, daß er nur noch schlimmer aussah.

Er zog sich rasch an, war morgens immer ungeduldig, als sei es noch immer wichtig für ihn, den neuen Tag zu nutzen. Tante Fanny. Er wagte gar nicht daran zu denken, wie lange es her war seit dem letzten Mal. Paul hatte sie jedenfalls besucht, vor drei Jahren, und war erschüttert gewesen, weil sie so abgebaut hatte, weil das Pflegeheim so heruntergekommen wirkte. Er hatte in der Zeitung davon gelesen, daß die Kommune Arendal nicht fähig sei, etwas für die Alten zu tun, daß die Kapazitäten nicht ausreichten, sie waren in ihrer Not einige Zeit gezwungen, die ganze Etage eines Hotels zu mieten. Das war immerhin etwas, dachte Ludvig Hassel mit einem Grinsen. Er hoffte wirklich, daß Tante Fanny dabeigewesen war, Tante Fanny Halvorsen, das war auch der Mädchenname seiner Mutter. Er wußte nur wenig über die zwei, nur daß die Schwestern Halvorsen aus einer typischen Handwerkerfamilie kamen. Ihre Mutter, an die sich Ludvig kaum noch erinnerte, weil sie noch jung gewesen war, als sie starb, kochte für die Reichen, so wie es später auch seine Mutter tun sollte. Man nannte das wirklich »kochen«. Sie bereiteten das Essen zu, bei Konfirmationen, Hochzeiten, Begräbnissen. Sie kannte sich genau aus mit großen Töpfen, Mehlschwitze, der Qualität des Fleisches. Sie verließ sich auf Metzger Pedersen. Ihr Mann, Schuhmacher Halvorsen, betrieb seine kleine Werkstatt direkt unten am Markt. Die Tochter Signe war seine Gehilfin gewesen, bis sie Frithjof Hassel heiratete und ihrerseits zu kochen begann, während Tante Fanny die legendäre Kaltmamsell bei Jørgensen wurde.

Und mehr, dachte Ludvig, wußte er kaum über sie. Er wußte nicht, warum Tante Fanny nie geheiratet hatte oder warum sie immer so prächtige Kleider trug. Tante Fanny hatte, bis zum Ausbruch der Senilität, eine eigene, kleine, moderne Wohnung unten in der Stadt gehabt und sich dort offenbar sehr wohl gefühlt. Ludvig Hassel konnte sich erinnern, daß die Mutter häufig sarkastische Bemerkungen über Tante Fanny fallen ließ, darüber, daß sie sich so »fein« herausputze, daß sie Mitglied im Bridgeclub sei und jeden Mittwoch ins Kino ginge. Sie gönne sich außerdem zwei Wochen Ferien in der Pension Fevik, und wofür sollte das nun gut sein? wie Schwester Signe sagte.

Aber Ludvig erinnerte sich, daß er Tante Fanny immer gemocht hatte, daß sie herzensgut zu ihm gewesen war, bis sie krank wurde. Sie hatte ihm sogar noch Süßigkeiten zugesteckt, als er schon lange mit Dagny verheiratet war. Sie hatte auch Dagny mit ihrem sanften, liebenswürdigen Wesen eingenommen. Sie hatte im Laufe der Zeit viele Smörrebröd zu Schiffsreedern gebracht und wußte genau, wer Reeder Smith-Torgersen in Farsund war. Es sei traurig, daß es ihm so schlimm ergangen war, meinte sie.

Dann waren die Nebelschleier gekommen. Die ersten, unerbittlichen Anzeichen: daß sie plötzlich nicht mehr wußte, wo sie war. Wenn sie am Sonntag zu Signe und Frithjof zum Essen kam, glaubte sie auf einmal, zu Hause zu sein, einfach ins Schlafzimmer gehen und sich hinlegen zu können. Ihr fielen Dinge aus der Vergangenheit ein, die für sie der Gegenwart angehörten, daß der Mietwagenbesitzer Alfsen noch lebte, daß es draußen in Tyholmen noch einen Metzger gab, obwohl es das Geschäft seit vielen Jahren nicht mehr gab. Sie wußte nicht mehr, daß Signe ihre Schwester war, glaubte mit ihrer Mutter zu reden, da Signe auch für die Reichen »kochte«, sie war davon überzeugt, daß Frithjof ein neuer Freund war, den sich ihre Mutter zugelegt hatte, so etwas kam schließlich in den besten Familien vor. Sie war aufgebracht darüber, daß der Dom in Kristiansand bombardiert worden war, weil sie meinte, der 9. April 1940 sei gestern gewesen. Derartige Vorkommnisse offenbarten ein allmähliches Erlöschen ihres Gedächtnisses, und Ludvig Hassel lebte zu dieser Zeit in seinem Haus in Tåsen in Oslo und hörte seine Mutter Signe am Telefon weinen, weil es schmerze, eine Schwester auf diese Weise zu verlieren, wie sie sagte, und Ludvig hörte mit halbem Ohr zu, während er einige Arbeiten für die Universität korrigierte, an der er für einige Kunstgeschichtsstudenten noch immer Prüfer war. Ihm fiel jetzt, auf dem Weg über die vertrauten Hügel zum Pflegeheim, ein, daß er sie nie richtig ernst genommen hatte, weder den Vater noch die Mutter oder die Tante, daß er sich etwas Besseres wünschte, raus und *weg* von ihnen, mit dem Gefühl, die Zeit daheim in Arendal zu vergeuden. Ja, darüber wollte er mit Geir Tore Salvesen sprechen, an einem der nächsten Tage; er war auf eine absolut krankhafte Weise ehrgeizig gewesen, soviel Selbsterkenntnis konnte er immerhin für sich beanspruchen. Also keine Freude über die Familie, keines der üblichen bürgerlichen Gefühle, die jeder Mensch trotz allem haben sollte, um in einer Gemeinschaft mit anderen Menschen existieren zu können. Und dieser Gedanke schokkierte ihn, an diesem milden, nassen zweiten Weihnachtstag 1998. Am meisten schockierte ihn, daß er ihn erst jetzt gedacht hatte. Er war so davon überzeugt gewesen, daß sein Leben einen Sinn haben würde, daß er einen sehr hohen Preis auf sich selbst gesetzt hatte. Er wollte sich nicht hineinziehen lassen in eine alberne Familienabhängigkeit, wie sie so viele Menschen ruinierte, nicht zuletzt Künstler. Das Thema war ja nur zu bekannt. Wo wäre Edvard Munch geblieben, wenn er auf seinen Vater gehört hätte? Und wo Edvard Grieg? – um nur die größten in Norwegen zu nennen. Edvard Munch wäre auf dem Betschemel geendet, und Edvard Grieg hätte wahrscheinlich Hummer und Schiffsproviant an die Schotten verkauft. Und was war mit Knut Hamsun? Jetzt, als Ludvig Hassel die Anhöhe hinauf zum Pflegeheim ging und nachdachte, erkannte er, daß er sich schon zeitig als einen Individualisten, als etwas Besonderes gesehen hatte; und er hatte sich bis zum gegenwärtigen Zeitpunkt als einen Individualisten, als etwas Besonderes betrachtet, doch war ihm das nun nicht mehr möglich, denn er hatte, abgesehen von einer Doktorarbeit über Seurat, die überhaupt nichts Neues über diesen genialen, schöpferischen Maler zutage gefördert hatte, nichts vorzuzeigen. *Die Badenden von Asnières* und *Sonntagnachmittag auf der Insel La Grande Jatte* hingen vielmehr in verschiedenen Museen, in London und in Chicago, und waren, als Meisterwerke der Malerei, völlig unberührt davon, daß ein Kunsthistoriker namens Ludvig Hassel eine Doktorarbeit von einigen hundert Seiten über ihren Schöpfer verfaßt hatte, irgendwo in einem fernen und kalten Land, das Norwegen hieß. Natürlich, dachte Ludvig, hatte er sich nie als etwas anderes sehen wollen denn als einen Individualisten. Schon vor dem Abitur hatte er den Ehrgeiz gehabt, Leiter der Nationalgalerie zu werden. Beim ersten Schulausflug nach Oslo als Vierzehnjähriger blieb ihm einfach die Luft weg in diesem Museum. Damals hatte es überwältigend groß gewirkt, eine Schatzkammer, mit den phantastischsten Gemälden, Skulpturen und Zeichnungen. Ludvig erinnerte sich, wie er verzaubert vor den Bildern stehengeblieben war, zum Beispiel Harald Sohlbergs *Winternacht im Gebirge*. Oder Christian Krogh. *Albertine*. Oder Ludvig Karstens *Blaue Küche*. Oder Edvard Munchs *Tanz des Lebens*. Er war noch nicht imstande, das Malerische an sich zu begreifen, war sich der Form und der Farbe nicht bewußt, aber der Stimmung, eine *Stimmung* auf diese Weise einzufrieren ergriff ihn viel stärker, als sich in Arendal irgendwo hinzusetzen und nur Licht, Farben und Kontraste auf sich wirken zu lassen.

Danach war ihm allmählich klargeworden, welche Karriere er sich wünschte, welchem Weg er folgen wollte, und um genug Mut zu haben, genau diesen Weg einzuschlagen, hatte er jede Demut und Bescheidenheit abgelegt. Vielleicht war deshalb Thomas Bernhard mehr und mehr sein Lieblingsautor geworden, der misanthropische Österreicher, der alles und jeden verachtete, eingeschlossen sich selbst, und der ein ums andere Mal, Roman um Roman, Satz um Satz, jedem, der ihn lesen mochte, einhämmerte, daß es sowieso die *anderen* waren, die sich irrten, die die Idioten waren, daß *er* es war, trotz seiner Fehler, der der Bedeutende, der Empfindsame, der Sehende war. Eine solche Rhetorik hatte ihn auch stark mit Brantzæg verbunden, fiel ihm ein. Denn Brantzæg vertrat die gleiche Auffassung: die Gesellschaft war krank, vom obersten Staatsanwalt bis zum Ministerpräsidenten, vom Außenminister bis zum Kulturminister. Die anderen waren die Mittelmäßigen, waren die, die irrten, irrten, irrten. Deshalb hielt es Brantzæg für sein Recht, die anderen mit Worten zu liquidieren, sie rücksichtslos und brutal zu liquidieren, ungeachtet dessen, wie es mit seinem eigenen Leben aussah. Denn es war nie er selbst, der dran glauben mußte. Das waren all die anderen. Ja, dachte Ludvig Hassel. Brantzæg hatte ihn vielleicht mehr geformt, als er unmittelbar gemerkt hatte. Brantzæg hatte einen moralischen Standard für die ganze Gesellschaft vorgegeben, für jeden einzelnen kleinen oder großen Menschen in der

Maschinerie, nur nicht für sich selbst. So waren die Jahre vergangen, der Alkohol begann ihn zu besiegen, die immer kompromittierenderen Affären mit jungen Männern, später all die mißlungenen Projekte, hinter denen der Filmregisseur stand. Denn Brantzæg war nie ein wirklich *großer* Künstler, dachte Ludvig auf dem Weg zu Tante Fanny im Pflegeheim, ebenso wie er selbst sich kaum als *großen* Kunsthistoriker bezeichnen konnte. Er mußte alles in allem eingestehen, daß seine Stärke eher im Ausschneiden und Zusammenleimen bestand. Würde er dagegen versuchen, sich an einen einzigen originellen Gedanken zu erinnern, so hätte er Schwierigkeiten. Gespielt allerdings hatte er die Rolle eines bedeutenden Kunsthistorikers ständig und alles herausgeholt aus seiner Doktorarbeit, wie Brantzæg alles aus seinen Filmen gemacht hatte. Jetzt, so viele Jahre nach Brantzægs Tod, konnte Ludvig ohne weiteres erkennen, wie unbedeutend der in seinem fast infantilen Bedürfnis zu provozieren gewesen war. In jeden Film baute er eine gewagte erotische Szene ein, von der er *wußte*, daß sie die staatliche Filmkontrolle nicht passieren würde. Das war seine Methode, PR zu bekommen. Das war damals der Skandal gewesen, die Zensur eines »bedeutenden Kunstwerks« usw. Aber wer hatte heute eigentlich noch *Lust*, sich einen Film von Brantzæg anzusehen? Vielleicht hatte *Das spezifische Gewicht des Blutes* noch einen gewissen Wert, aber im großen und ganzen war es ein billiger Aufguß von Dingen, die Antonioni viele Jahre vor ihm besser gemacht hatte. Egal, dachte Ludvig Hassel, er wollte nicht kritisieren, jedenfalls heute nicht. Es war nur ein so seltsames Gefühl, Tante Fanny besuchen zu wollen und dabei erstaunt festzustellen, daß sie einen, zum ersten Mal, interessierte, auf eine tiefere Weise, daß ihn sein eigenes Gefühl von Resignation, sich vorbereiten zu müssen auf einen geistigen und körperlichen Verfall und ein näher rückendes Alter, ihr sofort näherbrachte. Wäre er seinerzeit zum Direktor der Nationalgalerie ernannt worden, hätte er sich ganz sicher nicht die Zeit genommen, Tante Fanny an einem Tag wie diesem zu besuchen. Da hätte er an ganz andere Dinge zu denken gehabt. Aber gerade jetzt dachte er, aus irgendeinem Grund, an Tante Fanny, fühlte, daß es wichtig sei, sie zu sehen, herauszufinden, ob sie ihn wiedererkannte oder ob sie endgültig in die sogenannte Finsternis des Vergessens hinübergeglitten war. Er erinnerte sich immer noch an ihre Smörrebröd. Das waren kleine Kunstwerke. Schon als Siebenjähriger wußte er es so einzurichten, daß er, wenn der Arbeitstag zu Ende ging, unten bei Jørgensen auf dem Markt vorbeischaute. Da hatte er bereits mit den Eltern reichlich zu Mittag gegessen. Aber egal, ob es mittags Lungenmus, Leber oder gesalzenen Kabeljau gegeben hatte, für eines von Tante Fannys Smörrebröd war immer noch Platz. Tante Fanny sah ihn im Fenster und wußte, daß er wartete, gleich neben dem Eingang. Dann kam sie rasch, mit einer Tüte, übergab sie ihm, als sei er einer der Laufburschen, er verstand es jedenfalls so, daß er rasch wieder loslaufen sollte. Und ganz richtig, in der Tüte befand sich jedesmal ein gehaltvolles Smörrebröd, Tante Fanny enttäuschte ihn nie. Entweder war es Roastbeef mit Remouladensoße, oder Garnelen mit Mayonnaise, oder Schinken mit dem feinsten Dosenspargel, oder Schnittkäse mit Paprika, oder, am besten: Räucherlachs mit Eierschaum! Doch achtete Tante Fanny immer darauf, es ihm nur ins Ohr zu flüstern: »Komm am Montag, da könnte etwas Resteessen übrigbleiben.« Resteessen.

Das trefflichste Wort, das er kannte. Er war Einzelkind, der einzige Neffe und jüngere Verwandte, den Tante Fanny hatte. Irgendwie war ihm klar, daß er ihre Freigebigkeit ziemlich ausnützen konnte. Aber Tante Fanny war auch loyal dem Geschäft gegenüber, in dem sie arbeitete. »Komm nicht Dienstag, Mittwoch oder Donnerstag«, sagte sie manchmal energisch, »aber versuch es am Freitag.« Er folgte ihren Anweisungen und wurde nie enttäuscht.

Schließlich bekam er Gewichtsprobleme. Da sagte Fanny streng zu ihm: »Jetzt müssen wir aufhören damit. Du bist dazu geschaffen, ein Schürzenjäger zu werden. Entweder du trainierst das Fett ab, oder du bekommst nie wieder ein Smörrebröd von mir.«

Ludvig Hassel erinnerte sich, wie er angefangen hatte, bewußt abzunehmen, denn er war zu faul, um zu trainieren. Er verzichtete auf das Abendessen. Das genügte. Und beim Mittagessen zu Hause in Blødekjær hielt er sich unauffällig zurück. Weder Signe noch Frithjof merkten, daß sie ihn fast nicht mehr verköstigten. Jetzt, so viele Jahre später, dachte Ludvig Hassel, daß er eigentlich von Tante Fannys Smörrebröd aufgezogen worden war.

Im Pflegeheim schien man mehr Wert auf den zweiten Weihnachtstag zu legen als anderswo, dachte Ludvig Hassel, jedenfalls war nicht ein einziger Pfleger aufzutreiben, doch mitten im Aufenthaltsraum stand ein Weihnachtsbaum und alte Menschen saßen apathisch im Kreis darum. Es mußte gerade ein Unterhaltungsprogramm gegeben haben, vielleicht einen Baritonsänger der Wohlfahrt, der seine besten Tage schon hinter sich hatte. Es roch nach gebratener Schweinerippe, Gebäck und angefaultem Obst. Eine alte Frau kam auf ihn zugelaufen, die Haare hübsch frisiert, sie knickste artig und stellte sich dann vor: »Frau Berggrav. Sie wenigstens müßten doch wissen, wann sie kommen?«

»Wann wer kommt?« fragte Hassel irritiert.

»Meine Tochter und mein Schwiegersohn. Sie haben mir versprochen, mich heute ins Bristol mitzunehmen, aber ich habe die Uhrzeit vergessen.«

Ludvig Hassel wußte, daß es in Arendal kein Bristol gab, er fragte deshalb: »Sind Sie aus Oslo?«

»Ja.« Die alte Frau warf stolz den Kopf in den Nakken, er sollte sich unterstehen, etwas anderes zu glauben. »Aber mein Mann, Konsul Berggrav, war ursprünglich von Hisøya.«

»Ich fürchte, ich kann Ihnen nicht helfen«, sagte Hassel abwehrend. Die Frau starrte ihn einen Augenblick verwirrt an. Dann begriff sie. Ein heftiger Wutausbruch. »Pfui! Wie können Sie es wagen!« Sie begann, auf ihn einzuschlagen. Es hagelte Schimpfworte. Er hielt ihre Arme fest, hatte Angst, zu fest zuzugreifen. Die Knochen waren dünn wie bei einem Vogel. Verzweifelt blickte er um sich, es mußte doch Personal hier sein. Aber Ludvig Hassel entdeckte nur die anderen Patienten, darunter einen Mann, der auf sie zugelaufen kam und Frau Berggrav eine Hand auf die Schulter legte: »Na, na, Ragnhild. Der Mann will doch nur etwas verkaufen.«

»Wirklich?« Frau Berggrav starrte Hassel mit enttäuschten Augen an. Er zog sofort die Schultern ein, wußte nicht, wo er hinschauen sollte, die Enttäuschung war so echt.

»Verkaufen Sie Unterwäsche?« fragte sie kleinlaut.

Da endlich kam eine Pflegerin. Ludvig Hassel begrüßte sie, sie entschuldigte sich, sagte, daß sie überarbeitet seien, daß Weihnachten bisher die reinste Hölle gewesen sei, daß die Kommune ihretwegen einpacken könne, daß er sich nicht gleich zuviel vorgaukeln lassen solle, denn auch unter den Alten gebe es boshaftes kleines Gesocks, aber dafür könnten sie ja nichts, und vielleicht würde es besser nach der Parlamentswahl im nächsten Jahr, sie jedenfalls habe endlich beschlossen, in die umstrittene liberale Partei einzutreten, deren Namen sie noch nannte. Ludvig wollte sich das nicht anhören, er konnte natürlich versuchen, sich um Frau Berggrav zu kümmern, aber die Klagelieder der Pflegerin wurden ihm zuviel, es gab offenbar zur Zeit in der Gesellschaft viel Elend, und er, Hassel, wußte nicht sehr viel darüber, weil er sich bisher abgeschottet hatte, weil Anne-Beth ihm das, was er wissen mußte, erzählte, oder Cathrine, oder Paul. Es fiel ihm ein, daß er schon lange kein Pflegeheim mehr besucht hatte. Das war natürlich bedenklich, empörend, aber da stand er nun und fragte nach seiner Tante Fanny, genauer Fanny Halvorsen, »Tochter des alten Schuhmachers Halvorsen«, auch wenn das dieser jungen Pflegerin nichts sagte, Ludvig Hassel hatte einfach das Bedürfnis, es zu sagen, denn es klang etwas vornehmer. Aber das Gesicht der Pflegerin verdüsterte sich augenblicklich, handle es sich wirklich um Fräulein Halvorsen? fragte sie unsicher, ja, daran bestehe kein Zweifel, nicht *er* sei hier senil, ha, ha. Die Pflegerin ging auf den Spaß nicht ein, sie starrte Ludvig Hassel mit großen, zornigen Augen an und sagte: »Sie ist schon so lange hier, und immer allein. Nie hat sie jemand besucht. Allmählich wurde sie geradezu bösartig. Wir mußten sie in ein Einzelzimmer stecken.«

»Was hat sie angestellt?« fragte Ludvig, während er der Pflegerin den Gang hinunter folgte.

»Eine von diesen Quacksalberinnen«, sagte die Pflegerin. »Die aus Grimstad. Wir dachten, Fräulein Halvorsen hätte weder Familie noch Bekannte, aber dann kannte sie diese Frau. Sie beharrte darauf, Fräulein Halvorsen ein Heilkraut zu geben.«

»Was für ein Heilkraut?« fragte Ludvig.

Die Pflegerin zögerte. »Hyperventi . . . nein, nicht venti, sondern peri, also *Hypericum*, glaube ich. Sie nannte es ein Antidepressivum, eine Alternative zur Glückspille. Was kostet die Welt?«

»Aber was hat sie angestellt?« fragte Ludvig neugierig. Die Pflegerin ging einige Schritte, bevor sie antwortete. »Fräulein Halvorsen wurde richtig wütend. Das dauerte nur eine Woche. Eine überraschende Wandlung. Zwar war sie mehr in der Gegenwart, nicht so senil, wenn Sie verstehen, was ich meine. Aber dabei richtig wütend. Es war, als hätte sie endlich begriffen, in welcher Situation sie sich befand. Zum Teufel mit den Quacksalbern! Hier in der Gegend wimmelt es nur so davon.«

»Aber ist das nicht eine gesunde Reaktion?« fragte Ludvig vorsichtig, mit einem Blick in die Zwei- und Dreibettzimmer, in denen alte, kranke Menschen lagen. Einige von ihnen riefen, als sie die Pflegerin erblickten, aber sie blieb nicht stehen. »Was ist gesund?« sagte sie schließlich. »Weisen Sie den Ministerpräsidenten für ein paar Wochen hier ein, dann werden Sie die Antwort bekommen.«

»Ist es wirklich so hoffnungslos?« sagte Hassel.

»Warten Sie nur«, sagte die Pflegerin.

»Wohin gehen wir?« fragte er nun.

»Zum ehemaligen Badezimmer«, antwortete sie.

Ja, dachte Ludvig Hassel hinterher, sie *saß* wirklich da, auf einem Klosettdeckel, der ihr in diesen Weihnachtstagen als Sessel diente. Neben der großen, abgenutzten Badewanne mit grünen Streifen und Armaturen, die nicht funktionierten, war ein Feldbett aufgeschlagen. Das war, wie Ludvig sofort verstand, Tante Fannys Bett. Dieses Bad war seit vielen Jahren nicht benutzt worden. Deshalb diente es jetzt als Wohnung für die Tante, die im Nachthemd dasaß, mit ungekämmten Haaren, die Zeitung ›Verdens Gang‹ im Schoß, einen Bleistift in der Hand, dabei, ein Kreuzworträtsel zu lösen.

»Wo muß ich aussteigen?« sagte sie und drehte den Kopf zu Ludvig Hassel, dem in diesem Moment einfiel, daß er ihr nichts mitgebracht hatte. Nach vielen Jahren der Abwesenheit nicht einmal ein paar Pralinen, obwohl er wußte, daß Frauen Aufmerksamkeiten immer schätzen, seien es Pralinen oder ein Blumenstrauß.

»Wo du aussteigen mußt?« frage er vorsichtig, froh darüber, daß die Pflegerin begriff, was sich anbahnte, und sich zurückzog. Er war allein mit Tante Fanny in dem alten, heruntergekommenen Badezimmer.

»Ja«, sagte sie mit scharfem, klarem Blick, ohne in irgendeiner Weise zu zeigen, daß sie ihn wiedererkannte. »Was ist die nächste Haltestelle?«

»Wo glaubst du denn, daß du bist?«

»Das weiß ich eben nicht. Welche Haltestelle?«

»Aber wo möchtest du denn aussteigen, Tante Fanny?«

Er merkte, daß sie stutzte, als sie hörte, wie er »Tante Fanny« sagte, doch sie ließ sich nicht von ihrem Gedankengang abbringen.

»Ich will nach Hause«, sagte sie nachdrücklich.

»Bist du denn auf Reisen?« fragte Ludvig vorsichtig.

Sie nickte, er sah plötzlich die Angst in ihren Augen. »Ich befinde mich doch in diesem Zug.«

»Und du weißt nicht, wo du aussteigen sollst?«

»Nein.«

»Wo bist du denn eingestiegen?«

»In Nelaug.«

»Wann denn?«

»Gerade eben.«

Ludvig Hassel wußte nicht, was er sagen sollte. Er war nicht vorbereitet. Ihm fielen die Träume ein, die er gehabt hatte. Genau solche desorientierten Träume. An welcher Haltestelle sollte er aussteigen? Woher kam er? Wo sollte er hin? Der Zug blieb stehen. Der Zug fuhr weiter. Er merkte, wie die Angst wuchs.

»Aber du bist der Schaffner?« fragte sie hoffnungsvoll.

Er schüttelte den Kopf.

»Wer bist du dann?«

»Wenn ich sage, Ludvig Hassel ...«

»Ludvig Hassel?«

»Ich heiße nämlich Ludvig Hassel.«

»Den Schaffner brauche ich, sonst niemanden!« sagte Fanny wütend. »Warum glotzt du denn so, du Arschloch!«

Ihm schwindelte. Tante Fanny, nach so vielen Jahren, allein in einem ehemaligen Badezimmer, weil sie nicht mit im Haus bei den anderen leben konnte, aber noch immer mit dem feinen Zug auf der Oberlippe, den er früher immer so gern gemalt hätte, wenn er Maler gewesen wäre, und der aufrechte, große Körper, nach wie vor kerzengerade, obwohl sie weit über achtzig Jahre alt war.

Er ging, um den Schaffner zu holen. Tante Fanny wollte einen Schaffner haben. Dann sollte sie eben einen bekommen. Ludvig Hassel trat hinaus auf den Gang, noch benommen von dem Schock, daß sie ihn überhaupt nicht wiedererkannt hatte. Die Familie war so lange etwas Selbstverständliches gewesen. Aber es war ihr gelungen, ihn zu kränken, ohne daß er ihr das vorwerfen konnte. Er konnte trotz allem ihre Situation sehen und sich in gewissem Grade in sie hineinversetzen. Aber gleichzeitig war es so unglaublich, dachte er, daß sie ihn tatsächlich völlig vergessen hatte, daß nicht ein Funke von Erinnerung an ihn übrig war. Welchen Wert hatte dann eigentlich alles? Hätte sie sich besser an ihn erinnert, wenn er Direktor der Nationalgalerie *geworden* wäre? Kaum. Sie hatte ihn vergessen, ausradiert, sie hatte an anderes zu denken, an ihr eigenes Alter, mit dem sie kämpfte. Sie hatte ihm jahrelang Smörrebröd geschenkt und ihn auf die Wange geküßt, er war ihr kleiner, lieber Junge gewesen. Er hatte ein so sicheres Gefühl gehabt, weil er sie hatte, auf alle Fälle Tante Fanny, daß er aufgehört hatte, sich für sie zu interessieren. Dafür hatte er sich für die anderen interessiert, bei denen er kein sicheres Gefühl haben konnte, für die Prominenten, die mehr Macht im kulturellen Leben hatten als er selbst. Das war Tante Fannys Revanche. Sie hatte ihm die einfachste Frage der Welt gestellt: Ludvig Hassel, wer ist das?

Ja, wer war er? dachte Ludvig Hassel, während er durch die Gänge des Pflegeheims hastete auf der Suche nach einem Schaffner für Tante Fanny. Er stieß auf eine Pflegerin und rief aufgebracht: »Gibt es hier keinen Arzt? Tante Fanny braucht einen Arzt!«

»Welche Tante Fanny?« fragte die Pflegerin verwundert. Ludvig sah sofort ein, daß das eine naheliegende Frage war. Er hatte sie trotzdem so genannt, wie damals, als er ein kleiner Junge war, als der Name Tante Fanny ein Begriff war, als niemand einen Nachnamen brauchte, Herrgott, dachte er, verärgert über sich selbst, kehrte er jetzt in die Kindheit zurück? »Fräulein Halvorsen«, sagte er schließlich, »in dem kleinen, schäbigen Badezimmer. Wie könnt ihr es wagen, eine alte, verwirrte Frau an so einem Ort unterzubringen? Sie meint, sie sitzt in einem Zug. Sie weiß nicht, wo sie aussteigen soll. Wo *soll* sie aussteigen?«

Die Pflegerin wurde zornig. »Sie waren wohl noch nie bei uns? Hier herrscht ein Kampf aller gegen alle. Und, wenn Sie sich so sehr um sie sorgen, wo zum Teufel haben *Sie* gesteckt?«

Ludvig Hassel wußte nicht, was er antworten sollte. Es war noch zuviel Whisky im Körper, die Nerven auf ein Minimum runtergebrannt. Gleich würde er handgreiflich werden.

»Einen Arzt«, fauchte er.

»Wir haben den zweiten Weihnachtsfeiertag, verdammt noch mal. Sie sollten sich in der Kommune um einen Job bewerben. Der Arzt sitzt zu Hause, ißt gebratene Schweinerippe und läßt sich vollaufen. Wenn jemand im Sterben liegt, kannst du ihn rufen. Wenn nicht, kannst du zur Hölle fahren.«

Etwas an der Art, wie die resolute Pflegerin das sagte, brachte Ludvig Hassel zum Schweigen. So wenig war nötig, dachte er. Hauptsache, man wußte, wovon man sprach. Er, der Wissen immer bewundert hatte. »Nun denn«, sagte er. »Dann werde ich zurückgehen und ihr das erklären.«

»Sie können Fräulein Halvorsen erklären, was Sie wollen«, sagte die Pflegerin. »Sie hört nur, was sie hören *will*.«

»Seit wann arbeiten Sie hier?« fragte Ludvig Hassel.

»Seit sechzehn Jahren«, antwortete sie.

Genauso lange wie Tante Fanny hier untergebracht war, dachte er. Er hätte sich gewünscht, daß sie ihm von all den Jahren erzählt, aber das war natürlich unmöglich, unpassend, in einer Situation wie dieser. Tante Fanny wußte nicht, an welcher Haltestelle sie aussteigen mußte.

Er ging zurück zu Tante Fanny. Sie saß jetzt, mit ihrem Kreuzworträtsel, auf dem Feldbett, aber nicht so konzentriert auf die Wörter wie vorher, so als habe sie auf seine Rückkehr gewartet.

»Ich habe den Schaffner nicht gefunden«, sagte Ludvig.

»Dann fährt der Zug einfach weiter?«

»So sieht es wohl aus.«

»Aber wer bist du?« sagte sie schließlich.

»Ludvig Hassel«, wiederholte er. Der Name weckte keine Erinnerung. »Hast du nie einen Hassel gekannt?« fragte er. »Frithjof, deinen Schwager, den Gefängniswärter, verheiratet mit deiner Schwester Signe?«

»Meine Schwester Signe?« Tante Fanny lachte laut. »Nein, was du daherredest! Ich habe nie eine Schwester Signe gehabt!«

»Hast du überhaupt nie eine Schwester gehabt?«

Sie starrte ihn lange an, so als ahnte sie, daß etwas verkehrt war.

»Du bist nicht der Schaffner«, sagte sie.

Er setzte sich nieder, neben sie auf das Feldbett. Dann legte er die Arme um sie, konnte sogar, merkwürdigerweise, ihren Geruch wiedererkennen, irgendwo entfernt in der Erinnerung, während die Tränen liefen.

»Ich weiß es einfach nicht«, sagte Tante Fanny. Sie

begann ebenfalls zu weinen, als würde sie dennoch, tief drinnen, etwas verstehen.

»Was denn?« sagte Ludvig Hassel.

»Welche Haltestelle am nächsten von zu Hause liegt.«

Als sie sich beide ausgeweint hatten, blieben sie eine Weile still sitzen. Er strich ihr übers Haar, und sie nahm die Liebkosung an, dankbar wie ein kleines Mädchen. Danach versuchte Ludvig, sie zu testen. Zuerst vorsichtig, so als wäre es eigentlich ein Spiel. Eine Pflegerin war mit Kaffee und Kuchen für sie beide gekommen. Sogar mit einer Kerze. Für einen Moment wirkte das alte Badezimmer fast gemütlich. »Du hast alles mögliche ausprobiert im Leben, Fräulein Halvorsen, was?« sagte Ludvig Hassel, während er die schönen Linien ihres Gesichts betrachtete. Es lag eine Ruhe darin, die sie stets ausgestrahlt hatte und immer noch besaß, selbst als sie ihn ein Arschloch genannt hatte. Jetzt, nachdem er sich mit dem Vorfall abgefunden hatte, ließ er es zu, sich darüber zu freuen, daß Tante Fanny trotz allem derartige Wörter in den Mund nahm. Er wußte nichts über ihr Privatleben. Da hätte es durchaus viele Männer geben können. Fanny Halvorsen. Kaltmamsell in Jørgensens Konditorei, in Arendal. Hinter diesen Worten steckte etwas Magisches. Er hatte die Stärke bemerkt, die noch in ihrem Körper steckte, jedenfalls eine Ungeduld, als wären ihr Ausflüchte jeder Art lästig. »Was ich gemacht habe?« sagte sie. »Ja«, sagte er.

»Ich bin Schuhmacher gewesen«, sagte sie.

»War nicht dein Vater Schuhmacher?« sagte er.

»Ja, Vater war auch Schuhmacher. Und die Frau.«

»Schwester Signe?«

»Nein, die, die bei Papa gearbeitet hat.«

»Was weißt du noch von ihr? Wie hieß sie. Signe?«

»Nein, sie hieß Fräulein Berthelsen.«

»Und du?«

Keine Antwort.

»Bist du Kaltmamsell bei Jørgensen geworden?«

»Jørgensen?«

»Kannst du dich nicht an Jørgensen erinnern? An die Konditorei? Nicht an die Kuchen? Nicht an die Smörrebröd?«

Sie starrte ihn lange und unsicher an. Er wußte nicht, wohin er schauen sollte. Da war ein Streifen Sonne vor dem Fenster. Er versank schnell in dem schwarzen Hügel mit den Kiefern.

»Wer bist du?« wiederholte sie schwach.

»Ich bin Ludvig Hassel«, sagte er. »Der Sohn von Signe und Frithjof. Ich bin der, der eine Doktorarbeit über Seurat geschrieben hat. Du hast mir dazu gratuliert.«

»Dann ist es ja gut.«

Tante Fannys Gesicht war bleich wie eine Handfläche, dachte er. Weit offen und nackt.

Als Ludvig Hassel endlich begriff, daß er gehen mußte, ihretwegen und seinetwegen, war es draußen stockdunkel geworden und wahrscheinlich spätabends. Sie hatten nicht sehr viel miteinander geredet, aber ein Kreuzworträtsel zusammen gelöst. Tante Fanny war wirklich eine Sprachbegabung, dachte er. Die Kreuzworträtsel der ›Verdens Gang‹ waren schwierig. Aber sie hatten es gelöst, ohne ein Synonymwörterbuch zu Hilfe zu nehmen.

»Ich bin stolz auf uns beide«, sagte er.

»Ja, wir haben vieles, auf das wir stolz sein können«,

stimmte Tante Fanny zu. Er hatte ihr ein Plaid über die Schultern gelegt. Jetzt warf sie es aufs Bett.

»Ich gehe davon aus, daß du über Nacht bleibst«, sagte sie einfach, ohne Koketterie, als handle es sich um eine stillschweigende Übereinkunft zwischen ihnen.

»Ich glaube, ich muß aufbrechen«, sagte Ludvig Hassel.

Tante Fanny starrte ihn an, wartete, als würden noch weitere Worte kommen.

»Du wagst es, diesen Zug zu verlassen?« sagte sie endlich.

»Ja, an der nächsten Haltestelle.«

»Da sind ja ständig Haltestellen.«

»Eben deshalb.«

»Aber du weißt nicht, wohin du sollst?«

»Nicht mehr als du.«

Er zog ihr das Plaid wieder über die Schultern. Ein Schatten huschte über ihr Gesicht, als habe sie auf eine andere Antwort gehofft.

Er stand in der Tür. Das Bad war fahl, an den Wänden blätterte die Farbe ab. Das Licht an der Decke war gelöscht. Tante Fanny lag auf dem Feldbett. Es war fast nichts mehr übrig von ihr und doch noch so viel Tante Fanny, dachte er.

»Dann erinnerst du dich an keinen, der Hassel heißt?« sagte er.

»Nein«, antwortete sie vom Bett her. »Tut mir leid, daß ich dir nicht weiterhelfen kann. Dieser Name ist mir völlig fremd. Aber jetzt geh. Und sei vorsichtig. Vergiß nicht, mit dem Öffnen der Tür zu warten, bis der Zug hält.«

Danach dachte Ludvig Hassel häufiger an Züge. An Züge mit Reisenden. Sie hatte also dieses Gefühl. Daß es eine Haltestelle gab. *Ihre* Haltestelle. Aber welche? Er dachte, daß es so leicht gewesen war, mit ihr zu reden, gleichzeitig verkörperte sie etwas Gefährliches für ihn. Das Vergessen war gefährlich. Das Vergessen fragte nie um Erlaubnis. Das Vergessen nahm sich, was es haben wollte, und verschwand. Sie war der Mensch, der ihn am längsten kannte und von dem er sagen mußte, daß er ihn *völlig* vergessen hatte. Nicht die geringste Erinnerung mehr, nicht ein Smörrebröd, das sie ihm zugesteckt hatte, nicht einen Kuß auf die Wange. Dabei war es doch so logisch, dachte er. Es war leicht gewesen, neben ihr auf dem Feldbett zu sitzen, als hätte er eine neue Freundin gefunden. Sie hatten über alles mögliche gesprochen. An manche Dinge erinnerte sie sich, wie den Metzger Beisland, wie Poppe mit dem Steinhaus. Sie erinnerte sich, daß der König einmal die Stadt besucht hatte, an den furchtbaren Trubel.

Er ging die Vestrestraße hinauf nach Blødekjær. Der Wind hatte aufgefrischt. Eine steife Brise, vielleicht ein kleiner Sturm. Die Leute blieben in ihren Häusern. Er warf einen Blick hinunter zur Marktstraße und wünschte sich, die Stammkneipe wäre offen, aber er mußte warten, bis die Feiertage vorüber waren. Heiligabend war ein Donnerstag gewesen. Es blieb noch der Sonntag. Ein leerer, dunkler, windiger Sonntag. Der Gedanke an Schlafen erschreckte ihn plötzlich, wie in der Kinderzeit, wenn er glaubte, er würde im Laufe der Nacht sterben, und sich feierlich von den Eltern verabschiedete, bevor er sich ins Bett legte. Er fühlte sich unwohl. Es war zu spät, um Geir Tore Salvesen anzurufen. Er ging die Anhöhe hinauf und betrat sein Haus. Hoch oben über den

Wolken, wußte er, leuchtete ein halber Mond, der würde leuchten durch diese von Unruhe bereits erfüllte Nacht. Wer war das, der über den unheimlichen Frieden der himmlischen Schönheit geschrieben hatte, über die kalte Ironie der warmen Luft, diese blauschwarze Dunkelheit, in der er sich *selbst* jetzt befand?

Er öffnete eine Flasche Branntwein, ohne sich auf das Trinken zu freuen. Vielleicht war es schädlich. Einer seiner gleichaltrigen Kollegen an der Nationalgalerie war vor zwei Jahren plötzlich zusammengebrochen. Eine starke Gehirnblutung. Nach einem halben Jahr in der Reha starb er. Irgendwie fühlte er sich jetzt, nach der Begegnung mit Tante Fanny, viel älter, näher ihrem Alter, näher ihrem Vergessen. In all den Jahren hatte er sich gierig vom Jetzt genommen. Die Vergangenheit hatte er dazu benutzt, sich in ihr zu sonnen. Die alten Meister hatten ihr Licht auf ihn geworfen, und er hatte lächelnd und mit Genuß die Augen geschlossen, als gelte es nur ihm allein. Tante Fanny, aufgezehrt vom Vergessen. Ludvig Hassel spürte eine Angst, als habe sich die Einsamkeit in diesem Haus von einer Befreiung in eine Bedrohung verwandelt. Sein Hang, sich eine falsche Welt zu erschaffen, hatte ihn bis hierher verfolgt, in dieses vertraute, geliebte Haus. Jetzt war sogar dieses Zimmer unheimlich geworden. Hätte er ein Telefon gehabt, er hätte Anne-Beth angerufen, allen Stolz über Bord geworfen, sie inständig gebeten, mit dem ersten Zug zu kommen, vielleicht den Flieger nach Kristiansand zu nehmen. Natürlich, dachte er, während der Schnaps irgendwo in seiner Brust brannte, bin ich immer ein Träumer gewesen. Das einzige, was ich geliebt habe, sind tote Gegenstände gewesen, Bilder, eingefrorene Stimmungen. So waren es wohl die Utopien, die er kultiviert hatte, diese Sehnsucht, die ihn allzeit verführte, zu dem, was nie existierte.

Dann überflutete ihn der Rausch des Branntweins. Er lag auf der Couch und fuchtelte mit den Armen, als versuchte er, halb verzweifelt, nach einem einzigen lebenswichtigen Gedanken zu greifen.

Fünfter Teil

Als Ludvig Hassel nach diesem Alkoholbad endlich erwachte, wußte er nicht, welcher Tag es war, wußte nur, daß er lange auf dem Fußboden neben der Couch gelegen und auf den Teppich erbrochen hatte. Das Licht war hell und stechend, auch wenn er nach und nach merkte, daß der Tag, an dem er erwacht war, keine Sonne hatte. Die Angst umschloß ihn wie eine Glasglokke. Der Punkt in ihm, den er das Bewußtsein nannte, schoß aus seinem Kopf zu einem Ort, der noch stiller war, noch schlimmer. Nur ein Geräusch war zu hören, als spielte jemand weit entfernt Klavier, doch war das unmöglich, denn das einzige, was man in diesem Zimmer hören konnte, war der Verkehr. Aber die Klaviertöne setzten sich fort – sanfte Musik, wie von den Fingern eines jungen Mädchens. Weiß Gott, dachte Ludvig Hassel, Musik des Todes. Das Mädchen mit den Schwefelhölzern spielt für mich! Und gleichzeitig spürte er den Frost, den schüttelnden Frost. Er versuchte, nach der Flasche mit dem restlichen Whisky zu greifen, zitterte aber so sehr mit der Hand, daß er die Flasche auf dem besudelten, schmutzigen Teppich noch weiter weg schob. Er versuchte, aufzustehen, aber der Schmerz im Kreuz war unerträglich. Dann lag er eine halbe Stunde still da, spürte, wie die inneren Organe nacheinander von Wellen des Schmerzes heimgesucht wurden. Der Atem ging schneller, das Herz schlug mit einem Ruhepuls wie nach einer gewaltigen Anstrengung auf der Aschenbahn. Aber er hatte ganz still dagelegen, und er war aus einer langen Reise aufgewacht, einer Reise weit in das Dunkel, das Unbekannte hinein; die öde, abschreckende Landschaft, wie sie Olav Åsteson einmal auf seiner Fahrt durch das Schattenreich besucht hatte, als er bis dahin gelangt war, wo das Leben im Jenseits für ihn zur Wirklichkeit wurde, selbst wenn er das, was er danach dichtete, *Traumlied* nannte. Es war kein Trost, zu wissen, daß auch Brantzæg so dagelegen hatte, Nacht um Nacht, bevor er sich erhob, aus dem Krankenhaus davonlief und sich dann bei einer alten Schauspielerfreundin das Leben nahm. Ludvig Hassel brauchte einige Stunden, um wieder auf die Beine zu kommen. Der Tod war nicht die Zukunft. Der Tod war in ihm, als habe es der Alkohol für eine Weile geschafft, alle seine Lebensgeister zu vertreiben, bevor er es schaffte, wiederaufzuerstehen.

Aus der Traumwelt wiederauferstehen! dachte er. Alle die Bilder der letzten Stunden, an die er sich durch ein Flimmern ganz detailliert erinnern konnte. Träume, die eine Welt waren, die es aber dennoch nur in seinem Kopf gab. Er mußte sie alle geträumt haben. Jedenfalls erinnerte er sich an die ganze Londonreise, bereits vollzogen als Traum. Da war Arvid Buvik auf dem Trafalgar Square! Was hatte er gleich wieder gemacht? Steine auf die Tauben geworfen? Versucht, aus der National Gallery einen Gauguin zu klauen? Jedenfalls etwas äußerst Peinliches. Ludvig Hassel hatte ihn dabei beobachtet, war wütend geworden, hatte versucht, die Polizei zu rufen, diese dummen, pickeligen Bobbys. Aber niemand hörte, daß er rief, und der Verkehrslärm war ohrenbetäubend. Dagny war mit Cathrine bei Marks & Spencer. Hassel entfernte sich von dem peinlichen Auftritt, wußte, daß sich Paul und Anja etwas weiter weg befanden, im The Strand. Immer diese Sehnsucht, sich an einem anderen Ort zu befinden – ob nun im Traum oder in der Wirklichkeit! Auch wenn er sein ganzes Leben lang und in all diesen Träumen das Gefühl hatte, daß etwas fehlte, daß er etwas versäumte, etwas, was außerhalb seines Gesichtsfelds passierte. Und dieses Gefühl des Versäumens, ständig an etwas anderes zu denken als an das, was ihn unmittelbar betraf, machte ihn vage und schemenhaft. Es war ein grelles Licht. Sogar das Wetter vermochte Träume zu erzeugen, in allen Farbnuancen, mit Licht und Schatten. Wechselhaftes Kanalwetter. Weiße, zerfetzte Wolken in voller Fahrt von Südwest. Die riesigen Jumbo-Jets in niedriger Höhe über der Stadt, fast in der Luft stehend, im Anflug auf Heathrow. Ja, er träumte, wußte es aber noch nicht, spürte es nur. Er ging hinüber ins The Strand, war immer ein Snob gewesen, dachte er, ein kleiner Rotzbengel aus Arendal, der noch nicht so zwanglos auftrat, um ganz natürlich in das Milieu von Simpson's in The Strand einzutauchen, genauso natürlich wie die Zeitungsredakteure ein Roastbeef zu verspeisen, das Dessert hineinzuschlürfen, die Zeitung mit einem Monokel zu lesen, eine Zigarre zu ordern.

Teil von etwas anderem zu werden! Etwas Besserem! Weit weg von Blødekjær. Sogar weg von der Odinsstraße. Schluß mit allem Provinziellen. Große Gedanken. London. Die Stadt, die er mehr liebte als jede andere, in der er niemals wohnen würde, aber in der er *war*, in diesem Traum. Vielleicht ein Alptraum. Oder der Beginn eines Deliriums. Da traf er sie, Anja und Paul, direkt vor dem Savoy. Meine Güte, er mußte kichern, Paul im Savoy. Das konnte nicht gutgehen. Man würde ihn zurückschicken, noch bevor er die Bar erreichte. Aber hier stand er also, Ludvig Hassel, im Traum, in einer steifen Brise, abwechselnd Sonne und Wolken, noch das kleinste Detail seiner Umgebung konnte er wahrnehmen, konnte sein Gehirn gestalten oder umgestalten, denn er hatte ja dieses Szenario nie zuvor erlebt, er und die Familie in London, die Tickets waren noch nicht einmal bezahlt, und trotzdem befand er sich dort, gemeinsam mit der Familie, auf dem großen Entschuldungs-Trip, der Londonreise 1999, bei der er natürlich seine Hintergedanken hatte, denn im Traum stand Anja Vikersund direkt vor ihm, unter den rasch wechselnden Wolkenformationen, der Wind zerzauste ihr Haar, und Ludvig dachte nur an die bittere Ironie des Ganzen, daß er in dem Moment wahrhaftig daran dachte, wie er seinen Sohn Paul loswerden könnte, nur für ein paar Stunden, denn mehr brauchte er nicht. Das machte ihn nun eindeutig zu einem verabscheuungswürdigen Vater, dachte er im Traum, denn gab es etwas Verwerflicheres, als um die Freundin des Sohnes zu buhlen? Mit biblischer Kraft und Feierlichkeit wollte er zu Werke gehen. Ein paar lumpige Stunden, nur um Anja zu erzählen, daß es tausend Dinge gebe, die er ihr hier auf dieser Welt zeigen wolle, daß er die Jugend noch in sich habe, daß sie ihm vertrauen könne, denn er sei ein erfahrener Mann, was er nicht an Jugend habe, das habe er an Weisheit. Es sei noch so viel Ungenutztes in ihm! Aber im selben Moment nahmen sie und er Tiergestalten an. Der Traum wurde häßlich. Sie wurde zu einer Gazelle, er zu einem Warzenschwein. Das war keine angenehme Entdeckung. Das Warzenschwein war ein unbeholfenes und lächerliches Tier, das mit erhobenem Schwänzchen herumrannte und nicht einmal gefährlich aussah. Er stand da und suchte nach Worten, wurde aber Paul nicht los. Der Sohn stand nur da und war ganz Ohr, zu seinem maßlosen Ärger. Dabei wollte er Anja die *Badenden von Asnières* zeigen, ihr erklären, wie ein solches Meisterwerk zu provozieren vermochte. Er würde Parallelen zum heutigen Norwegen herstellen, dem Klassenkampf, der verschwand, zu den neureichen Idioten, die die Führung übernahmen und jeden künstlerischen Einsatz, jede echte Initiative aufspießten, das würde sie, das einfache, kerngesunde Mädchen vom Land, sicher gern hören. Er konnte ihr erzählen, wie der Kunstmarkt längst von der primitiven, obszönen Sammlermanie der Millionäre infiziert war, wie die Geldzirkulation, die Spekulationen und die Aktienhysterie eigentlich ökonomische Gewaltanwendungen waren, eine völlig unsichtbare Gewalt, aber dennoch Gewalt, eine Auszehrung dieses Planeten, wodurch die Armen noch ärmer werden würden. Aber noch hingen die *Badenden von Asnières* an ihrem Platz, in der National Gallery, und erzählten die Geschichte vom bescheidenen Leben, erzählten von der Echtheit, von den eigentlichen Werten des Lebens, vor dem Hintergrund von Fabrikschornsteinen. Das echte, bescheidene Leben, zu dem sie durch ihre Kindheit einen Zugang hatte! Aber nun war sie zur Gazelle geworden und er zum Warzenschein. Er hatte sich als ein Tier entpuppt! – die ganze Zeit war er ein Warzenschwein gewesen, auch während er dastand und redete. Während sie eine Gazelle war! Nur Paul hatte noch menschliche Züge. Mit einem erdrückenden Gefühl, als müsse er sich für etwas schämen, rannte er, das Warzenschwein, weg von der Gazelle und seinem eigenen Sohn in Menschengestalt und verschwand über die Waterloo Bridge zur South Bank, wo er am Fußboden vor der Couch lag und feststellte, daß er auf den Teppich erbrochen hatte.

Er saß einige Stunden am Küchentisch, trank vorsichtig vom Kaffee und aus der Whiskyflasche. Er ahnte, daß er nicht weit vom Delirium gewesen war. Er hatte Stimmen gehört. Musik. Von einer Gazelle und einem Warzenschwein geträumt. Er mußte äußerst vorsichtig sein. Die Klaviermusik hörte allmählich auf. Sie war aus seinem Kopf gekommen, eine Mischung von Satie und Schubert. Er wußte, daß er jetzt so müde war, daß schlafen allein nicht genügte. Er spürte, daß der pochende Schmerz, den er heute im Kopf hatte, nicht eigentlich vom Kopf kam, sondern von einer anderen Stelle. Er hatte sein Erbrochenes aufgewischt, die bittere Magensäure. Freiwillig hatte er versucht, sich zugrunde zu richten, das mentale Gleichgewicht zu zerstören, er fühlte sich wie ein Patient, der sich in der letzten Phase eines verhängnisvollen Krankenlagers befand. Ein indirekter Selbstmord, dachte er. Jetzt erwachte er zum Leben und fürchtete, sentimentalerweise, den Tod.

Viele Stunden später begriff er, daß es der Tag vor Silvester war. Einen großen Teil der Weihnachtstage hatte er also liegend verbracht, abwechselnd auf dem Fußboden und im Bett. Er hatte sich in mehrfacher Hinsicht besudelt, hatte Hose und Unterwäsche waschen müssen. Das war kein würdiges Leben mehr, dachte er, erschrokken darüber, wie maßlos und unkontrolliert er diesmal getrunken hatte. Irgendwo war da ein Ungleichgewicht. Allzuviel Wille. Zu viele Kräfte und zuwenig Möglichkeiten. Aber was das betraf, so ging ihm das nicht allein so. Er hatte Malerfreunde, die sich bewußt zu Tode gesoffen hatten. So war das seinerzeit sicher auch mit Brantzæg gewesen. Ludvig Hassel saß am Küchentisch und starrte hinaus in die Dämmerung des Nachmittags, auf den Regen, der fiel, die Autos, die mit geringer Geschwindigkeit zur Stadt fuhren oder aus ihr heraus. Er mußte einen Weg aus dieser Erniedrigung finden. Der Kopf war voll von allerlei absurden Gedanken. Sollte er Tante Fanny mit sich zurück nach Oslo nehmen? Das war ein edler Gedanke, viel zu edel für ihn, dachte er. Die ersten Tage würde er noch von Freude über seine Güte erfüllt sein, aber nach und nach würde sie ihm auf die Nerven gehen. Die Gedanken flogen dahin, er durfte jetzt nichts überstürzen! Er mußte sich selbst in ein mentales und physisches Gleichgewicht bringen, und dann mußte er einen Abend, den vorletzten dieses Jahres, mit seinem alten Jugendfreund Geir Tore Salvesen verbringen, der es auch ohne Doktorgrad schaffte, klarer zu sehen, glücklicher zu leben, der *Fischer* Geir Tore, der wußte, daß der Hummer an einer bestimmten Stelle zwischen Merdø und Lille Torungen stand, der mit seiner uralten Mutter im Elternhaus von Barbu lebte, der, ohne zu zögern, das erstbeste Leben, das ihm angeboten wurde, dankbar angenommen hatte. Er kam in Arendal zur Welt, ergo lebte er in Arendal, er war der Sohn eines Fischers, also mußte er selbst Fischer werden, er wuchs in einem Haus auf, und selbstverständlich lebte er sein Leben lang in diesem Haus.

Hassel rief den Freund von einem Kiosk unten am Markt an, hörte dessen langsame, ruhige Stimme, etwas Unerschütterliches in seinem Wesen; wenn ganz Barbu in Flammen stünde, Geir Tore würde das nicht aus der Fassung bringen, er würde ohne ein Wort, ohne zu murren, anpacken und löschen.

»Wo hast du denn gesteckt, Ludvig?« sagte er. »Du kommst doch sonst schon am ersten Feiertag?«

Ludvig Hassel ärgerte sich, daß er es nicht wagte, die Wahrheit zu erzählen.

»Es gab so viel, was an dem Haus gemacht werden mußte«, sagte er.

»Verstehe«, sagte Geir Tore. »Alles verfällt. Aber wir sehen uns? Heute abend?«

Die zwei Jugendfreunde trafen sich in einer der Kneipen der Stadt, die man salopp als Spelunke bezeichnen würde, die aber jetzt, in der Millenniumszeit, im Stil heller und lebendiger geworden war. Auch die Stammkneipen waren nicht mehr das, was sie einmal waren, dachte Ludvig Hassel. Man hatte sie aufgemotzt. Statt des norwegischen Essens mit Hering, Fleisch und Kartoffeln gab es Pasta und Tomatensoßen, zubereitet in riesigen Fabriken in Italien oder Rogaland. Eingelegter Weißkohl und norwegische Kartoffeln mußten sich bei Hakon und Dolmio geschlagen geben. Ludvig ging trotzdem mit einer gewissen Erwartung zu dieser Verabredung mit dem Jugendfreund. Er war erleichtert, daß das Delirium nicht eingetreten war. Der Körper war bereits wieder für eine erneute Alkoholaufnahme bereit. Erstaunlich, dachte er, wie leicht es trotz allem ging, sich nach einem Blackout zu regenerieren.

Es war regnerisch, zu mild, sehr windig. Also bald das letzte Jahr in diesem Jahrtausend, dachte Hassel, erstaunt darüber, daß eine ganze Zeitrechnung auf einem einzigen Individuum aufgebaut sein konnte, auf Jesus von Nazareth, ob er nun der Sohn Gottes war oder nicht. Ungeachtet dessen, ob es Gott gab, konnte man ziemlich sicher sein, daß ein Jesus von Nazareth tatsächlich existiert *hatte*, der, während er lebte, vermutlich keine Ahnung gehabt haben dürfte, daß man ihm, dem Gekreuzigten, den Gott verlassen hatte, eine neue Zeitrechnung aufbürdete. War es etwa denkbar, fragte sich Ludvig Hassel in seiner nervösen und monomanen Katerstimmung, daß das Huntsville-Gefängnis von Texas ein historischer Schauplatz wie Golgatha werden könnte? War es denkbar, daß ein schwarzer Mann um die dreißig Jahre alt, verurteilt wegen Vergewaltigung und Mord, eine Giftspritze bekommen sollte, während draußen vor den Mauern eine Handvoll Außenseiter demonstrierten und behaupteten, daß der zum Tode Verurteilte Gottes Sohn sei, daß sein Tod bald die Aufmerksamkeit auf seine Geburt lenken werde, auf die Stunde und den Tag genau? War es denkbar, daß die Leiche gleich nach der Hinrichtung verschwand, daß es keinen Körper gab, den man verbrennen konnte, daß der Hingerichtete eine Sekte gegründet hatte, die sich jetzt plötzlich zu Wort meldete, die das Christentum mit allen Mitteln bekämpfte und eine neue Weltordnung schuf, gestellt auf einen neuen Gott, dessen Sohn gerade im Huntson-Gefängnis von Texas die Todesspritze bekommen hatte? Dort hatte im übrigen eine schöne Frau mit dem Leben büßen müssen, gegen die lautstarken Proteste der Christen. Selbst der Papst in Rom hatte ein Wort für die Mörderin eingelegt, weil sie sich nach dem Verbrechen eines Besseren besonnen und ihre Sünden vor Gott bekannt hatte. Einfache Verbrechen, einfache Erlösung. Die neue Zeit! dachte Ludvig Hassel, während er die Stammkneipe am Markt von Arendal betrat und sah, daß Geir Tore am Stammtisch saß, auf seinem angestammten Platz, mit seinem Stammgetränk, einem halben Liter Bier und einem Simers-Aquavit. Es war rührend, daß zwei alte Freunde sich noch immer so treffen konnten, so selbstverständlich, am vorletzten Tag des vorletzten Jahres in diesem zweiten Jahrtausend, nachdem Jesus Christus geboren wurde. Ludvig wußte, daß Geir Tore das war, was man ein schlichtes Gemüt nennt, ein Mann, der Ertrinkende aus dem Meer holte, ohne viel Aufhebens davon zu machen, ein Mann, der seine emotionalen Reaktionen nach Rettungsarbeiten nicht ausposaunte, also ein nüchterner Mann, der nie Anspruch auf große Worte erhob. Er hatte keine bestimmten Ziele, wartete nicht auf plötzliche Fortschritte; er saß, als hätte er immer so dagesessen, in seiner Stammkneipe, weil er mit Hauptkustos Ludvig Hassel verabredet war, der eben jetzt in den Raum trat. Ludvig merkte, daß er einen jämmerlichen Anblick bot, so wie der Jugendfreund ihn musterte. Sie gaben sich die Hand, das war stets mehr als genug gewesen. Ganz anders als in Oslo, dachte Ludvig Hassel, wo man einander schon nach wenigen Minuten leeren Geredes umarmte und küßte. Nein, hier war ein fester Händedruck üblich, Geir Tore drückte ihm die Hand, und die Freundschaft war wie immer. Ludvig wußte, wie elend er aussah. »Du siehst schlecht aus«, sagte Geir Tore. »Vielleicht zu wenig geschlafen wegen meiner Renoviererei«, antwortete Ludvig. »Was renovierst du?« fragte der Freund. »Wohnzimmer, Küche und Schlafzimmer«, antwortete Ludvig. »Alles auf einmal?« fragte der Freund. »Ja, das mußte einfach mal sein. Ich bin doch so selten hier.« Er konnte sehen, daß Geir Tore einige Kilo zugelegt hatte, eine vorteilhafte Gewichtszunahme, die die Falten und den Alterungsprozeß weniger sichtbar werden ließ. Der Jugendfreund verwandte keine Zeit auf sein Äußeres, er kaufte seine Kleidung bei Hennes & Mauritz, brauchte nie mehr als zwei Hemden, zwei Pullover, Unterwäsche, zwei Hosen und einige Paar Stiefel, immer Stiefel. Ludvig Hassel fühlte sich jedesmal, wenn er den Freund traf, unbeholfen, etwas zu vornehm gekleidet, gekünstelt, ohne daß er so sein wollte. »Du siehst wirklich schlecht aus«, wiederholte Geir Tore.

Ludvig Hassel zögerte, unschlüssig, ob er nicht einfach alles erzählen sollte. »*Du* siehst verdammt gut aus«, parierte er statt dessen fast wütend. »So hat also nun jeder seine Geschichte. Wer fängt an?«

»Ein Fischer gegen einen Hauptkustos«, stellte Geir Tore mit einem Lächeln fest. »Natürlich fängst *du* an.«

Da blieb ihm nichts anderes übrig. Vielleicht würde er sich danach besser fühlen. Am Nachbartisch saßen drei Trinker, die er kannte. Sie grüßten mit einem freundlichen Nicken. Total verworren, dachte Ludvig Hassel, als er merkte, wie zögernd, teilweise stotternd, er die Situation darzustellen begann, eine völlig unhaltbare Situation, Arvid Buvik, der sich plötzlich meldete, und Cathrines Unsicherheit, die merkwürdige Begegnung mit Anja Vikersund.

»Die Extrempunkte, Geir Tore, nicht Anne-Beth oder Dagny, nicht Cathrine oder dieser Arvid Buvik, sondern Tante Fanny und Anja Vikersund. Verstehst du? Hier scheint es eine Verbindungslinie zu geben.«

Geir Tore Salvesen hörte zu. Es war, als hätte die aufmerksame Stille des Freundes mehr Gewicht als Ludvig Hassels bruchstückhafte Ausführungen. Ludvig merkte, daß er viel zu nervös war, zuviel geredet hatte, die Hand, die das Glas hob, zitterte, wie in aller Welt konnte er erwarten, daß Geir Tore ihn verstand! Aber wer sollte ihn sonst verstehen? Geir Tore Salvesen *mußte* ihn verstehen. Verstehst du, Geir Tore?

Vielleicht verstand ihn Geir Tore, er, der ständig etwas *machte*, den Fisch aus dem Meer holte, den Hummer fing, seine alte Mutter pflegte. All diese kleinen Tätigkeiten trugen letztlich zum Bruttosozialprodukt Norwegens bei. Ludvig Hassel starrte den Jugendfreund an und dachte, daß Geir Tore Salvesen, als Person, eigentlich viel stärker und mündiger als diese neuen Milliardäre wirkte, denen es wieder und wieder mißlang, vor den Fernsehreportern zu fliehen. Sie wollten ihre Geschäfte im verborgenen abwickeln und wirkten als Persönlichkeiten nervös und paranoid. Das konnte man von Geir Tore Salvesen nicht sagen. Ihm fehlten zwar einige Milliarden, doch dafür war er absolut *sicher*, ein Mann, der weder den Kopf zur Seite drehen noch in eine Schublade schauen mußte, der vor den Medien nicht untertauchen, nicht mit verbitterten oder ironischen Kommentaren daherkommen mußte, die ohnehin ein Schlag ins Wasser waren. Ludvig Hassel starrte den Jugendfreund an und dachte, bewundernd, wie *stark* er wirkte, wie *beruhigend* es sein würde, wenn ein Mann wie Geir Tore Salvesen Ministerpräsident wäre. Aber Menschen wie er, das war ihm klar, würden nie imstande sein, das Rennen durchzuhalten, das einen bis ganz an die Spitze brachte. Sie würden nicht bereit sein, auf diesem Weg all die Kompromisse zu akzeptieren, die Lügen, die Liebedienerei gegenüber den Schlimmsten unter den Journalisten, den Machtmenschen, den örtlichen Wahlkomitees. Geir Tore hatte sich die ganze Zeit zurückgehalten, jetzt war er an der Reihe, Fragen zu stellen, neugierig, wie er nach Ludvigs Geschichte war.

»Warum verstrickst du dich ständig in *solche* Angelegenheiten, Ludvig?«

»Sie ist keine *Angelegenheit*«, antwortete Ludvig Hassel. »Sie ist die Freundin meines Sohnes.«

Sie blieben einige Stunden lang sitzen; ein mühseliges, zum Untergang verurteiltes Gespräch, dachte Ludvig, weil er nichts mitzuteilen hatte, nichts außer Chaos, weil es ihm eigentlich keine Freude machte, mit dem Freund zusammenzusein, wie er es gehofft hatte. Der Traum, in dem er in ein Warzenschwein verwandelt worden war, ließ ihn nicht los. Sie hechelten trotzdem die alten, ritualisierten Themen durch, wie es mit diesem und jenem stand, entfernten Personen, für die sich Ludvig Hassel nicht mehr interessierte, für die sich nicht einmal Geir Tore Salvesen mehr interessierte, und dennoch redeten sie über sie, diese alten Klassenkameraden, einige bereits mit Herzinfarkt, andere Autoverkäufer in Froland, außerdem über eines der Mädchen, die Millionärsgattin in Connecticut geworden war. Es waren Leute, über die Hassel mit Verwunderung sprach, für Geir Tore dagegen waren das selbstverständliche Größen. Was bedeutete das eigentlich, überlegte Ludvig, ein Leben mit Ambitionen zu leben? Was hatte ihn dazu verleitet, von Blødekjær wegzugehen und den Kampf gegen alle möglichen Kunsthistoriker aufzunehmen? Was hatte ihn zu der Hoffnung veranlaßt, etwas im Lichte von Seurat ausdrücken zu können? Jetzt sagte er all das seinem Jugendfreund Geir Tore, daß er in seinem Leben bestimmten Richtlinien gefolgt war, daß er Ambitionen gehabt, daran geglaubt hatte, daß es möglich sei, sich selbst an den Haaren aus dem Sumpf zu ziehen, seinem eigenen Leben eine Art von Würde zu geben. Aber nach der Begegnung mit Tante Fanny erschienen ihm all diese Bemühungen lediglich wie ein sinnloses Jagen nach dem Wind. Das Vergessen war die einzige Wahrheit, der Abbau des eigenen Selbst, der ihn mit Sicherheit irgendwann im Alter ereilen würde. Der Verfall, Geir Tore! sagte er, ohne zu erwarten, daß der Freund ihn verstand. Und im selben Moment schämte er sich dafür, daß er es gesagt hatte, so, als würde ihm die Benutzung des Wortes »Verfall« eine gewisse Bedeutung verleihen, als hätte er, Ludvig Hassel, mehr zu verlieren als der Jugendfreund. Aber das traf ja nicht zu, das erkannte er jetzt. Geir Tore Salvesen hatte sein Leben nach wie vor im Griff, das war offensichtlich. Er saß da, mit dem halben Liter Bier und dem Aquavit, und war ein annähernd *glücklicher* Mann, jedenfalls glücklich unwissend über die *Badenden von Asnières* und Seurat, unwissend über die Rivalitäten an der Nationalgalerie. Er wußte, wo zwischen Merdø und Lille Torungen der Hummer stand. »Der Verfall«, sagte er, »ist sozusagen naturgegeben. Denn wir werden alle zugrunde gehen.«

Er sagte das so selbstverständlich, daß Ludvig Hassel zuerst die Bedeutung nicht verstand. Dann wurde es ihm klar. Ja, der Verfall. Tante Fanny und das Vergessen. In wenigen Jahren war er an der Reihe. »Ich habe so das Gefühl«, sagte er, »daß der Scheitelpunkt erreicht ist, daß ich nicht weiterkomme in meinem Leben. Verstehst du? Ein Gefühl, daß das Wertvolle in der Vergangenheit liegt. Aber die Erinnerungen kann ich ja zu nichts gebrauchen. Und was ist mit der Zukunft? Vorwärtskommen. Wie in aller Welt soll ich vorwärtskommen? Und wie soll ich wissen, an welcher Haltestelle ich aussteigen muß?«

»An welcher Haltestelle?«

Sie starrten einander an, und Ludvig Hassel begriff plötzlich, daß ein Gespräch unmöglich war, weil jeder mit seinem Leben ein anderes Ziel verfolgte. Er hatte sich, in jeder Hinsicht, gewünscht, Erfolg zu haben, andere davon zu überzeugen, daß es etwas gab, das wichtiger war als alles andere, daß es eine Botschaft gab. Aber das waren Ambitionen, die Geir Tore Salvesen entweder nie gehabt oder bereits nach dem Abitur bewußt abgelegt hatte. Deshalb besaß er jetzt die volle Kontrolle. Sogar über die Frauen hatte der Freund die Kontrolle. Er wollte nicht zu viele davon, hatte nie mit einer zusammengelebt, hatte aber einige »Freundinnen«, wie er sagte, einige Sumpfrallen, die er während des Sommers in seinen Fischkutter einlud, um sie danach auf einem der äußeren Holme zu verführen. Ja, dachte Ludvig Hassel; ein gutes Leben, sinnvoll, gerade weil es frei von Ambitionen war.

»Eddie ist tot«, sagte Geir Tore.

»Eddie? Welcher Eddie?«

»Erinnerst du dich nicht mehr an Eddie? Eddie Sprint? Er ist doch in unsere Klasse gegangen, Ludvig! Er ertrank im Oktober. Beim Hummerfischen.«

»Wie schrecklich«, sagte Ludvig.

»Findet du? Obwohl du dich gar nicht an ihn erinnerst?«

»Vielleicht erinnere ich mich. Eddie Sprint? Laß mir etwas Zeit.«

»Er ist vor dem Leuchtfeuer Torungen ertrunken. Sollte eine Holzreuse der alten schweren Sorte heraushieven. Eddie war sehr genau in diesen Dingen. Aber er hat nicht gesehen, daß sich das Seil um seinen Knöchel geschlungen hatte. Das Gewicht war es sicher nicht, was ihn über Bord kippte. Aber die Überraschung. Ein Stein zog ihn also in die Tiefe. Erinnerst du dich wirklich nicht an Eddie? Er muß das Gleichgewicht verloren haben.«

Ludvig Hassel nickte. Er erinnerte sich jetzt an Eddie. Eddie Songe. Erinnerte sich vage. Ein Stein zog ihn in die Tiefe. Sieben Jahre, dachte Ludvig, waren sie in dieselbe Klasse gegangen. Vielleicht länger. Die Erinnerungen sind so diffus. Einmal der Sechzig-Meter-Sprint. Die ganze Klasse angetreten. Eddie Songe hatte gewonnen. Acht Komma irgendwas?

»Er rannte wie der Teufel, stimmt's?«

»Ja, Eddie war immer der Schnellste.«

»Und später?«

»Schuhgeschäft in Pollen. Er verkaufte Sioux und Bally. Es gab nichts, was Eddie über Schuhe nicht wußte. Oder über Stiefel. Die schweren Stiefel, die mit ihm in die Tiefe sanken.«

Eddie Songe, dachte Ludvig Hassel. Viel war es nicht, was er von Eddie erinnerte, nach all diesen Jahren. Den dunklen Haarschopf. Die Sonnenstrahlen hinter ihm, an einem Herbsttag vor langer Zeit. Den Schatten, den er nach vorn warf. Ein kleiner, unruhiger Knirps.

Geir Tore hatte die ganze Zeit über mit ihm in Verbindung gestanden. Ein Eigenbrötler. Heiratete nie. Verkaufte Schuhe. Fischte Hummer. Die üblichen Kleinstadtkontakte.

»Wir können jetzt hinausfahren.«

»Wohin?«

»Zur Insel Torungen.«

»Aber da ist er doch nicht? Sie haben ihn doch herausgezogen?«

»*Ich* habe ihn herausgezogen«, sagte Geir Tore.

»Mir träumte«, sagte Ludvig, »daß ich selbst einmal beinahe ertrank. Das war bei einem Wettkampf, ich hatte einen großen, schweren Regenmantel an. Das Wasser drang in den Mund, hinunter in die Lunge. Es war nirgends mehr Platz für mich!«

»Aber du bist nicht ertrunken«, sagte Geir Tore.

Es war etwas Merkwürdiges über den Freund gekommen, dachte Ludvig Hassel. Ein Zug in seinem Gesicht. Unmöglich zu deuten.

Sie nahmen ein Taxi zum Jachthafen bei Barbu. Ludvig wußte eigentlich nicht, warum er mit ins Boot stieg. Als sei es ein Befehl. Auch dies ein Ritual. Das Lösen der Vertäuung, das Starten des Motors. Geir Tore Salvesens Holzboot, gebaut in Froland, siebenundzwanzig Fuß lang, mit Fischkasten. Ludvig Hassel hatte gefragt, ob sie auch passend angezogen wären. Der Stadtmantel aus Wolle war nicht gerade ein geeignetes Kleidungsstück für Bootsfahrten mitten im Winter. Ein echter Hugo Boss, gekauft bei Gunnar Øye im Bogstadweg. Aber Geir Tore ging darüber hinweg. Außerdem hatte er seinen Overall im Boot liegen, und den zog er über, schnell und geübt, ohne sich um Ludvig Hassel zu kümmern, der mit seinem allmählich recht lächerlichen Mantel dastand und dabei helfen wollte, die Vertäuung zu lösen. Aber das durfte er nicht. Hier war Geir Tore Salvesen der Chef. Geir Tore am Ruder. Trimmte den Motor. Ein Ritual, dachte Ludvig. Als der Freund dann, am Ruder stehend, hineinsteuerte in die Wellen, aus dem Galtesund hinaus, hatte er plötzlich etwas Hartes im Blick. Ein alter Klassenkamerad war bei einem Unglücksfall umgekommen. Ein Freund, an den Ludvig Hassel keinen Gedanken mehr verschwenden würde, hätte ihn nicht Geir Tore Salvesen darauf aufmerksam gemacht, daß Eddie Songe in diesem Herbst ertrunken war. Es war leichter Wellengang, abflauender Wind, das Meer schwarz; aber draußen bei den Schären weiße Gischt. Hassel merkte wieder, wie sehr sich die Überdosis Branntwein im Nervensystem festgebissen hatte. Er war empfindlicher als sonst. Viel zu viele Bilder und Doppeldeutigkeiten. Der weiße Schaum der Wellen wurde zu einem Gebiß. Geir Tore Salvesen starrte emotionslos nach vorn, achtete auf die Fahrrinne. Das war kein gewöhnlicher Ausflug. Das Wetter war zu schlecht. Wahnsinn, an einem Abend wie diesem hinaus aufs Meer zu fahren.

»Er ist da draußen ertrunken«, sagte Geir Tore und zeigte mit dem Finger. »Siehst du die schwarze Schäre? Da, genau da.«

Das Boot stampfte nach Südwest. In die Augen des Freundes kam plötzlich Leben. In unmittelbarer Nähe mußte Eddie Songe ins Meer gefallen sein. »Ich habe ihn herausgezogen. Verstehst du? Ich bin an Bord des Rettungskutters gegangen, weil ich wußte, wo er seine Reusen hatte. Es war nicht schwer, ihn zu finden. Ein oranger Haufen, der wie ein Vogel, wie ein Tordalk, auf dem Wasser schwamm. Aber Eddie lag achtzehn Meter unter der Oberfläche, mit dem Fuß im Seil.«

Ludvig Hassel murmelte etwas.

»Der Blick war das Schlimmste. Schaum um den Mund, das kannte ich, aber nicht um die Augen, das Entsetzen, das sich festgesetzt hatte. Er wußte es ja.«

»Was denn?«

»Daß er ertrinken würde, verdammt noch mal!«

Ja, dachte Ludvig Hassel. Die Gewißheit. Das Erschrecken, wenn alles unwiderruflich vorbei ist. Die Wellen kamen auf ihn zu. »Verstehst du, Ludvig?« Irgendwo da draußen ertrank Eddie Songe. Nur Geir Tore Salvesen konnte sich richtig an ihn erinnern. Nein, dachte Ludvig, während er das bleiche Gesicht des Jugendfreundes in der Dunkelheit anstarrte, ich kann mich kaum an Eddie Songe erinnern. Aber ich werde mich, für den Rest meines Lebens, daran erinnern, daß er tot ist.

Ludvig merkte, daß Geir Tore ihn musterte. Die Augen glänzten. Eine seltsame Erregtheit hatte ihn erfaßt. Als würde die Wiederbegegnung mit dem Schauplatz all das aus der Erinnerung heraufholen, was er nicht länger zu verdrängen vermochte.

»Hier, Ludvig, genau hier.«

»Ja, Geir Tore, ich habe das jetzt verstanden!« rief Ludvig Hassel, überrumpelt von seinem eigenen Zorn.

»Als ob du irgend etwas verstehen könntest!« schrie Geir Tore Salvesen zurück. Ludvig Hassel zuckte zurück, er konnte sich nicht erinnern, den Freund je so wütend gesehen zu haben. Er murmelte sofort etwas wie eine Entschuldigung, aber die Worte flogen mit dem Wind davon. Außerdem schien es, als würde Geir Tore gar nicht hören wollen, er wollte diese Wut offensichtlich so lange wie möglich behalten, steuerte frontal in die Wellen und Schaumkronen, so daß sich eine Sturzsee ins Boot ergoß. Ludvig wurde klitschnaß. Der andere ließ sich nicht stören. Das muß eine Strafe sein, dachte er. Er hatte jetzt Angst vor dem Freund. Das, was sich jetzt zwischen ihnen abspielte, würde die Freundschaft nicht aushalten. So tief also reichte Toleranz. Bei einigen Gläsern im Lokal konnten sie ruhig diskutieren und ihr Anderssein ertragen, aber hier draußen, in der Brandung, wo ein entfernter Bekannter ertrunken war, wurde das auf einen Schlag zunichte. Als würde man an einem Knopf drehen, dachte Ludvig Hassel und merkte, daß auch er dabei war, die Beherrschung zu verlieren. Er bekam Lust, Geir Tore Salvesen zusammenzuschlagen, so wie er oft Lust hatte, die schlimmsten Krakeeler, wenn sie im Arcimboldo oder im Håndverkeren saßen und rumdröhnten, zusammenzuschlagen, ohne daß daraus jemals etwas anderes als ein harmloses Handgemenge wurde. Es war nicht nur die maßlose Sauferei, die ihn überempfindlich machte, dachte er. Geir Tore Salvesen hatte eine Grenze überschritten. Auf plumpe Weise wollte er jetzt seinem sogenannten besten Freund, dem Hauptkustos aus der Stadt, vorführen, was es mit Leben und Tod eigentlich auf sich hatte. Sentimentaler Quatsch, dachte Ludvig Hassel wütend und zugleich noch immer ängstlich, weil Geir Tore die Oberhand behalten würde, jedenfalls physisch. Der Freund konnte ihn mit einer einzigen schnellen Armbewegung über Bord befördern.

»Hier, Ludvig, genau hier!«

Ludvig Hassel nickte, wußte, daß er sich still verhalten mußte. Kein einziges Wort mehr, dachte er und setzte sich im Boot ganz nach vorn, damit die schlimmsten Brecher über ihn hinweggehen würden.

Es war, als würde diese Passivität den Freund noch wütender machen. Aber Ludvig wußte, daß Geir Tore kein verantwortungsloser Mensch war, und darauf setzte er. Es war in erster Linie eine Strafe, die er bekommen sollte, aber eine Strafe wofür? fragte sich Ludvig Hassel. Dafür, daß er ein so anderes Leben gelebt hatte? Dafür, daß er so vieles von seiner verdorbenen Moral offenbart hatte – seiner Begabung, »sich in Angelegenheiten zu verstricken«? Oder weil er so vieles schlicht und einfach vergessen hatte, was in Geir Tores Leben wichtig war, Eddie Sprint, zum Beispiel, und sein trauriges Schicksal, das völlig außerhalb von Ludvig Hassels Bewußtsein und Erinnerung lag? Ja, dachte Hassel, während er klitschnaß und unbeweglich im Boot saß, das nun dem Land zusteuerte, hier ging eine Freundschaft unter. Nach all diesen Jahren der gegenseitigen Achtung kam die Wahrheit ans Tageslicht: das tiefe Mißtrauen, das jeder für den anderen empfand, wie benachbarte Völkerstämme über Jahrhunderte ein Mißtrauen hegen können; eine historisch verankerte Skepsis, aus der nie Vertrauen werden wird, weil man allzulange auf verschiedene Weise gelebt und gedacht hatte.

Auf dem Weg zurück nach Barbu wurde kein Wort gesprochen. Geir Tore starrte in die Dunkelheit, wie ein lächerlicher, selbsternannter Kapitän, dachte Ludvig, schockiert von all dem, was plötzlich zwischen sie getreten war. Ein Haß, eine Verachtung, die verdrängt worden war, Jahr um Jahr. Auch wenn man nicht sagen konnte, daß etwas Nicht-Wiedergutzumachendes gesagt worden wäre, wußte Ludvig Hassel, daß er Geir Tore Salvesen nie wieder treffen würde.

So viele Gespräche vergebens! So viele sinnlose Wörter! All die Aquavitgläser, mit denen sie sich zugeprostet hatten, völlig umsonst! Jahr für Jahr diese aufgesetzte Freundschaft, diese sich ständig wiederholenden Lügen. Ludvig Hassel machte nicht einmal den Versuch, beim Vertäuen des Bootes zu helfen, als sie am Anlegesteg waren. Er sprang schnell an Land und ging hinüber zur Straße.

»Soll ich dir nicht ein Taxi rufen?«

Geir Tore Salvesens Stimme irgendwo hinter ihm, jetzt versöhnlicher.

Ludvig Hassel wußte, daß er sich hätte umdrehen können, einen Augenblick warten, die Hand ausstrecken, die Angelegenheit bereinigen. Aber er tat es nicht. Vielleicht, dachte er, zu seinem Erschrecken, war diese neue, plötzliche Feindschaft das, was er wollte. Als bedeutete es eine Befreiung, eine endgültige Wahrheit zwischen ihnen beiden. Er hatte mit Geir Tore Salvesen nichts mehr zu schaffen. Eine beinahe lebenslange Lüge war offengelegt worden. Er war außerdem zu alt, um Gefühle zu erzwingen, die er nicht hatte. Eddie Sprint war tot, und er selbst, dachte Ludvig empört und noch verwirrter, während er mit schnellen Schritten die trostlose Küstenstraße entlang Richtung Arendal-Zentrum eilte, teilweise rannte, war jetzt absolut allein, in jeder Hinsicht.

Zurück in Blødekjær sah Ludvig Hassel im Spiegel, daß er blaugefroren war. Er zog sofort den Boss-Mantel aus und hängte ihn in die Nähe des Ofens zum Trocknen. Die andere Kleidung war ebenfalls klitschnaß. Er saß schließlich völlig nackt da und starrte mit leerem Blick vor sich hin, bis er merkte, daß er immer noch fror. Da kroch er in die Koje, bekleidet mit einem alten Baumwollschlafanzug, den er in einer Schublade gefunden hatte, samt Wollsocken.

Er lag lange im Bett und suchte nach einem Gefühl, einer Trauer. Aber er fand nichts davon. Es ließ ihn erstaunlich kalt, daß er an diesem Abend plötzlich zum Feind seines besten Freundes Geir Tore Salvesen geworden war, des »stattlichen Burschen aus Arendal«, mit dem er vor den Saufkumpanen in der Stadt geprahlt hatte. »Das Leben spielt sich an der Küste ab«, hatte er, wie er sich erinnerte, mit Vorliebe behauptet. »Das gute Leben. Die Menschen sind aus einem *harten* Holz geschnitzt.« Ja, dieses harte Holz hatte er völlig unkritisch benutzt, um den anderen die Meinung zu sagen. Wenn die intellektuellen Diskussionen zu schwachsinnig und egozentrisch geworden waren, hatte er Geir Tore und seine alte Mutter ins Feld geführt. Er hatte den Freund wie einen Schutzschild vor sich gehalten. Jetzt hatte er diesen Schild nicht mehr. »Ist auch egal«, murmelte er im Bett vor sich hin. Und nach einigen ordentlichen Schlucken aus der Whiskyflasche, die, wie er sich plötzliche erinnerte, noch unterm Bett stand, schlief er fast glücklich ein, jedenfalls ohne einen einzigen Gedanken im Kopf, nur mit einem Bild auf der Netzhaut: Geir Tores leichenblasses Gesicht in der Dunkelheit da draußen zwischen den Schären.

Der Silvesterabend kam mit tiefhängenden Wolken, vereinzeltem Regen. Ludvig Hassel erwachte aus einem chaotischen Traum, in dem er wild nach allen Seiten geschrien hatte, und war erschöpft und gereizt. Ihm fiel nicht sofort ein, was am Abend vorher geschehen war. Dann erinnerte er sich. Geir Tore Salvesen war Vergangenheit, er war für ihn fast ebenso tot wie Eddie Sprint. Er erhob sich mit einem leichten Stöhnen und dachte, daß er jetzt also in das Alter gekommen war, in dem jedes Aufstehen oder Hinsetzen von Lauten begleitet sein würde. Auch in dieser Nacht hatte er nur wenig geschlafen. Wieder kreisten die Gedanken in ihm: Es mußte etwas geben, das dieses einzige Leben, das er hatte, rechtfertigte. Zu Beginn seines Treffens mit Salvesen am Vortag hatte er sich leer, schemenhaft und undeutlich gefühlt. Eine Todesangst war mit dem letzten Alkoholtrip über ihn gekommen, sie hatte sich da draußen zwischen den Schären noch verstärkt, dachte er. Bei diesem verrückten Geschehen, das dennoch pure Realität gewesen war. Alkohol erzeugte immer Angst in ihm. Er wußte, daß man in seinem Alter jederzeit ertrinken oder tot umfallen konnte, ohne daß das eine besondere Betroffenheit zur Folge haben würde. Das einzige, was er seinen nächsten Angehörigen in Aussicht hatte stellen können, war eine Londonreise, und da war nicht einmal

Anne-Beth eingeschlossen. Und Anja? Ludvig Hassel zog sich trockene Sachen an. Der Boss-Mantel war noch ziemlich naß, aber da konnte man nichts machen. Um seiner eigenen Würde willen mußte er zurück zu Tante Fanny. Er wußte, daß ein wichtiger Entschluß vor ihm lag, war aber nicht bereit, ihn zu fassen. Er wußte nur, daß er sie noch einmal sehen mußte, als könnte sie die Entscheidung für ihn treffen.

Er ließ das Frühstück ausfallen. Nach einigen Tassen Kaffee und ein paar Zigaretten ging er schließlich ins Pflegeheim, physisch und psychisch aus dem Gleichgewicht, verärgert über sich, verärgert über Geir Tore, erstaunt darüber, welches Chaos ihm die Gefühle und Einfälle immer wieder bescherten. Für alle Zeit Schluß mit Geir Tore Salvesen! Absolut allein! Er wußte zwar, daß er ein Mensch war, der in diesem Stadium seines Lebens für einige seiner Angehörigen etwas bedeutete, jedenfalls in materieller Hinsicht, daß diese ihn aber nach seinem Tod wahrscheinlich ebensowenig vermissen würden wie die frühere Kaltmamsell der Konditorei Jørgensen, seine Tante Fanny, bisher von irgendwem vermißt worden war. Das Pflegepersonal würde erleichtert aufatmen, wenn sie ihren Geist aufgab. Ludvig Hassel ging zu dem traurigen Pflegeheim, in dem Tante Fanny lebte, und konnte den Gedanken nicht loswerden, daß sein eigener Tod von einigen seiner Angehörigen erleichtert aufgenommen werden würde. Ein plötzlicher und anständiger Tod würde das Beste für sie sein. Sogar Anne-Beth Castberg würde ein paar Kröten bekommen, dank des Testaments, das aufzusetzen Ludvig Hassel vor einigen Monaten für zweckmäßig erachtet hatte. Er wollte sich ebenso rein und frei von Schuld fühlen wie die Badenden von Asnières; ja, dachte er jetzt, die *Rein-*

heit Seurats war seine Besessenheit, das sowohl Selbstverständliche wie Analytische, das gute Gewissen, nach dem er sich in seinem Privatleben nur sehnen konnte. Natürlich hätte auch Tante Fanny einen anständigen Tod vorgezogen. Die frühere Kaltmamsell in Jørgensens Konditorei würde sich bitter beklagt haben, hätte sie gewußt, was sie im Alter erwartete. Statt hilflos in einem Badezimmer zu sitzen, würde sie sich vielleicht, wenn sie noch ihren Verstand beisammen hätte, vor einen Zug werfen oder ein Glas mit Schlaftabletten schlucken. Aber sie hatte ihren Verstand nicht mehr beisammen! dachte Ludvig Hassel, erschrocken bei dem Gedanken, daß auch er auf dem besten Weg war, ihn zu verlieren, langsam, fast unmerklich, so wie er ein Gefangener des Verfalls und der Willkür seines eigenen Lebens wurde. Hatte er nicht so schon genug Probleme? Jetzt kam auch noch Tante Fanny dazu.

Er betrat das wenig einladende Gebäude mit einer halben Flasche Cognac, die er zusammen mit der Tante austrinken wollte, bevor er sie mitzunehmen gedachte, wenigstens für ein paar Stunden, das war die Absicht.

Im Korridor stand immer noch ein Weihnachtsbaum, schief und bereits nadelnd, sicher von einem geschäftigen und sparsamen Verwalter als Sonderangebot gekauft. Er sah deutlicher als beim vorigen Mal, daß das Personal abgearbeitet sein mußte, daß die Schwerstkranken in Ecken hinter Wandschirme geschoben worden waren oder in ihren Todeszimmern starben, im Beisein ihrer Angehörigen oder ohne sie. In den Gängen herrschte eine unheimliche Stille. Eine Frau stand bewegungslos da, mit Strumpfhosen bis unters Knie heruntergezogen, und starrte mit leerem Blick vor sich hin, während sie etwas Unverständliches murmelte. Bruchstücke von Erinnerungen, dachte Ludvig Hassel. Erinnerungen, die sich miteinander vermengt hatten und keinen Sinn mehr ergaben. Ein alter Mann kam langsam angeschlurft, während er leise weinte und nach seiner Mutter rief. »Gibt es hier wirklich niemanden, der mir sagen kann, wo meine Mutter ist?« Die Pflegerin, die gerade vorbeiging, lächelte Ludvig Hassel freundlich an, vielsagend, als wolle sie signalisieren, daß er den Mann nicht ernst nehmen dürfe. Aber Ludvig empfand instinktiv das Bedürfnis, den Arm um den krummrückigen Greis zu legen, ihm eine Lüge zu erzählen, ihn auf andere Gedanken kommen zu lassen. Wie schon so oft, beschwor er vor seinem inneren Auge das Bild von Gustave Caillebotte: der Mann, der sich nach dem Bad abfrottiert, noch stark und voller Kraft, aber bald auf dem Weg, zu verfallen, alt, schwach und zittrig zu werden. Nun ja, das mit dem Körper mag ja noch hingehen. Schlimmer war all das andere, nicht mehr zu wissen, daß man wirklich ein Mensch ist. Ludvig Hassel fühlte sich schwindlig. Im selben Moment übermannte ihn eine Müdigkeit, fast eine Erschöpfung, während er das nackte, faltige Gesicht anschaute, diese zwei alten Augen, mit gelben Knoten im Weißen, Gedanken an all das, was sie ein Leben lang gesehen hatten, was sie nicht mehr sahen. Der alte Mann, dachte er, war sich nicht mehr darüber im klaren, welches Leben er gelebt hatte, wußte nicht, ob er Handwerker, Verkäufer oder Büroangestellter gewesen war, er wußte nicht, ob er eine Familie gehabt hatte, Frau oder Kinder; er hatte das Leben hinter sich gebracht, doch lebte er zugleich noch, er brauchte Hilfe für das Alltäglichste und Normalste, er rief nach der Mutter. »Ihre Mutter ist sicher nicht hier«, sagte Ludvig Hassel und kam sich dumm vor, weil er das gesagt hatte.

Er begleitete dem Mann den Gang hinunter. »Aber ich habe sie doch gerade gesehen!« sagte der Alte und faßte im selben Moment bittend Ludvigs Arm. Ihre Blicke trafen sich. Was für eine Trauer in den Augen, dachte Hassel, als der Alte begriff, daß ihm der Besucher auch nicht helfen konnte. Er blieb mitten auf dem Gang stehen, kraftlos und resigniert, schluchzend wie ein Säugling. Eine Pflegerin kam aus dem Stationszimmer und führte den Patienten mit entschuldigender Miene weg.

Ludvig Hassel fühlte sich benommen. Neue Gesichter zogen an ihm vorüber, neues Vergessen. Glasklare Augen, ein weit geöffneter Mund, es war einmal eine schöne Frau gewesen. Sie rief, daß sie hungrig sei. Die Stimme klang hart und rücksichtslos. »Bekommen wir heute nichts zu essen? Sind wir jetzt alle verloren?« Eine Schwester nahm sich ihrer an, versuchte ihr klarzumachen, daß sie ihr Mittagsgericht bekommen *habe*, daß sie während der Mahlzeiten mehr essen müsse. Sie redete mit einer Frau, die mindestens ein halbes Jahrhundert älter war als sie, mit übertriebener Betonung und in nachsichtigem Tonfall. Ach, dachte Ludvig. Die Angst vor dem Vergessen, das sich langsam einschlich, die Angst, sich in einem existentiellen Nichts zu befinden, daß irgendwann einer kommen und mit *ihm* so reden würde, als sei er ein Idiot, ein Mensch, der lebte, ohne zu begreifen, daß er existierte, dem längst alles genommen worden war: Hoffen, Denken, Träumen. Die hungrige Frau bekam von der Schwester eine Banane. Sie aß schnell und gierig, mit furchtsamen Augen nach allen Seiten, jederzeit darauf vorbereitet, daß jemand versuchen würde, sie ihrer Beute zu berauben.

Ludvig Hassel ging weiter auf dem langen Gang, hin zu dem Badezimmer, in dem sich Tante Fanny befand.

Ein sinnloses Drama war das, dachte er. Die Alten an diesem Ort waren zu Akteuren in einem Maskenspiel geworden, in dem es keine Wirklichkeit mehr gab, nur Symbole, Bearbeitungen von früheren Konfliktstoffen, oft mit einem extremen Ausdruck, so daß der Keusche auf einmal als der Frivole erscheinen konnte, der Zweifler als der Gläubige, der Gottesfürchtige als der Blasphemischste von allen. Ludvig Hassel merkte zu seiner Verwunderung, daß er sich schämte, daß diese existentielle Verkümmerung bedrohlich auf ihn wirkte. Er hatte das Gefühl, sich einen Weg durch Verlorene zu bahnen, daß jedes Wort ein Hilferuf war, und er selbst gehörte, vorerst noch, zu den Überlebenden.

Vorerst noch, wiederholte er für sich, während er die Tür zum Badezimmer öffnete, sie mit einem Seufzer wieder hinter sich schloß und all die anderen Schicksale aussperrte, eingestellt auf Tante Fanny und sonst niemanden, wie das mit der Familie so ist, dachte er, eine merkwürdige, aufgesetzte, gezwungene Zusammengehörigkeit. Er hatte es, wie gesagt, nie so empfunden, daß die Bande des Blutes an sich für ihn irgendeine Bedeutung hatten. Er war nicht allein deshalb, weil er mit ihnen verwandt war, an seinen Eltern oder den eigenen Kindern interessiert. Er war an ihnen interessiert und fühlte sich ihnen verpflichtet, besonders seinen Kindern, weil er im Laufe der Jahre trotz allem viel Zeit mit ihnen verbracht hatte. Er mußte sich zu ihnen als seinen nächsten Angehörigen verhalten, als denjenigen, die er am häufigsten sah oder an die er am meisten dachte. Er wußte, daß an einer solchen Haltung etwas Unfruchtbares haftete, ein Vorbehalt, als weigerte er sich grundsätzlich, sich zu Menschen zu verhalten, die zu kennen er sich nicht aus eigenem, freien Willen entschieden hatte, aber als er Tante Fanny wieder in dem verwahrlosten Badezimmer auf dem Feldbett sitzen sah, mußte er sich trotzdem sagen: »Weiß Gott, und ich weiß nicht einmal, ob es einen Gott gibt, aber Tante Fanny gehört zu meiner nächsten Familie.«

Und große, klare Bilder aus seiner Kindheit stiegen auf.

»Das ist also der Doktor!« sagte Tante Fanny mit einem sardonischen Lächeln. »Der Doktor kommt, der Doktor geht. Der Doktor erscheint genau dann, wenn er will.«

»Ich bin nicht der Doktor«, protestierte Ludvig.

»Doch, du bist der Doktor«, sagte Tante Fanny gereizt, keinen Widerspruch duldend.

»Warum bin ich der Doktor?« fragte Ludvig.

»Weil ich dich bis jetzt noch nicht gesehen habe, weil du einfach in dieses Zimmer kommst, ohne zu fragen.«

»Nun denn, Tante Fanny«, sagte Ludvig und zog die Flasche Cognac heraus, »was fehlt *dir* denn?«

Er betrachtete sie aufmerksam, das Spiel in den Augen, die Verteidigungsposition, die sie sofort einnahm, er ahnte, daß Senilität ein Zustand war, in den eingetreten zu sein man selten selbst imstande war zu erkennen, jedenfalls saß Tante Fanny auf dem Feldbett und überlegte allen Ernstes, was ihr wohl fehlen könnte. Plötzlich ein Flackern in den Augen. Sie starrte abwechselnd ihn und das verdreckte Waschbecken an.

»Was mir fehlt?« sagte sie schließlich. »Man braucht doch nur eine Zeitung aufzuschlagen, dann begreift man gleich, daß *alle* in diesem Land krank sind.«

»Und was fehlt nun *dir*?«

»Was weiß ich?« antwortete sie mit einem wachen Blick auf die Flasche Cognac. »Bist nicht du es, der die Diagnose stellt?«

»Knochenatrophie, Gelenkrheuma, Lungenkrebs, Senilität ...«

»Na, jetzt reicht's aber!« rief sie entrüstet aus.

»Ich habe Probleme mit der Diagnose«, sagte er.

»Warum kommst du dann zu mir?«

»Weil ich Ludvig Hassel bin«, sagte er.

Sie betrachtete ihn skeptisch. Er merkte, daß er eine Grenze erreicht hatte. Sie tat so, als ob sie nicht hörte. Jetzt hätte er sie eigentlich zu sich nach Hause einladen sollen, sie rausholen, wieder in ihr Leben eintreten sollen. Aber alles verknotete sich.

»Wie sieht es mit dem Zug aus?« versuchte er es vorsichtig.

»Mit welchem Zug?«

»Die Haltestelle, an der du aussteigen wolltest?«

Sie verstand nicht, was er meinte.

»Vergiß es«, sagte er. »Trink 'nen Cognac.«

Mit beiden Händen, wie ein Kind, griff Tante Fanny nach dem Pappbecher, den er ihr reichte, und trank gierig.

Silvester 1998. Ludvig Hassel saß mit Tante Fanny im Badezimmer, mit einer Flut von Gedanken in sich, aber er schaffte es nicht, die erlösenden Worte auszusprechen. Komm mit mir nach Hause. Morgen besuchen wir gemeinsam das Grab von Signe und Frithjof. Morgen koche ich Eier und serviere dir ein Frühstück mit Brot und Anchovis. Morgen werde ich all das Verkehrte wiedergutmachen.

Er kam sich feig und erbärmlich vor, versuchte, sich damit zu trösten, daß das Heim sicher eine gemeinsame Veranstaltung vorgesehen habe, aber dann wurde ihm langsam klar, daß eine solche Veranstaltung nicht stattfinden würde, daß keiner der Angestellten dazu Zeit und Kraft gehabt hätte oder eine Befugnis, für die Patienten an einem Abend wie diesem etwas Besonders zu arrangieren. Jeder war auf sich selbst gestellt. Ludvig Hassel begriff, daß man nur die allernotwendigsten Vorkehrungen getroffen hatte, daß die Patienten, wie das ganze Jahr über, dazu verdammt waren, mit ihren Fragen, ihren Bedürfnissen oder ihrer endlosen Geduld hilflos herumzuirren, außerstande zu verstehen, wo sie waren oder warum sie hier waren.

So war es auch mit Tante Fanny. Als es Mitternacht wurde, hatte sie keine Lust, zusammen mit den anderen auf die Terrasse zu gehen, um das Feuerwerk zu sehen. Statt dessen betrachtete sie Ludvig Hassel mit einem forschenden Blick, aber er verstand nicht, was sie wollte. Das Gespräch war weitgehend chaotisch verlaufen, wie beim vorigen Mal. Wieder hatten sie ein Kreuzworträtsel gelöst, und er hatte sie nach Jørgensen gefragt, nach ihrer Schwester Signe, nach all dem anderen, was ihn mit Tante Fanny verband, aber sie hatte nur den Kopf geschüttelt. Sie konnte sich in dem, worüber er sprach, nirgendwo wiedererkennen. Dafür hatte sie von ihrem Geliebten erzählt, einem schönen Kapitän, dem, der in Amerika war. Ludvig hatte sie gefragt, wie er heiße, aber da reagierte sie nur verwirrt und murmelte etwas Unverständliches. Er hatte zugehört, und ihm war übel geworden. Er hatte sich erschöpft gefühlt. Er spürte es im ganzen Körper. Spät in der Nacht hatte er dann im Badezimmer von ihr Abschied genommen. Es tat ihm überall weh, in den Gedanken, in den Augen, in den Gelenken. Er hatte sie umarmt. Sie hatte ihn festgehalten, und diesmal hatte sie geweint, als sie sagte: »Auch diesmal bleibst du nicht über Nacht.«

Er empfand es wie ein Unheil, stand auf und ging, spürte ihre Augen wie Brenngläser auf seinem Rücken, dachte, daß ein neues Jahr gekommen war, das schicksalsträchtige 1999, das Jahr, vor dem es so vielen Menschen auf Erden graute, einigen Milliarden, weil sie arm waren, weil die letzte Überschwemmung ihre Häuser mitgenommen hatte, weil sie in Slums wohnten, die bald dem Erdboden gleichgemacht werden würden, nur damit neue entstehen konnten, andere, weil sie an einer tödlichen Krankheit litten oder eine tödliche Krankheit befürchteten, und noch andere, weil die Zahl 1999 an sich erschreckend auf sie wirkte; und dann waren da alle die, die Nostradamus fürchteten, der gesagt hatte, daß am siebten Tag im siebten Monat, oder war es der achte? – jedenfalls im letzten Jahr dieses Jahrtausends etwas Furchtbares geschehen und der Fürst der Finsternis große Untaten verüben werde. Ludvig Hassel wußte, daß er nicht weiterkommen würde, daß der Tag des Gerichts nahe war, daß alles, was er sich im Leben vorgenommen hatte, unbedeutend und dem Vergessen anheimgegeben war, ohne Wert für irgend jemanden, daß er, um all dieses Sinnlose aufzuwiegen, Tante Fanny hätte mitnehmen, sie aus diesem gräßlichen Badezimmer hätte herausholen müssen, daß er hätte versuchen müssen, sie neu zu beleben, sie nach Oslo hätte bringen müssen – ja natürlich, dachte er, warum nicht? –, in die Odinsstraße, ihrem Lebensabend ein Minimum an Würde hätte geben müssen. Es war vielleicht noch nicht zu spät. Doch er hatte sie verlassen. Er war zu lange, dachte er, der Zeuge des stufenweisen Verfalls seines eigenen Lebens gewesen, der langsamen Havarie, bezogen auf alles, was er hätte sein wollen. Er dachte an Geir Tore Salvesen, der mit seiner Mutter zu Hause in Barbu lebte. Er würde, soweit es in seiner Macht stand, nie zulassen, daß seine Mutter ihr Leben in einem schäbigen Badezimmer beendete, in einem Pflegeheim, wo sich niemand um sie kümmerte, wo sie von Patienten umgeben war, die sich in äußerster existentieller Not befanden. Nein, dachte er, vielleicht war das jetzt seine einzige Hoffnung, alle fachlichen, karrieristischen Ambitionen ein für allemal fahren zu lassen und gleichzeitig Anne-Beth Castberg die Wahrheit zu sagen: daß er sie niemals heiraten werde. Vielleicht *sollte* er wirklich Tante Fanny nach Oslo mitnehmen. Wie gut würde ihr ein Leben in der Odinsstraße, zusammen mit ihrem Neffen, gefallen, morgens am Küchenfenster sitzen, auf den Sonnenaufgang warten, hinunterschauen auf die stille Straße, in der trotzdem fast zu jeder Tageszeit Menschen gingen. Welche Freude würde es ihr bereiten, Professor Tore Berg Winding zu seinem alten Corolla hasten zu sehen, um den Reif von den Scheiben zu kratzen, während ihr Ludvig erzählte, daß es dieser Mann war, der in wenigen Minuten vor einem gefüllten Auditorium stehen und über Platon, Derrida und Foucault seine Vorlesung halten mußte. Soviel Spaß könnten sie haben, dachte er, wenn seine vornehme Nachbarin Frau Dietrichson mit ihrem Dakkel auf dem Bürgersteig spazierenging und ihn seine kleinen Häufchen machen ließ, ohne diese jemals mit den vorgeschriebenen Plastiktüten zu entfernen. Er malte sich alle möglichen Alltagssituationen mit ihr aus, ließ sich von seiner eigenen Begeisterung verwirren, warum er wohl all dieses Alltägliche auf einmal vor sich sah und so verlockend fand. Aber in erster Linie war es sein Wunsch, sie aus diesem Badezimmer herauszuholen, aus dem Feldbett, aus der trostlosen, eiskalten Leere in ihr. Wenn er nur die lindern könnte!

So ging er jedenfalls in dieser ersten Nacht, diesem ersten Morgen dieses Jahres 1999, durch die Straßen von Arendal und ertappte sich dabei, zu denken, daß vielleicht alles falsch gewesen war, daß das, was er gesehen hatte, nur als Rahmen für all das diente, was ihm unbekannt und fremd war. Er hatte Tante Fanny verlassen, hatte versucht, neue, unmögliche Pläne zu schmieden. Ihm wurde so schwindlig und verwirrt im Kopf, wenn er nur an sie dachte.

Aber als er die Steigung nach Blødekjær hinaufging, überfiel ihn plötzlich wieder das Bild von Anja Vikersund, der Skifliegerin, er sah sie, die verkörperte Jugend, sie, die unbeschwert mit über hundert Stundenkilometern durch die Luft sausen konnte. Und da schlugen seine Gedanken einen anderen Weg ein, und das Bild von Tante Fanny verblaßte wie ein alter, ausgewaschener Kleiderstoff.

Sechster Teil

Zurück in Oslo, dachte Ludwig Hassel, daß alles so war wie vorher. Die Stadt wirkte dunkel und schwermütig wie immer zu dieser Jahreszeit. Anne-Beth rief ihn sofort an, kaum daß er die Wohnung in der Odinsstraße betreten hatte, und begann auf der Stelle zu weinen, weil dieses Weihnachten so fürchterlich gewesen sei, wie sie sagte. Nicht daß sie ihm Vorwürfe machen wolle, aber sie müsse doch sagen, daß es in ihren Augen herzlos von ihm gewesen sei, sich erneut in diese unverständliche Isolation begeben zu haben. Er solle aufpassen, sagte sie, daß das destruktive Element nicht überhandnähme. Sie wisse sehr genau, daß er dort unten saufe, sie habe bemerkt, wie kaputt er jedesmal sei, wenn er aus dieser Scheißstadt zurückkomme. Außerdem, sagte sie, herrsche völliges Chaos beim Sender, sie habe Gerüchte gehört, daß die Kulturabteilungen für Radio und Fernsehen verbunden werden sollen, und niemand wisse, wer neuer Kulturchef werden würde, und ob er nicht in der Zeitung die entsetzlichen Beliebtheitsskalen für die schlimmsten Mediengesichter des Jahres gelesen habe? Dort sei Anne-Beth Castberg auf einem zweitrangigen Platz hinter einigen üblen Typen gelandet! Ausgerechnet in einer solchen Situation habe er sie allein gelassen, erklärte sie vorwurfsvoll. Er sagte, sie könne am Abend zum Essen kommen, er ging hinüber ins Lille Populær und kaufte Parmaschinken, Spaghetti, Sahne, weißen Pfeffer und Räucherlachs, außerdem Parmesan und ein Stück Gorgonzola. Rotwein hatte er zu Hause. Er kochte für sie, wie er es immer machte, wenn sie in dieser Stimmung war, und nachdem sie alles von sich erzählt hatte, begann er von Arendal zu erzählen, von dem entsetzlichen Absturz, den er gehabt hatte, denn so etwas verheimlichte er ihr trotz allem nie, aber auch von dem seltsamen und dann so unheimlichen Abend mit dem Jugendfreund Geir Tore Salvesen und schließlich von den schmerzlichen Zusammenkünften mit Tante Fanny. Sie saßen vor dem Kamin, eng umschlungen, jeder mit seinem Cognac, wie in ihrer Anfangszeit, und Ludvig Hassel versuchte zu erklären, wie ihn das Wiedersehen mit Tante Fanny, zu einem Zeitpunkt in seinem Leben, wo er das Gefühl hatte, daß alles ins Stocken geraten war, an einer Stelle getroffen habe, an der er am verletzlichsten war. Kaum hatte er das ausgesprochen, merkte er, daß er wieder einmal die Selbstkontrolle verlor, so sehr er es auch verabscheute, im Beisein von Anne-Beth zu heulen. Es war ihm jedoch unmöglich, die Reaktion, die kam, aufzuhalten, das unsägliche Gefühl der Ohnmacht, den Gedanken, daß das Altwerden sinnlos war, daß ihn von jetzt an nur noch mehr Demütigungen erwarteten, daß er fachlich nichts mehr beizutragen hatte, daß er an der Nationalgalerie als lebendes Gespenst herumlief, daß er im Laufe dieses Nostradamus-Jahres 1999 einen Schwiegersohn bekommen würde, der bereits seit einigen Jahren sein Erzrivale gewesen war, daß er sich nach wie vor Sorgen machte wegen Cathrines seelischer Verfassung und der seltsamen Macht, die Dagny Smith-Torgersen über ihn ausübte. Es war ihm peinlich, er wußte, daß es idiotisch war, aber die Tränen ließen sich nicht aufhalten, und er erzählte dieser jungen, kettenrauchenden und nach Meinung des Publikums vulgären Frau, daß er sich klein und hilflos fühle; er sagte, daß er ihr jetzt alles erzählen werde, was ihn beschäftigte, obwohl das nicht der Wahrheit entsprach, denn er erzählte ja nichts von Anja Vikersund.

Damit konnte sich Anne-Beth auf seine Verletzlichkeit, die mit Tante Fanny zusammenhing, konzentrieren, auf seine verlorene Kindheit, auf sein schlechtes Gewissen, auf seine Karriere, auf all das, was ihn ihrer Meinung nach unterminierte, schlicht und einfach deshalb, weil er allein wohnte. Er brauche eine Frau, sagte Anne-Beth, und warum könne diese Frau nicht eben die sein, die jetzt neben ihm sitze und ihm zuhöre? Sie, Anne-Beth, wisse, was Einsamkeit ist, von daher, sagte sie, wisse sie auch, wann es genug damit sei. Er führe sich auf wie ein alter Mann, dabei *sei* er nicht alt, es lägen noch viele Lebensjahre vor ihm. Ludvig hörte Anne-Beth zu, hörte, wie sie versuchte, sich redend eine Autorität anzumaßen, die sie nicht hatte. Es wurde ihm plötzlich klar, daß er es noch nie ertragen hatte, ihr zuzuhören, daß er eigentlich jedes Wort verachtete, das sie vorbrachte, so wie sie jetzt auf einmal an ihn geschmiegt dasaß und sich wichtig machte, es wagte, eine Meinung über sein Leben zu haben, das Leben, das trotz allem nur ihn allein betraf, ein Leben, das sie, und wenn sie es noch so sehr versuchte, nie imstande sein würde zu begreifen, schlicht und einfach, weil sie dieses Leben nicht für ihn gelebt hatte. Und er dachte, daß Anne-Beth Castberg kein Einzelfall war, sie glich gewissermaßen auf traurige Weise Dagny Smith-Torgersen, dachte er, war eine typische Frau, oberflächlich und geschwätzig, egal wie dumm oder gescheit sie im Kopf war. Er dachte plötzlich an all die Frauen, mit denen er im Laufe der Zeit ein Verhältnis gehabt hatte. Einige von ihnen hatten auch dieses seltsame Bedürfnis, die Verantwortung für den anderen zu übernehmen, etwas Grundsätzliches über das Leben dieses anderen Menschen von sich zu geben. Er vertrat auch Meinungen, dachte er, aber nicht über derart grundsätzliche Dinge, wenn man Seurats Bilder nicht als etwas ganz Grundsätzliches auffaßte. Doch er urteilte nie grundsätzlich, weder über Dagny Smith-Torgersen noch über Anne-Beth Castberg. Er hatte ihnen zugestanden, sich zu entwickeln, wie sie es selbst wollten, und so sollte es sein. Er maßte sich wahrhaftig keine grundsätzliche Meinung über Anne-Beth Castbergs Beziehung zur Fernsehanstalt an, welche Beschlüsse sie in Erwartung des neuen Kulturchefs fassen solle, ebensowenig wie er sich anmaßte, eine grundsätzliche Meinung über Dagny Smith-Torgersens Beziehung zum Astrup Fearnley Museum oder über ihre Invalidenrente zu vertreten. Er meinte, daß er im großen und ganzen Frauen gegenüber als ein höflicher Mann aufgetreten sei, sie mit Respekt behandelt habe, jedenfalls keine grundsätzlichen Ansichten über sie gehabt hatte, und in dem Moment stand das Bild von Anja Vikersund, der Skifliegerin, klar vor ihm, ihr ruhiges, ausgeglichenes, fast kühles Wesen. Sie würde es, das ahnte er, nie wagen, über jemanden eine grundsätzliche Meinung von sich zu geben, allein schon deshalb, weil das respektlos gewesen wäre, die Unterstellung, daß der, der eine Meinung hat, folglich klüger als der andere ist, so wie sich Anne-Beth jetzt offenbar klüger vorkam als Ludvig Hassel und sich anmaßte, bezogen auf ihn etwas Grundsätzliches zu wissen, seine Lebenssituation zu analysieren und deshalb mit gewissen Vorschlägen aufzuwarten, wie zum Beispiel dem, daß er sie heiraten solle. Ludvig Hassel merkte, daß ihm übel wurde, daß die Tränen ein längst überholtes Phänomen waren, denn, dachte er, im Gegensatz zu Tante Fanny saß hier eine berechnende und *clevere* Person, die ihr Schäfchen ins trockene bringen und die Macht über einen anderen erwerben wollte. Wie viele Frauen, dachte Ludvig Hassel, hatte er nicht schon in genau dieser Situation erlebt. Frauen, angetörnt, spätabends, die bei einem gesellschaftlichen Anlaß plötzlich anfingen, ihre Männer im Beisein aller Anwesenden zu kritisieren. Konnte er sich an *Männer* erinnern, die es wagten, ihre Frauen in dieser Art zu kritisieren? Nein! dachte er empört. Er konnte sich tatsächlich an keine einzige Situation erinnern, wo Frauen so rücksichtslos ausgeliefert wurden. Aber manche Frauen legten es darauf an, sich auf hinterhältigste Weise einzumischen und zu kommunizieren, ihrem Mann gerade dann in den Rücken zu fallen, wenn er am wehrlosesten war! Ludvig Hassel saß auf der Couch daheim in der Odinsstraße und fühlte sich verletzbar. Anne-Beth beschloß, diesen Umstand auszunutzen. Statt zu vertiefen, was zwischen ihm und Tante Fanny abgelaufen war, wollte sie sich jetzt vermarkten, wieder einmal als neuen Lebenspartner anbieten, wollte beweisen, daß alles, was Ludvig in letzter Zeit erlebt hatte, auf sein *Alleinsein* zurückzuführen war, darauf, daß er nicht verheiratet war, daß er nicht jeden Abend ein und dieselbe Frau, nämlich Anne-Beth Castberg, in seinem Bett hatte. Ludvig Hassel empfand einen gewaltigen Zorn, einen Zorn, der sich gegen diese Frau richtete, die hinter einer Maske von Fürsorglichkeit so zielbewußt und rücksichtslos versuchte, ihre eigene Zukunft zu gestalten, und in diesem Moment packte ihn eine jähe Wut, eine Wut, die seine wildesten Vorstellungen übertraf, er spürte, daß er sie umbringen konnte, jetzt und hier, auf der Couch, und dabei erschreckte ihn gleichzeitig, daß er auch bis ins Detail wußte, *wie* er sie umbringen wollte, indem er ihr nämlich die Hände um den Hals legte und zudrückte, er fühlte, wie sie zwischen seinen Fingern ihr Leben aushauchte, spürte die Befreiung, sie zum Schweigen gebracht zu haben, und diese deutliche Vision überfiel ihn mit einer Intensität, daß er wie gelähmt sitzen blieb und statt dessen das Cognacglas mit einer solchen Kraft umklammerte, daß es zerbrach. Anne-Beth schrie, Ludvig Hassel erhob sich sofort, schwankend, merkte, daß er zuviel getrunken hatte, aber gleichwohl noch in der Lage war, jedes Wort betonend, zu sagen: »Mach bloß, daß du rauskommst, mach bloß, daß du augenblicklich rauskommst!«

Nachdem er diesen Satz mehrmals wiederholt hatte und keine Miene machte, Besen und Kehrschaufel zu holen, begriff Anne-Beth Castberg, daß er es ernst meinte. Sie stand auf und bewegte sich rückwärts zur Tür hinaus. Als die Tür ins Schloß gefallen war und Ludvig Hassel wieder allein war, lachte er ein lautes, hysterisches Lachen, während er zurück zur Couch ging und sich neuen Cognac in das heile Glas einschenkte, das Anne-Beth eben ausgetrunken hatte.

Das war ein schlechter Jahresanfang, dachte Ludvig Hassel einige Tage später, außerdem hatte er wieder Kreuzschmerzen, aber er dachte keine Minute daran, Anne-Beth anzurufen und um Entschuldigung zu bitten, auch wenn sie bereits am Tag darauf mehrmals auf seinen Anrufbeantworter sprach. Er war vielmehr überaus stolz darauf, nach vielem Wenn und Aber etwas Konkretes im Verhältnis zu dieser jungen Frau getan zu haben, mit der er so viele Jahre etwas gehabt hatte und zu der er dennoch eine gewisse Distanz einhielt. Schluß mit Anne-Beth Castberg! dachte er, erneut begleitet von ziemlich perversen und hysterischen Lachanfällen, die im Zimmer widerhallten. Ihm schoß der Gedanke durch den Kopf, daß er möglicherweise bereit war, diese junge, schöne und höchst begehrenswerte Frau zugunsten einer alten, entfernten und allmählich völlig senilen Tante in Arendal aufzugeben. Das war im Grunde so komisch, daß Ludvig jedesmal, wenn ihm dieser Gedanke kam, von Lachkrämpfen überfallen wurde.

Aber die Tage und Wochen vergingen, und nichts Konkretes geschah, abgesehen davon, daß Dagny Smith-Torgersen gegen Ende des Winters endlich erfuhr, daß er mit Anne-Beth Castberg Schluß gemacht hatte. Da startete sie sofort eine Charmeoffensive und lud alle zu einem erneuten Familienessen ein. Ludvig konnte sich nicht entziehen, Cathrines und Pauls wegen, außerdem war er, milde gesagt, neugierig, Anja Vikersund wiederzutreffen. Während dieses Essens würde er auch, das war ihm klar, die Londonreise konkretisieren müssen, die man verschoben hatte, weil die Hochzeit von Arvid Buvik und Cathrine T. Hassel aus dem einen oder anderen Grund nicht vor August stattfinden konnte. Er würde deshalb den Ausflug für »irgendwann im Oktober« festlegen müssen. Er würde bereits jetzt die Star-Tour-Tickets bestellen müssen, auch wenn Dagny ihre Nostradamus-Ängste hatte und nicht zu glauben wagte, daß ihre Welt nach dem 6. Juli 1999 noch existierte. Sie habe jetzt konkrete Beweise erhalten, sagte sie am Telefon. Die NATO habe begonnen, Serbien zu bombardieren. Was für ein bedrohliches Vorzeichen, sagte sie mit zitternder Stimme. Unruhen auf dem Balkan. So habe der erste Weltkrieg angefangen. So fange sicher auch der dritte, der letzte, an. Sie habe die ganze Zeit recht gehabt, sagte sie. 1999 sei ein schlimmes Jahr. Die NATO, die ein Verteidigungsbündnis sein sollte. Ein schockierendes Vorgehen. Ludvig Hassel hörte ihrer Stimme zu, froh darüber, daß sie nicht sehen konnte, daß er gähnte. Überdrehte Ziege. Nicht die Kosovo-Flüchtlinge bemitleidete sie, sondern sich selbst.

Es gelang ihm, ihr auszuweichen, sich in vage Formulierungen zu flüchten, eine Versammlung vorzuschützen, die gleich beginnen werde. Doch auch ihn schauderte. Die NATO bombardiert Serbien. Die angestammten Sozialisten der Nationalgalerie, die es in diesem Gebäude noch gab, empörten sich. Er merkte, daß auch er selbst empört war. In seinen Kreisen waren die USA nie eine gute Wahl gewesen. Weil er für die Zeitungen geschrieben hatte, rief man ihn an, wollte ihn dabeihaben in einem Aufruf. Er unterschrieb. Nein zur NATO! Ja zur UNO! Er hatte per E-Mail zu Kunsthistorikern in London und Paris Kontakt. Keiner von ihnen konnte ihn verstehen. Die Intellektuellen Frankreichs unterstützten fast einmütig den Bombenangriff der NATO. Ludvig Hassel schrieb einen Artikel im Dagbladet. Etwas über Serbien als Kulturnation. Den Verrat der NATO. Die Verantwortung der UNO. Endlich bekam er Oberwasser! Rache an Arvid Buvik! Er fühlte sich geschmeichelt, als sie kamen und ihn in der Debatte der Vorabendnachrichten haben wollten. Welche Meinung hat ein Kunsthistoriker, der über Seurat promoviert hat, zu den Bombenangriffen der NATO? Äußerst interessant. Er hatte seinerzeit viel mit Ljubisa Rajic zu tun gehabt, dem Serben, der jeden Tag seine bitteren Tagebuchaufzeichnungen in der Zeitung veröffentlichte. Ljubisa Rajic war natürlich gegen den Bombenangriff. Ludvig Hassel wollte dazu seine Meinung äußern, seine guten, verantwortungsvollen Seiten herauskehren. Er, der Kunsthistoriker, war selbstverständlich gegen den Bombenangriff, gegen diese Barbarei der Militärs. Er kenne viele Serben, Kunsthistoriker, Akademiker. Man könne nicht auf diese Weise ein ganzes Volk auslöschen.

Und dennoch, merkte er, war er nicht engagiert, nicht wirklich, wie damals im Vietnamkrieg oder im Golfkrieg. Die Bilder der Flüchtlinge kamen jeden Tag im Fernsehen. Weinende, unter Schock stehende Menschen. Aber er war nicht mehr fähig, persönlich Anteil zu nehmen. Auf die erregten E-Mails aus London und Paris mochte er kaum antworten. Die, die wirklich für diesen Bombenangriff waren, mußten einfach Idioten sein. Doch gab es Grenzen für das, was ein Kunsthistoriker sagen und tun konnte.

Das Familienessen war für kurz nach Ostern anberaumt. Kosovo-Ostern. Flüchtlingsostern. Ethnische Säuberung: Slobodan Milosevic! Der norwegische Reporter Fritz Nilsen in Kuke. Hans-Wilhelm Steinfeld in Skopje. Åsne Seierstad in Blace. Khakifarbene photogene Jakken. Der norwegische Außenminister Vollebæk begeistert vor Ort unter den Journalisten. Irgendwo im Hintergrund als diffuse Masse die Flüchtlinge. Die Bombenangriffe wurden fortgesetzt. Ludvig Hassel war langsam wieder in die alltägliche Routine an der Nationalgalerie hineingerutscht, merkte, daß er schlechter gelaunt war als früher, vielleicht weil sein Alkoholkonsum zugenommen hatte, jetzt, wo er Anne-Beth Castberg nicht mehr traf, von der er im übrigen einen völlig schwachsinnigen Brief bekommen hatte, in dem sie ihn mit allen möglichen Schimpfwörtern bedachte, von Fotzenlecker bis Tittenkiller. Die Ausdrücke wirkten auf dem Papier hilflos. Er ertappte sich dabei, daß er Mitleid mit ihr hatte, aber am nächsten Tag sorgte er trotzdem dafür, das Testament zu ändern, so daß sie keinen Heller bekam, wenn er für immer die Augen schließen sollte.

Er war rastlos. Als die Feiertage vorbei waren, rief er bei Star Tour, Plus-Reisen, Saga und Ving an, um sich die Preise für London geben zu lassen, konnte sich aber nicht entscheiden. Eine große Unentschlossenheit lähmte ihn – eine Leere, eine Handlungsunfähigkeit in allen Dingen. Der Gedanke an Tante Fanny quälte ihn nicht mehr. Sie war nicht die einzige alte Frau, die man in einem Badezimmer untergebracht hatte. Wenn man sah, wie es den Kosovo-Flüchtlingen oder den Russen oben in Murmansk ging, konnte sie nicht klagen, dachte er, um sich im nächsten Moment bitter zu schämen, weil er dergleichen gedacht hatte.

Dann war endlich der Abend da, an dem er wieder nach Tåsen sollte. Er merkte, daß er eitler war als gewöhnlich; er hatte die Haare geschnitten, hatte sein bestes Jackett und seine schönste Krawatte herausgesucht. Wenn er sich auch einzureden versuchte, daß dem nicht so war, so wußte er doch, daß er sich für Anja Vikersund zurechtmachte. Er war, bei dem Gedanken, sie wiederzutreffen, seltsam erregt. Es belastete ihn, daß sie so wichtig für ihn war, bedenkt man, daß er sie nur einmal gesehen hatte und daß sie überdies die Freundin seines Sohnes war. Doch im Laufe dieses Winters, das mußte er sich eingestehen, hatte er häufig an sie gedacht. Er hatte an sie gedacht, als er mit schmerzendem Rücken seine weiten Skitouren in den Loipen der Nordmarka lief, als er auf der Skihütte Kikut übernachtete, als er etwas so Banales und in seinen Augen Verwerfliches tat, wie sich eine Frauenzeitschrift zu kaufen.

Dagny empfing ihn mit größerem Respekt und mit

weniger Gejammer, als sie es zu Weihnachten getan hatte. Am Telefon hatte sie nicht soviel über das »da drinnen im Kopf« oder über die Geschwulst »da drinnen in der Brust« gesprochen. Sie hatte schlicht und einfach eine gute Zeit, weil die Bombenangriffe der NATO mit unverminderter Stärke weitergingen und ihre Ängste in Beschlag legten, weil die Nerdrum-Ausstellung ein Erfolg gewesen war, weil ihr geschiedener Ehemann nicht mehr mit Anne-Beth Castberg zusammen war. Sie lud zu diesem Essen ein, das wußte Ludvig, weil sie jetzt im Zeitalter der Katastrophe auf eine Wiedervereinigung hoffte. Die sollte in London erfolgen, vorausgesetzt, sie überlebten alle den Juli, ihm war längst klar, daß sie so dachte, doch erst mußte sie ihre Vorbereitungen treffen, und ein Familienessen war von strategischer Bedeutung, denn Dagny wußte, welche Schuldgefühle Ludvig seinen Kindern gegenüber noch immer hatte und daß den Kindern natürlich daran lag, daß ihre Eltern wieder zusammenfanden. Nach einigen Monaten des Alleinseins merkte nun auch Ludvig Hassel, daß er für diesen Gedanken empfänglicher war. Das Leben ging seinen Gang, er wurde älter, vielleicht dauerte es nur noch ein paar Jahre, bis er wie Tante Fanny, völlig senil, im Badezimmer eines Pflegeheims saß. Vielleicht sollte er da doch ein gemeinsames Alter mit Dagny Smith-Torgersen erwägen? Vielleicht vermochte ihn gerade seine ehemalige Frau, die trotz allem viele Jahre lang seine beste Freundin war, mit seinem Schicksal zu versöhnen, daß er nämlich hier in diesem Leben nichts zustande gebracht hatte, das Leben aber ungeachtet dessen lebenswert war. Als er sie im Flur in Tåsen umarmte und den Geruch ihrer Haut wahrnahm, spürte er, daß er gerührt war, daß es ihm gefiel, auf diese Weise zurückzukommen, mehr respektiert als früher, sie hatte seine Beiträge über die NATO im Dagbladet gut gefunden. Drinnen im Wohnzimmer waren bereits die anderen. Er überreichte eine Flasche Cognac und frische Blumen, wußte, daß Dagny, Cathrine und Paul das schätzten. Und dort auf dem Stuhl saß Arvid Buvik, mit Cathrine auf dem anderen Stuhl, und auf der berüchtigten Couch saß, an Pauls Seite, Anja Vikersund. Donnerwetter, wie gut sie aussieht, dachte Ludvig Hassel erfreut. Er sah sie zum ersten Mal seit Weihnachten wieder, sie war hübscher als auf den Fotos in den Illustrierten, wo sie für Sloggi warb. Sie war ... »magnetisch«, »umwerfend schön«, du meine Güte, was für lächerliche Wörter er benutzen würde. Er begrüßte sie als erste, vor den eigenen Kindern. Es entstand eine etwas seltsame Stimmung, er merkte zu seiner Bestürzung, daß er errötete. Sie sah ihm direkt in die Augen, er dachte, daß sie durch die Luft sausen konnte, daß sie jung war und ihrer Zeit viel näher als einer von den anderen, wie sie ihren Skifliegerblick direkt auf ihn richtete, dasselbe Augenpaar, das es wagte, irgendwo von ganz oben bis hinunter zum Schanzentisch zu schauen und weiter hinunter bis zum Auslauf, während der dumme, kahlgeschorene, eingebildete Scheißkerl, der Kunsthistoriker Arvid Buvik, irgendwo im Hintergrund bereits wieder versuchte, die Aufmerksamkeit auf sich zu ziehen, weil er mit Ludvig Hassel politisch verschiedener Meinung war, weil er natürlich den Bombenangriff der NATO als der zynische Drecksack, der er war, befürwortete. Aber für Ludvig Hassel war jetzt Anja Vikersund genug, mehr als genug für einen ganzen Abend, vergiß Serbien, vergiß die NATO, diesmal durfte er sich nicht blamieren, durfte er mit seinen Argumenten nicht zu aufdringlich und selbstgefällig sein, diesmal würde er sich einen Teufel um Arvid Buvik scheren und sich statt dessen als ein kluger, ernstzunehmender, älterer und etwas resignierter Intellektueller gebärden. Er konnte das eine oder andere über die USA, über Clinton sagen, über den Kapitalismus als ein System, das in allen Fugen krachte. Er würde es schon schaffen, Eindruck auf Anja zu machen, wie er sich das auch im Traum gewünscht hatte. Die Gazelle und das Warzenschwein. Aber er war kein Warzenschwein! Es war übrigens merkwürdig, daß sie noch nicht mit Paul zusammengezogen war. Aber sobald er seinen Sohn ansah, verstand er, warum. Wie üblich hatte Paul etwas Blasses, Anämisches an sich, etwas Gutmütiges, Klammes und Kraftloses, fast Jämmerliches. Er war, völlig unreflektiert natürlich, gegen die Bombardierung. Aber er hatte nicht das intellektuelle Vermögen, zu formulieren, warum. Er war einfach nicht der Mensch, bei dem eine intelligente Frau wie Anja Vikersund jemals einziehen würde. Gleichwohl umarmte Ludvig seinen Sohn, murmelte einige Worte, daß es nett sei, ihn zu sehen, dachte aber wie früher, daß er nie wirklich an Paul interessiert gewesen war, daß Paul in seinem Leben etwas Fremdes und Unverständliches war, als habe er immer noch nicht akzeptiert, daß Paul sein Sohn war, sein Fleisch und Blut, wie es hieß. Und weil er keine Lust hatte, weiter in diesen Bahnen zu denken, wandte er schnell das Gesicht Cathrine zu, die zwar für ihn als Tochter auch nicht sehr viel wirklicher war, für die er aber trotzdem mehr empfand, um die er sich mehr ängstigte, weil sie so nervös und depressiv war. Er konnte mit nur einem Blick sehen, daß dieser Arvid Buvik sie keineswegs glücklich machte. Cathrine war ganz weiß im Gesicht, die Arme. Wahrscheinlich wurde sie von ihrem neuen Lebenspartner niedergewalzt, und wer ahnte schon, ob man dieses Zusammenleben nicht hätte verhindern sollen. Jedenfalls konnte Ludvig spüren, und er wußte, daß er Talent hatte, solche Dinge zu spüren, daß Cathrine keine glückliche Frau war, und wenn Arvid nicht fähig war, seine Tochter glücklich zu machen, *haßte* er diesen Arvid Buvik, dann wollte er ihn mit allen Mitteln vernichten. Kaum hatte er seinem jungen Rivalen in die Augen geschaut, merkte er, daß einige Monate vergangen waren, daß er jetzt noch boshafter war, daß sich Arvid Buvik in acht nehmen sollte. Außerdem hatte er die Frauen auf seiner Seite. Keine Frau befürwortete die Bombardierung, ausgenommen Madeleine Albright, darüber hegte er keinen Zweifel. Ludvig Hassel war zufrieden mit sich, als er sofort seinen künftigen Schwiegersohn fragte, wie es mit den Millenniums-Vorbereitungen in Bjørvika stehe. Er gedachte sich an diesem Abend einer peinlichen, fast demonstrativen Höflichkeit zu befleißigen, und es freute ihn zu sehen, daß sich Arvid Buvik sehr gut an das Gespräch am Weihnachtsabend erinnerte und in einen Zustand zwischenzeitlicher Verlegenheit geriet. »In einer tragischen Zeit wie dieser ist es nicht vertretbar, an eine Millenniumsfeier in Bjørvika zu denken«, sagte er, fast stotternd. Ludvig fragte nun sofort, was Buvik zum Bombenangriff der NATO meine. Die Frage wirkte eindeutig als Überrumpelung. Arvid Buvik zögerte. Er habe den Krieg nicht erlebt, sagte er, aber er müsse trotzdem an Chamberlain denken. Ein Mann wie Milosevic verstehe offenbar keine andere Sprache als die der Bombardierung. »Die ethnische Säuberung ist eine Tatsache«, sagte er. »Ja«, antwortete Ludvig. »Auf beiden Seiten. Denn du wirst doch wohl nicht glauben, daß die albanischen Räuberbanden in irgendeiner Hinsicht besser sind als die Serben? Wenn sie die Gelegenheit hätten, meinst du nicht, daß sie dann, ohne zu zögern, über die Serben herfallen würden?« Arvid wußte offensichtlich nicht, was er antworten sollte. Schließlich sagte er, daß er viel zu ästhetisch denke, um nicht zu wissen, daß ihm eine Unterstützung der NATO in einer Situation wie dieser schlecht zu Gesicht stehe. Na ja, dachte Ludvig Hassel, in Frankreich würde Arvid Buvik völlig richtig liegen, ein Teil des Trends sein. Es lebe die NATO! Für die Bombenangriffe! Und das in einem Land, das in all den Jahren der NATO skeptisch gegenübergestanden hatte. Die Franzosen, die ihr Vertrauen in das Wort setzten. Ludvig schickte sich gerade an, seine zynischen Grobheiten herauszukramen, da rettete Dagny ihren zukünftigen Schwiegersohn, den sie anscheinend sehr gern hatte, und sagte, Bomben hin, Bomben her, jetzt sei jedenfalls serviert.

Sie aßen Dorsch, Leber und Rogen. Diesem Gericht, das wußte Dagny, konnte Ludvig nicht widerstehen, und er würdigte diese Geste denn auch, rühmte lautstark die Mahlzeit, zur Zufriedenheit der Kinder, Herrgott, dachte er, wann hörten Cathrine und Paul endlich auf, Kinder zu sein? Sei's drum, sagte er sich: der Fisch perfekt zubereitet, die Sandefjordbutter genau richtig gesalzen, ebenso wie Rogen und Leber, die außerdem gezuckert, gesalzen und gepfeffert und in Essigwasser gekocht waren. Dazu die Mandelkartoffeln. Besser konnte man es nicht haben.

Dennoch war es Anja Vikersund, die die Aufmerksamkeit an sich zog, sie war es, mit der er die ganze Zeit reden wollte. Nach geraumer Zeit wagte er zu sagen, daß er sie in Sloggi-Unterwäsche betrachtet habe. Er sagte das etwas schroff, wie er als Kunsthistoriker zu sprechen pflegte, wenn er einer Versammlung imponieren wollte; er sagte, es sei interessant, ein richtiges Fotomodell zu kennen, er würde aber gern, wie er zugab, mehr darüber erfahren, wie es mit dem Skifliegen ginge und welches Grundfach sie nun studiere.

Sie beantwortete alle seine Fragen, erzählte, daß Elite, die Modelagentur, für die sie arbeitete, vielleicht aufgelöst würde, daß sie jetzt zu Heartbreak wechseln wolle. Heartbreak! Am Tisch entstand eine merkwürdige Stimmung. Nur Anja und Ludvig sprachen. Als würden die anderen verstehen, daß sie nur Nebenpersonen waren. Dagny drang mit ihren Nostradamus-Ängsten nicht durch. Und auch Arvid gelang es nicht, mit seinen letzten Artikeln im Dagbladet zu prahlen, denn da saß die Skifliegerin Anja Vikersund und erzählte Ludvig Hassel, daß sie beabsichtige, *Kunstgeschichte* zu studieren, weil sie letzte Weihnachten davon überzeugt worden war, nicht zuletzt durch ihn, daß gerade Kunstgeschichte ein interessantes Fach sei. Sie wechselte noch nicht einmal einen Blick mit Arvid Buvik, während sie das sagte. Sie wandte sich ausschließlich an Ludvig Hassel, er spürte es deutlich, daß wirklich etwas zwischen ihnen *war*, zwischen Anja Vikersund und ihm, fast eine Art Schicksalsgemeinschaft. Er hatte das Gefühl, als habe er sein ganzes Leben lang darauf gewartet, dieser Frau begegnen zu dürfen, fühlte, daß sie bald etwas Ernstes miteinander haben würden, daß sein armer Sohn Paul wohl würde zurückstehen müssen, daß er diesem Gottesgeschenk nicht würde widerstehen können, daß er sie einfach haben *mußte*, wie Karen Blixen einmal zugegeben hatte, daß sie den Jäger verstehe, der die Beute erlegen *muß*, sobald er sie erblickt. So wurde es Ludvig

Hassels Abend, ein Abend in Tåsen, an dem er Anja, ohne von Arvid unterbrochen zu werden, erneut seine Ansichten über Seurat darlegen konnte, seine Ansichten über Munch, Rembrandt, Karsten und Carrà. Er ließ die NATO und Serbien in Ruhe. Er hielt statt dessen eine ganze Vorlesung über ästhetische Idiosynkrasien, während die anderen zuhörten. Rache an Arvid Buvik! Und als er fertig war, gab es Kaffee und Cognac; man konnte endlich, einvernehmlich wie eine große Familie, über die künftige Londonreise sprechen, und Ludvig Hassel fühlte sich wieder eingesetzt als pater familias, während sein Inneres in Aufruhr war, er nun uneingeschränkt vor sich zugeben mußte, daß er von der Frau, die die Freundin seines Sohnes war, tatsächlich emotional stark berührt *war*. Es war, als würde sie ihn durch ihre bloße Anwesenheit die NATO, Serbien und den Kosovo vergessen lassen, dazu sein Alter und die düsteren Gedanken, die ihn in den letzten Jahren bestimmt hatten. Er mochte sie, weil sie nicht destruktiv war, wie Anne-Beth Castberg es gewesen war. Sie ließ ihn vergessen, daß er sich eigentlich alt und gescheitert fühlte. Allein durch ihre jugendliche Anwesenheit ließ sie ihn neue und vitale Gedanken denken. Wahrscheinlich nahm sie zu dem Bombenangriff der NATO eine ähnlich skeptische Haltung ein wie er. Er merkte, daß er noch viel mehr sagen wollte, das eine oder andere über die Ästhetik des Krieges, obwohl er mit dem Cognacglas in der Hand spürte, daß er auch diesen Abend nicht unter Kontrolle hatte, daß er bereits zuviel getrunken hatte, daß er über die schockierende Begegnung mit Tante Fanny zu berichten begann, daß er sentimental zu werden begann (weiß Gott, er durfte jedenfalls nicht zu weinen anfangen!), daß er die Gesellschaft dominierte, daß sich Arvid Buvik kein einziges

Mal richtig einbringen konnte. Irgendwann begann alles zu verschwimmen. Er merkte nicht einmal, daß Cathrine und Arvid Buvik aufbrachen, lange bevor er etwas genauer erfahren hätte, wie es ihnen miteinander ging. Dafür erinnerte er sich ganz genau, wann Anja Vikersund und Paul es für richtig hielten, sich zu verabschieden, und er, angefeuert vom Rausch des Alkohols, der Skifliegerin ins Ohr flüsterte, daß er hoffe, sie bald wiederzusehen, und sie seine Einladung beantwortete, indem sie ihn auf beide Wangen küßte.

Dann war er schließlich mit Dagny allein. Und er erkannte zu seinem eigenen Schrecken, daß er nach all diesen Jahren zum ersten Mal in Tåsen übernachten würde.

Doch beim Erwachen am nächsten Tag war es Anja Vikersund, an die er sofort dachte, und Anja Vikersund war es, an die er gedacht hatte, als die Nacht zwischen ihm und seiner einstigen Frau Dagny am leidenschaftlichsten war und folglich am wehmütigsten. Er bekam einen Anfall von Klaustrophobie. Sie hatte das, was geschah, eindeutig als Ludwigs Rückkehr interpretiert, während Ludvig Hassel nur eine weitere Treulosigkeit beging. Selbst in diesem besoffenen Zustand wußte er nun, daß es, im eigentlichen Sinne, nie eine Wiedervereinigung mit Dagny Smith-Torgersen geben würde. Das war vorbei, das Leben war zu kurz, er hatte nicht mehr viele Jahre, bis er vielleicht, ohne es zu wissen, im Badezimmer eines Pflegeheims sitzen würde, ohne zu wissen, daß er eigentlich Kunsthistoriker und Experte für Seurat war. So war es denn, räumte er insgeheim ein, vielleicht nur die Angst vor dem Alter, weshalb Anja Vikersund so stark auf ihn wirkte. Aber egal, für welches Erklärungsmodell er sich entschied, es durfte keine Wiedervereinigung zwischen ihm und Dagny geben! Was diese Nacht in Tåsen passiert war, würde ein unglücklicher Irrtum bleiben, ein bedauernswerter Anfall von Schwäche, den er schnellstmöglich überwinden mußte. Warum zum Teufel schaffte er es nicht, *Grenzen* zu setzen, dachte er, wütend auf sich selbst. Jetzt hatte er Dagny Smith-Torgersen jeden Abend auf dem Anrufbeantworter. Aber er hob nicht ab, selbst wenn er neben dem Apparat saß. Er wußte, wie sie ihn jetzt würde locken wollen, wie die Londonreise zu einem Prüfstein werden würde, meine Güte, auf was hatte er sich da eingelassen. Nicht zurück zum Alten! dachte er schweißgebadet, wenn er nachts aufschreckte, wobei er gleichzeitig vor sich eingestehen mußte, daß ihm das Übernachten in Tåsen trotz allem das Gefühl gegeben hatte, wieder zu Hause zu sein. Aber er wollte nicht zu Hause sein! Er wollte weg, hinaus, hin zu neuen Herausforderungen. Das Leben durfte nicht voraussagbar werden!

In diesem Frühling mit dem grellen, kalten Licht des Nostradamus-Jahres 1999, des NATO-Jahres, des Jahres der Flüchtlinge, dachte der Kunsthistoriker Ludvig Hassel so oft an die Freundin seines Sohnes Paul, daß er schließlich an einem Tag Anfang Juni, als der Flieder in ganz Oslo blühte und die Stadt plötzlich voller üppiger junger Mädchen auf Fahrrädern war, mit engen T-Shirts und flatternden Haaren, Anders Stigen anrief, seinen Mitverschworenen unter den Kunsthistorikern da oben im Kuckucksnest des Fernsehsenders, und ihn fragte, ob er ihm einen Gefallen tun könne, es handle sich um einen Beitrag im Unterhaltungsprogramm am Samstag mit der Skifliegerin Anja Vikersund, den die Journalistin Eva Bratholm irgendwann 1997 gemacht haben dürfte, ob er eine Kopie bekommen könne? Es handle sich um ein spezielles Projekt, das etwas schwer zu beschreiben sei. Anders Stigen versicherte, daß sich das machen ließe, während Ludvig Hassel dachte, daß er jetzt eine Grenze überschritt, jedenfalls seinen eigenen Sohn verriet. Aber zu seiner Überraschung merkte er, daß er keinerlei Schuldgefühle hatte, denn was sollte Sohn Paul schon auf die Dauer mit einem Mädchen wie Anja Vikersund anfangen? Er konnte ihr unmöglich all das bieten, was eine Frau von ihrem Format an Anregung brauchte. Darin bestand doch das Problem dieser Generation, dachte er und dachte auch an Cathrine, daran, daß diese jungen Leute weder Autorität noch Wissen besaßen, daß sie hilflosen Marionetten glichen, preisgegeben all denen, die sie zu einem vollwertigen Leben anleiten wollten. Im Unterschied zu seiner eigenen Generation, dachte er, waren sie unbeholfen und wirkten resigniert, unfähig, die magischen Augenblicke des Lebens auszunutzen, unfähig, sich im positiven Sinne zu berauschen. Anja Vikersund aber war die Skifliegerin, die das Ungewöhnliche zu tun wagte, nicht nur mit diesen rührenden Hip-Hop- und Techno-Dummköpfen herumalberte, die, ohne es zu begreifen, selbst einmal von den Börsenmaklern und Whiskyproduzenten gekauft und bezahlt worden waren. Ludvig Hassel wartete gespannt auf das Video, und als es Ende Juni endlich kam, als die Bombenangriffe vorüber waren, als die Serben zum Schweigen gebracht waren, als es in Oslo unbeirrt und gleichmäßig regnete, während alle Leute trotzdem in ihrer verzweifelten Sehnsucht nach Sonne fast nackt im Zentrum flanierten, setzte er sich bei heruntergelassenen Jalousien hin und schob die Kassette in den Videorecorder, sah, wie Anja Vikersund dort in ihrem Heimatort wirklich ganz oben auf der Sprungschanze stand, wie sie mit einem Anflug von Angst die Anlaufbahn hinunterschaute, die Brille aufsetzte, tief Atem holte und *hinuntersauste!* – mit der größten Selbstverständlichkeit, mit weit über hundertzwanzig Stundenkilometern in wenigen Sekunden und sich nach vorne in die Luft *legte*, in enormer Geschwindigkeit, sich *vorlegte zu den Skispitzen*, sich streckte und streckte, bis zum untersten Teil des Auslaufes, und bei fast hundertvierzig Metern landete, mit einer prächtigen, sogenannten Punktlandung, zu Eva Bratholms beinahe schockartiger Bewunderung. Sie machte es wirklich! She did it! Ludvig Hassel entfuhr in seinem Sessel ein kurzer Ausruf der Begeisterung. Und danach, das Interview: Anja Vikersund, etwas jünger und weniger selbstsicher als jetzt, dachte Ludvig, aber trotz allem eben Anja Vikersund, die von einer offenen Zukunft sprach, von all den Möglichkeiten, die es für eine junge Frau wie sie gab, in einer Welt wie dieser, wobei sie ein verlegenes, kleines Lächeln lachte.

Ludvig Hassel war sprachlos vor Bewunderung.

Siebter Teil

Ludvig begann die Wochentage zu zählen, so als zähle er, ob nun hinauf oder hinab, auf etwas hin. Das Leben ging in seinen gewohnten Formen weiter und damit auch die Trivialitäten. Dagnys fast tägliche telefonische Anfragen und Vorschläge, ihr erneutes Anmahnen der zehntausend Nostradamus-Kronen (obwohl der Krieg vorüber war, sei sie sich nicht sicher, ob sie nicht irgendwann doch aus der Stadt fliehen müsse), außerdem ängstliche und zugleich fordernde Mahnungen bezüglich der Londonreise, welche Museen sie besuchen sollten. Und als Grundierung von alldem: die sinnlosen Arbeitstage in der Nationalgalerie, die ihn langsam ums Leben brachten. Zu seiner Überraschung stellte Ludvig Hassel fest, daß nichts leichter wurde für ihn, obwohl die Zeit verging. Er hatte sich ein Ende dieser alljährlichen Depression, wie er das für sich bezeichnete, erwartet. Früher hatte er sich in allen möglichen destruktiven Gedanken vergraben können, um eines Tages plötzlich wieder wie eine Rakete nach oben und aus der Schwermut herauskatapultiert zu werden. Das konnte etwas so Banales sein wie der Anblick eines hübschen Mädchens in der Odinsstraße an einem Maitag oder ein gemütlicher Abend mit vernünftigen, gleichgesinnten Menschen im Arcimboldo oder ein gut geschriebener Essay über einen Maler, den er liebte. Aber in diesem Frühling war er, wie er es an dem Abend, an dem er Geir Tore Salvesen im Fischerboot zurückließ, vorausgesehen hatte, absolut mit sich allein. Die Wirklichkeit, mit der er lebte, befand sich in ihm, nicht außerhalb. Deshalb wirkte es wie ein

Schock, als er daheim in der Odinsstraße erneut die Türglocke läuten hörte, wie ein böses Vorzeichen. Ludvig Hassel dachte, daß es Cathrine sei, aber dann war statt dessen ein in Tränen aufgelöster Paul an der Sprechanlage. Ein in Tränen aufgelöster Paul! Ludvig wußte, daß Dagny auf einem Seminar in Bergen war. Der ganze Unsinn mit Nostradamus war im Sande verlaufen, zum Glück. Aber Paul war immer Mamas Junge gewesen. Gewöhnlich hatte er sich bei ihr ausgeheult. Wie konnte Ludvig Hassel eine Hilfe sein? Trotzdem saß der Sohn einige Minuten später mit einem Cognac im Wohnzimmer und erzählte, daß Anja ohne Vorwarnung Schluß gemacht habe, daß er nicht wisse, wie er über die Trennung hinwegkommen solle, daß er sterben wolle.

Das war eine schockierende Eröffnung, dachte Ludvig. Schockierend, weil sie viel zu intim war. Söhne redeten mit ihren Vätern nicht so über die Liebe. Daran war etwas Abgeschmacktes, fast Ekelhaftes. Paul! dachte er. Ließ er sich wirklich so tief sinken? Besaß er keinen Stolz? Dagny hätte ihm stundenlang zuhören können, tröstend sanft und verständnisvoll, wie Mütter sein konnten, aber was konnte er tun? Er spürte den Geruch nach etwas Klammem und Muffigem, schweißiger Haut, abnormen Gedanken. Paul war in seinem Verhalten stets etwas schwächlich und weich gewesen. Ein zu weicher Mann, etwas irritierend, dachte Ludvig Hassel.

Trotzdem hörte er zu, klopfte seinem Sohn auf die Schulter, merkte, daß jede Bewegung linkisch und unnatürlich war, obwohl er den Schmerz des Sohnes bis zu einem gewissen Grad als seinen eigenen nachempfinden konnte. Mit Eifersucht und Verlassenheit kannte er sich aus. Ja, Paul tat ihm natürlich aufrichtig leid, wie er da gebrochen, mit zitternden Händen, dasaß und seine

Trauer ausbreitete. Aber was in aller Welt erwartete Paul von ihm, von seinem ihm letztlich fremden Vater? Warum kam er überhaupt *hierher*? Hatte er wirklich keine anderen Freunde, bei denen er sich ausheulen konnte? Eigentlich waren sie nur in Ausnahmefällen Vater und Sohn füreinander. Dagny hatte seinerzeit freiwillig für Paul und Cathrine die volle Verantwortung übernommen. Mit Ludvig war das anders. Er fühlte sich einfach nicht auf die Gefühlskaskaden vorbereitet, mit denen der Sohn ihn jetzt überfiel. Das war peinlich, dachte er. Peinlich und unangenehm. Und diese Peinlichkeit ließ sich auch nicht mit reichlichen Mengen Cognac wegspülen.

Er saß neben dem Sohn, der ihm in diesem Moment entfernter erschien als je zuvor – ja es war kaum faßbar, daß der junge, schwächliche, verweichlichte Mann da neben ihm etwas mit ihm zu tun hatte. Zugleich mußte er sich eingestehen, daß er bei dem Gedanken, daß Anja mit Paul Schluß gemacht hatte, eine innere Freude verspürte, zumindest eine innere Unruhe. Er wußte ja am besten, daß ein Zusammenleben zwischen diesen beiden niemals gutgehen konnte, sie waren zu verschieden, so wie er und Anne-Beth Castberg zu verschieden gewesen waren. Sie waren zum Untergang verurteilt, schon von Anfang an. Anja Vikersund wollte keinen gutmütigen, braven und fast selbstaufopfernden Jungen vom Typ eines Paul H. Smith-Torgersen. Sie brauchte ganz andere Herausforderungen, und das versuchte er seinem Sohn, mit einer gewissen Umgehung der Wahrheit, zu erklären, wobei er sich sehr bemühte, speziell bei diesem Thema nicht zu intim zu werden. Ihm bot sich zudem jetzt die Möglichkeit, sich Anja in ganz anderer Weise zu nähern, aber für das Denken solcher Gedanken war es natürlich noch zu früh. Zu früh! ermahnte sich Ludvig Hassel streng, wußte aber im selben Augenblick, daß es zu spät war, denn der Gedanke war bereits gedacht, war schon vor einer Woche gedacht worden, als er das junge Pärchen zufällig im Lorry getroffen hatte und ihm all die kleinen Zeichen dafür aufgefallen waren, daß sie nicht mehr so viel wie früher miteinander hatten.

Es war eine Julinacht, unmittelbar vor Dagny Smith-Torgersens sogenanntem Weltuntergang, doch sie war zuversichtlich auf das Seminar nach Bergen gefahren. Draußen vor dem Fenster war die Stadt voller Licht, obwohl es Nacht war. Eigentlich, dachte Ludvig Hassel, sollte er jetzt irgendwo in den Wäldern der Nordmarka sein. Statt dessen vergeudete er die Zeit damit, den Sohn zu trösten, der trotz seiner Trauer nie wie Cathrine suizidal werden würde, das wußte er.

»Du mußt dir Zeit geben«, sagte er nur. »Du mußt schlicht und einfach das, was geschehen ist, akzeptieren und darüber wegkommen.«

Paul hörte zu und nickte. Wie ein nasser Lappen, dachte Ludvig und empfand eine noch tiefere Abscheu vor dieser Hilflosigkeit. Wie konnte Paul glauben, daß er imstande wäre, mit einer Frau wie Anja Vikersund zusammenzuleben? Zuviel Übermut, dachte er. Zu viele wilde Gefühle. Und genau darin konnte er sich natürlich selbst wiedererkennen. Was das anbetraf, hatte der Sohn vielleicht seine schlechtesten Seiten geerbt, die, die er an sich selbst am meisten verachtete, nämlich das Sentimentale, die zu großen Gefühle, die der Alkohol stets hervorzurufen wußte. Nein, dachte er, der Sohn mußte jetzt nachdrücklich in Alkohol und Gefühlen ertränkt werden. Paul sollte die nächsten Tage dazu benutzen, die Enttäuschung auszuheulen, zusammen mit seinen Freunden. Er selbst hatte andere Pläne.

Das Gespräch erstarb dann auch ziemlich schnell. Paul blieb trotzdem, zur Verzweiflung Hassels, stundenlang sitzen. Es war eine peinliche Stille. Sie wurde schließlich so unerträglich, daß Ludvig Hassel den Fernseher anschalten mußte. Da tanzten die Jugendlichen im Musikkanal Pop ihre unverständlichen Techno-Märsche. Zusammen mit dem Sohn blieb er sitzen und sah den uniformierten Körpern zu, den uniformierten Bewegungen, während sie das rhythmische, halbfaschistische Dunk-Dunk hörten, für das Ludvig Hassel nur tiefste Verachtung übrig hatte. Und gleichzeitig suchte er nach klugen Worten, die er in einer Situation wie dieser sagen konnte, aber ihm fiel kein einziges ein.

Bilder aus seiner eigenen Jugend stiegen in gestochener Schärfe in ihm auf. Jung sein heißt, nicht zu wissen, dachte er. Sich selbst ganz geben, auf allen Ebenen, und nach allen Richtungen, das war es, was er immer gewollt hatte. Aber wie konnte er geben, was er nie besessen hatte? Er entkam ja nie seinem eigenen Elend, war dort zu Hause in Arendal nie die starke, freie Person, die er vor seinem inneren Auge gesehen hatte. Sein eigener Herr sein, ehe man die Waffen niederlegte!

So wie Paul, dachte er, hatte er nach und nach die Kontrolle verloren. Die Unabhängigkeit, die er sich so früh in seinem Leben gewünscht hatte, die Chance, sie zu erreichen, hatte er verscherzt, weil er zu sehr und völlig falsch zugelassen hatte, daß andere Menschen Macht über ihn bekamen, oder er hatte die Macht über sie erworben, ohne daß er wußte, warum.

Er versuchte, Paul etwas davon zu sagen, von der Schwierigkeit des Liebens, aber er verstand seine eigenen Worte nicht, sie wurden ebenso abgeschmackt und weich wie die Figur des Sohnes auf der Couch. Er versuchte zu sagen, daß das Tragische nicht darin liege, allein zu sein, aber daß man es so selten auf richtige Weise sein konnte. Er versuchte zu sagen, daß er gleichzeitig gern alles dafür geben würde, um an die Welt eines anderen Menschen gebunden zu sein, um wirklich zu wissen, daß er liebte, daß er nach dem Unmöglichen strebte. Aber während er das sagte, hörte er, daß es wie eine Lüge klang. Und da suchte er wieder Zuflucht in der Stille.

Als Paul endlich zu sich nach Hause fuhr, um fünf Uhr morgens, war es bereits heller Tag. Hassel schickte den Sohn mit dem Taxi heim, steckte ihm außerdem noch ein paar Scheine zu, starrte resigniert dem trübseligen Jungen nach, der die Treppe hinunter verschwand, und merkte, daß er unruhig wurde.

Nun war er endlich allein, absolut allein. Mäuschenstill stand er im Zimmer und wartete. All die gefährlichen Gedanken glitten heran, unausweichlich, wie die Flut.

Ludvig Hassel wußte, daß er jetzt nicht in der Verfassung war zu schlafen, er war zu erregt, hatte stundenlang dagesessen und abwechselnd der Stille oder den erbärmlichen Erklärungen des Sohnes zugehört. Wie trostlos es sein würde, ein Leben ohne Anja zu leben! Ja, da sagte er vielleicht etwas Wahres. Wie würde das Leben ohne Anja Vikersund sein? Kaum war der Gedanke gedacht, fühlte sich Ludvig Hassel von einem Schwindel erfaßt. Konnte sich die Welt noch neu und voller Möglichkeiten darstellen? Würde er trotzdem, auf die eine oder andere Weise, imstande sein, aus der tiefen Ohnmacht herauszukommen, die er so lange empfunden hatte? Er konnte jedenfalls, dachte er, nach all dem, was geschehen war, vor sich selbst zugeben, daß er von Anja Vikersund wie besessen war. Denn er war anders als der Fischer in Arendal, dachte er, war nicht so genügsam wie Geir Tore Salvesen oder Tante Fanny. Er war nicht dazu geschaffen, die Dinge zu akzeptieren, wie sie sind. Er war dazu geboren, das Vollkommene zu suchen, und obwohl Seurat das Vollkommene *geschaffen* hatte, mit einigen ins Motiv einbezogenen, bewußten Fehlern, wollte Ludvig Hassel, jedenfalls in seinem Leben, das Vollkommene *suchen*, ungeachtet all der Fehler, die er bereits begangen hatte. Er forderte immer noch etwas vom Leben, und wenn er das nirgendwo anders finden konnte, würde er es vielleicht bei Anja Vikersund finden?

Julinacht. Das blaue Licht über der Stadt, während Ludvig Hassel mit dem Telefonbuch dastand und feststellte, daß Anja in einer kleinen Straße namens Unnarennet wohnte, was für eine Adresse für eine Skifliegerin! – ganz am Rande der Østmarka, wenn sie wollte, konnte sie direkt hinaus in den Wald gehen. Ludvig trat auf seinen Balkon, an diesem Dienstag morgen im Juli, dem Tag, für den Nostradamus den sicheren Weltuntergang prophezeit hatte. Er merkte nun, daß er nicht mehr zurück konnte, er mußte sobald als möglich, obwohl er betrunken war, hinauffahren in die Unnarennetstraße und Anja Vikersund von Angesicht zu Angesicht sehen. Er mußte sie sehen, mit ihr sprechen, nicht zuletzt als verantwortungsvoller Vater, mußte ihr erzählen, daß er sich Sorgen um Pauls Zustand mache, daß der Sohn vielleicht suizidgefährdet sei. Er mußte dastehen, zumindest an der Treppe zur Tür, allein mit dieser Anja, und mußte herauskriegen, ob das Chaos aus Gedanken, Sehnsüchten und Widersprüchen endlich seine Form finden konnte.

Als es acht Uhr morgens war, rief Ludvig Hassel ein Taxi und verließ die Wohnung in der Odinsstraße. Der Taxifahrer war pakistanischer Abstammung und wirkte in Gedanken versunken. Hassel bat darum, zur Unnarennetstraße in Oppsal gefahren zu werden. Er hatte in dieser Nacht keine Sekunde geschlafen, fühlte sich aber voller Tatendrang. Er hatte einen Plan: Er wollte zu Anja Vikersund kommen und beteuern, wie sehr er sich um Pauls Wohl und Wehe ängstige. Der Sohn sei ja am Boden zerstört, beinahe außerstande, einen zusammenhängenden Satz zu formulieren, völlig in Tränen aufgelöst, bei seinem Vater erschienen. Das Taxi fuhr Richtung Oppsal, zu diesem kleinen Vorort Oslos, wo es den Hoppeweg, den Nedslagsweg und Unnarennet gab und wo also nun eine Skifliegerin wohnte. Das wirkte so symbolträchtig, daß es parodistisch war, dachte Ludvig Hassel, während ihm durch den Kopf schoß, daß es natürlich viel zu früh war, um, bei einer fast fremden Frau, vor neun Uhr morgens zu klingeln. Aber der Zeitpunkt war wohlüberlegt, dies war eine *Notsituation*. Ludvig war schlicht und einfach zutiefst besorgt, er konnte Anja von Cathrines damaligem Selbstmordversuch erzählen, von seiner eigenen selbstzerstörerischen Neigung, von etwas also, das in der Familie lag. Er mußte zu Anja Vikersund kommen und sofort einen zutiefst vertraulichen Kontakt aufbauen, ganz ernsthaft. Das war immer einer seiner raffiniertesten Tricks gewesen, direkt den ernsten Aspekt des Lebens zu betonen, wie damals, als er im Hotelzimmer in Mandal Dagny Smith-Torgersen zum ersten Mal traf. Da hatte er von seiner unmöglichen Beziehung zu Arendal erzählt, daß ihm die Stadt zu eng sei, daß er die fürchterlichen, zähen Sommer mit den Eltern nicht länger aushalte, daß er einmal etwas

Großes zustande bringen wolle! Bei den jungen Dingern im Arcimboldo gehörte es zu seinen raffiniertesten Tricks, von dem zu erzählen, was ihm wichtig war, da hatte er von Seurat erzählt, damals bei Anne-Beth Castberg ebenso wie bei einem Dutzend anderer Frauen. Er war nicht zum Flirten geschaffen, dachte er, mit Flirten erreichte er gar nichts, aber wenn er ernsthaft redete, Engagement zeigte, zwischen dem Berechnenden und dem Bekennenden wechselte, zwischen offenbarem Wissen und vorsichtigem Zweifel, bissen sie an. Jetzt im Taxi betrachtete er das Ganze von außen: Er kam zur Freundin seines Sohnes, voller Sorge um dessen Wohl und Wehe. Die Freundin ließ ihn herein, war aber unerbittlich: Sie könne mit Paul nicht weitermachen. Das würde Ludvig verstehen, auch wenn er Pauls Vater sei. Langsam, ganz langsam würden Anja Vikersund und Ludvig Hassel Freunde werden, und daraus würde sich, nach und nach, eine Liebesbeziehung entwickeln.

Ja, so würde es gehen! dachte Ludvig im Taxi. Weil er es nicht ertrug, allein zu leben, weil er Frauen um sich brauchte, trotz allem, weil Anja ihm aus seiner langwierigen Depression heraushelfen konnte, in der er sich befand, ihm das Selbstvertrauen zurückgeben konnte, es gab noch so viel Ungetanes – Maler, über die er schreiben konnte, Ausstellungen, die er arrangieren konnte, Gespräche, die stattfinden konnten, Wein, der getrunken werden konnte. Die Toten beneideten ihn schließlich! Da lagen sie in ihren Gräbern, als Asche oder als Skelett, und wollten natürlich diesen wunderbaren, zum Untergang verurteilten Sommertag 1999 viel lieber über der Erde erleben als tief unten in ihren Gräbern. Natürlich würde die Welt nicht untergehen. Hatte nicht sogar Nostradamus gesagt, daß die Welt nach der Katastrophe *wiedererstehen* werde? So war es also eine Prophezeiung für sein eigenes Leben, daß er, Ludvig Hassel, gemeinsam mit Anja Vikersund *wiedererstehen* würde, in der einen oder anderen Form.

Das Taxi hielt vor dem Wohnblock in der Unnarennetstraße. Hassel zahlte und empfand auf einmal eine heftige Nervosität. Es war wie ein Zustand geistiger Verwirrung, dachte er, ein Zustand von Verzweiflung, weil sich sein Leben vor einiger Zeit plötzlich als qualvoller herausgestellt hatte, als er das bis dahin für möglich hielt. Er dachte wieder an Tante Fanny, wie schrecklich es war, keine Vorstellung von der eigenen Situation zu haben. Vielleicht hatte er in all diesen Jahren nach der Trennung von Dagny Smith-Torgersen seine eigene Situation überhaupt nicht erkannt, hatte sich nur Rückzugsgefechte geliefert, immer weiter hinein in die Depression. Jetzt sollte das anders werden!

Er läutete an Anjas Tür. Es dauerte einige Sekunden, dann war sie im Lautsprecher. Sie fragte, was los sei. Er sagte, wer er war, daß er die ganze Nacht mit Paul zusammengesessen habe, daß es etwas Wichtiges gebe, was er mit ihr besprechen wolle. Er hörte an ihrer Stimme, daß sie zögerte, daß sie überrascht war. Diesen Besuch hatte sie nun überhaupt nicht erwartet. Also, dachte er, mußte er seine Karten mit äußerster Vorsicht ausspielen, mußte auf kleinste Zeichen achten.

Sie empfing ihn in einem weißen Morgenrock, sei gerade aus der Dusche gekommen, sagte sie. Es duftete frisch und sauber, dachte er. Seife und Haut. Er bedauerte, so früh zu kommen, aber es sei eine außergewöhnliche Situation. Sie sagte, mit einem Zittern in der Stimme, daß sie und Paul über alles gesprochen hätten, daß es nichts mehr zu besprechen gebe. Sie sah ihn skeptisch an, merkte bestimmt, daß er getrunken hatte. Dieser Einstieg war nicht vielversprechend, dachte Ludvig Hassel. Es war jetzt äußerst wichtig, daß er sich nicht blamierte. Sie mußte seine Verzweiflung verstehen. Er trat ein. »Setz dich«, sagte sie, »dann reden wir meinetwegen ein paar Minuten.«

Er versuchte ihr seine tiefe Sorge um Paul deutlich zu machen, merkte aber sofort, wie hohl seine Worte klangen. Die Sonne flutete zum Fenster herein, traf Anja Vikersund von der Seite; Licht und Schatten, er wußte nicht, wohin er seinen Blick richten sollte. Sie sieht so gut aus mit dem nassen Haar, dachte er, während er nach Worten suchte und dabei ein zunehmendes Gefühl von Hilflosigkeit empfand. Sie sah ihn an, lange, ruhig, ließ sich nicht beeindrucken. Er begriff, daß er jetzt so wenig wie möglich sagen durfte, daß ihr nichts von dem, was er bisher gesagt hatte, glaubwürdig erschienen war. In dem Moment bereute er, daß er dem Impuls gefolgt und so zeitig am Morgen hierhergefahren war. Er blickte sich um. Ein jugendliches, durchdachtes Zimmer. Möbel von IKEA.

»Du kommst nicht wegen Paul«, sagte sie plötzlich. »Du kommst wegen mir.«

Er meinte einen höhnischen Zug in ihrem Gesicht zu erkennen, als sie das sagte. Weiß Gott, dachte er, sie fand ihn erbärmlich! Da war er bereits entlarvt; so wenig imstande, strategisch zu denken, wenn es darauf ankam. In dem Moment war es, als könne er ihren Blick lesen, was sie dachte, wie sie ihn durchschaute, wie sein Besuch bald Paul zu Ohren kommen würde. Da erhob er sich, jäh, wie in Panik; sie erhob sich ebenfalls, sie standen einander direkt gegenüber, alles ging so schnell, nicht einmal Zeit, um zu denken, er wollte sie umfassen, packte sie am Arm, zog sie zu sich in einer wilden Hoffnung, daß die physische Nähe den Rest erledigen würde. Sie wand sich, er mußte fester halten, den Griff verstärken.

»Du stinkst«, sagte sie, mit höhnisch verzogenen Lippen. »Du stinkst ganz nach dir.«

»Laß mich doch erklären!«

»Du bist ein pathetischer, alter Mann, weißt du das? Und jetzt verschwinde augenblicklich, oder ich rufe die Polizei.«

Er sollte nie verstehen, was er jetzt machte. Er packte sie fester, im Affekt der Gewalt. Sie konnte so etwas einfach nicht sagen, auf diese Weise. Sie, die Frau der neuen Zeit, die er mehr bewunderte als irgend jemanden, konnte ihn nicht so zum besten halten, ihn vor sich selbst entlarven und später vor aller Welt. Es war eine Wut in ihm, und er griff nach ihrem Hals, wie er damals, als er Anne-Beth hatte Angst einjagen wollen, statt dessen das Cognacglas zerdrückt hatte. Denn damals hatte er selbst Angst bekommen, so sehr, daß er sie vor die Tür setzen mußte, denn er wußte ja, hatte es seltsamerweise immer gewußt, wie leicht es war, einen Menschen zu töten.

Epilog

Ja, wie leicht war es, zu töten, dachte Anja Vikersund erstaunt, nachdem sie Ludvig Hassel einen Handkantenschlag versetzt hatte, der auf jahrtausendealter asiatischer Weisheit beruhte. Genauso leicht, wie eine Fliege zu erschlagen, dachte sie, immer noch wütend. Jetzt lag er da, direkt vor ihr, Ludvig Hassel, der widerliche Mann, der mit seiner hinterhältigen Wesensart so viele Leben ruiniert hatte. War es im Grunde nicht Hassels Schuld, daß Paul so ein armer Kerl geworden war, ein Neurotiker, von dem sie schließlich einsehen mußte, daß sie mit ihm nicht würde leben können? War nicht auch seine Schwester Cathrine von ihm zerstört worden? Anja stand im Zimmer ihrer Wohnung in der Unnarennetstraße in Oppsal und wußte, daß sie gerade einen Menschen getötet hatte. War das immer so ein unwirkliches Gefühl? Hatten sie im Kosovo, in Afrika, überall, wo Menschen einander töteten, auch so ein Gefühl? Ging es jedesmal so leicht? Sie starrte auf die Leiche des gealterten Mannes, wie er bleich und bewegungslos dalag, wie ein häßliches, übellauniges, schlafendes Kind. Sie dachte, daß sie das nicht verdient hatte. Obwohl sie mit Paul Schluß gemacht hatte, tat er ihr leid. Sie setzte sich auf die Couch, zündete eine Zigarette an, trank den kalten Kaffee von gestern. Sollte sie die Polizei holen? Würde sie möglicherweise in Untersuchungshaft gesteckt? Mußte sie wochenlang, jahrelang einsitzen, nur weil ein Mann, den sie vom ersten Augenblick an verachtet hatte, ihr die Gurgel zugedrückt hatte? War es glaubwürdig, daß sie in Notwehr handelte?

Ludvig Hassel lag am Boden, direkt vor ihr, bewegungslos, als warte er demütig auf ihre Entscheidung. Sie durchdachte langsam und ruhig alle Möglichkeiten. Ihre Gedanken waren noch nie so klar gewesen. Sie hatte das nicht verdient, dachte sie noch einmal. Das war ungerecht. Sie wollte nicht für den Rest ihres Lebens an diesen Mann gebunden sein. Warum sollte sie die Polizei holen? Wer wurde davon glücklicher? War es nicht besser, wenn Männer wie Ludvig Hassel einfach von der Erdoberfläche verschwanden, damit eine neue und bessere Welt entstehen konnte?

Ja, dachte Anja Vikersund. Ludvig Hassel sollte, so wahr es in ihrer Macht stand, ohne langes Federlesen verschwinden. Wenn es Nacht wurde, würde sie den Fiesta holen, Hassel in den Kofferraum legen und hinaus in die freie Natur bringen. Sie kannte eine Mautstraße, in die sie hineinfahren konnte. Sie mußte jede Spur verwischen. Es durfte keine Zeugen geben. Er war es nicht wert, daß sie deshalb ihr Leben zerstörte. Ein alternder, boshafter und pathetischer Mann. Die beiden Male, die sie ihm begegnet war, hatte er über die *Badenden von Asnières* geredet, die Idylle, die dieser Georges Seurat als etwas Ewiges zu schaffen vermocht hatte. Ja, dachte Anja Vikersund spätabends, als sie ihn in einem extra großen Müllsack, den sie vom Hausmeister erbeten hatte, zum Auto schleppte. Er sollte nun *selbst* zur Idylle werden. Es gab eine Felskluft oben im Wald, zwischen Østmarkseteren und Mariholtet, wo im Frühling die Maiglöckchen blühten, wo im Herbst die Pfifferlinge wuchsen, wo die Kiefern seit Jahrhunderten in stoischer Ruhe standen; eine Kluft, fast wie ein Riß in der Erde, wo ihn nur die allerniedrigsten Formen von Lebewesen nach und nach würden finden können.